SV

JUAN BENET
IM HALBSCHATTEN

Roman

Aus dem Spanischen
von Gerhard Poppenberg

Suhrkamp Verlag

Die Originalausgabe erschien 1989 unter dem Titel
En la penumbra bei Altea, Taurus, Alfaguara, S.A., Madrid.

Die Übersetzung wurde gefördert
aus Mitteln
der Dirección General del Libro y Bibliotecas
des spanischen Kulturministeriums

Erste Auflage 1991

Druck: Freiburger Graphische Betriebe, Freiburg
Printed in Germany

IM HALBSCHATTEN

OKTOBER

„Du kannst gehen“, sagte die Frau und setzte sich die Brille wieder auf, griff wieder zur Feder und machte weiter mit den Eintragungen in ihr Kassabuch im Querformat, das geöffnet auf dem hochformatigen Hauptbuch mit schwarzen Kartondeckeln, roten Ecken und rotem Rücken lag. Der Verwalter erhob sich von seinem Stuhl, neben dem Schreibtisch, aber außerhalb des Lichtkreises der Lampe.

„Wir machen übermorgen weiter“, sagte die Frau und fügte dann noch hinzu: „Paß auf, wenn du hinuntergehst, die Treppe ist gebohnert.“

Der Verwalter verließ das Bureau, ohne aus dem Halbschatten herauszutreten, und ließ die Spur seiner berufsmäßigen Diskretion zurück, die ihn dazu brachte, die Tür des Arbeitsraums zu öffnen und zu schließen, ohne daß die Türklinke ein Geräusch machte. Dann erhob sich auch ihre Nichte und legte ihre Handarbeit neben sich auf das Sofa, in einem kleinen, mit naiven Bildern bestickten Beutel, aus dem zwei Nadeln herausragten wie zwei Antennen. Auch wenn die Frau nicht im geringsten etwas dagegen hatte, daß ihre Nichte in Gegenwart des Verwalters im Büro saß, so zog sie es doch vor, wenn dieser zu Ende gekommen war, allein zu bleiben, um die anhängigen Geschäfte noch einmal zu durchdenken, währenddessen die Nichte in die Küche hinunterging, um die Vorbereitungen für das Abendessen zu beaufsichtigen und, wie jeden Abend, die Einkaufsliste für den folgenden Tag zu machen. Aber jenes Mal gestattete sich die Frau, den Ablauf der gewohnten Vorgänge zu verändern.

„Du kannst hierbleiben“, sagte die Frau.

Die Nichte setzte sich erneut an dasselbe Ende des Sofas aus isabellinischer Zeit, mit grau-weiß gestreiftem Bezug und aus Mahagoniholz, in der Form einer Gondel und mit zwei Lehnen, die von massiven verschnörkelten Schnecken abgeschlossen wurden. Ein Teil ihres Körpers war in den dämmerigen Halbschatten eines Pergamentschirms getaucht, auf den zur Zierde eine Cantiga mit großen, schwarzen Buchstaben, die Majuskeln in Zinnoberrot, geschrieben war; sie nahm die Handarbeit nicht wieder auf und behielt nicht einmal das Knäuel in der Hand, das sie aus dem Beutel nahm, sondern legte es wieder hinein, etwas tiefer nach unten, als wollte sie mit ihrer Geste die Handarbeit des Tages ausdrücklich beenden. Und mit einer Haltung, die noch altfränkischer war als ihre Beflissenheit, lehnte sie sich reichlich steif im Sofa zurück, zog ihren Rock bis zur Mitte der Waden, legte ihre Hände über Kreuz in den Schoß und saß nun da sowohl wie jemand, der sich entschließt, eine lange Wartezeit zu verbringen, als auch wie jemand, der sich bereit macht, einen Vortrag von gewisser Ausdehnung anzuhören, an dessen Ende (und gleich welcher Art die gehörte Rede gewesen sein mag) er mit einem entschiedenen Einwurf antworten wird.

Es war ein geräumiges Zimmer im zweiten Stock, mit zwei Erkern zur Vorderseite des Hauses, zum Gärtchen hin, das es von der Straße trennte; auch wenn es mit einigen Möbelstücken von Qualität ausgestattet war – dem Arbeitstisch, dem Sofa und den Stühlen aus isabellinischer Zeit, einem Kohlebecken, in dessen Fuß Intarsienarbeiten eingelegt waren, dem geknüpften Teppich aus Astorga, einigen hochformatigen Ölgemälden der Jahrhundertwende, mit wolkigen Landschaften –, so war es doch im wesentlichen ein Arbeitsraum, von deutlich männlichem Charakter, beherrscht von ein paar Glasschränken, vollgestopft mit Akten und Ordnern, und einem wuchtigen Panzerschrank der Marke Gruber, dessen bleiige Farbe Licht und Schatten, Tag und Nacht gegenüber gleichgültig war und von dessen beherrschendem Knauf (der immer wach und aufmerksam war, wie ein vollkommener Wächter) der Rotationswinkel des Planeten abhängen konnte. Und trotz einigen Zugeständnissen der Frau, ihren Arbeitsraum etwas wohnlicher zu gestalten und verschieden von dem eines beliebigen Grundbesitzers – dem Chiffonier aus hellem Holz, der Photographie ihres Vaters, neben einem Bahngeleise, in einem ovalen Silberrahmen, ihrem eigenen, unvollendeten Porträt auf einer Staffelei, die von einer Decke aus dunklem Damast verhüllt wurde, einigem Nippes, dem sie keine allzugroße Wertschätzung beilegte, da sie sich seiner täuschenden Funktion deutlich bewußt war –, sprang es in die Augen, daß es sich um den Ort einer Person handelte, die gänzlich in der Arbeit aufging, mit nur spärlicher Neigung, ihre Mußestunden untätig zu verbringen, und vielleicht nicht sonderlich veranlagt zu Herzensergießungen jeglicher Art.

„Ich habe gesagt, daß du bleiben sollst, weil ich möchte, daß du bleibst", sagte die Frau, wobei sie noch eine letzte Eintragung in das Kassabuch vornahm und einige Notizen übertrug – von der Hand des Aufsehers auf ein grobes, aus einer Korntüte herausgerissenes Stück Papier geschrieben, mit Bleistift und in einer großen Schrift, lesbar nur für jemanden, der an sie gewöhnt war –, die der Verwalter ihr kurz zuvor gegeben hatte.

Indem sie lediglich mit ihren Händen gegen ihre Knie drückte, erzeugte die Nichte einen plötzlichen Ruck in sich und bäumte sich kaum merklich auf dem Sofa auf, so starr waren ihre Gelenke und so angespannt ihre Muskeln; dann nahm sie sofort wieder diese halbentspannte Haltung ein. In regelmäßigen Abständen versetzte die Nichte sich selbst so in ein ganz leichtes Zucken – das deutlich unterschieden war vom nervösen, willensunabhängigen Tic –, wodurch sie einen Zustand von Anspannung wiederherstellte, der nach und nach lockerer wurde mit dem Verstreichen der Minuten und dem Gewicht des Schweigens.

„Wenn ich möchte, daß du bleibst", sagte die Frau und verglich ihre letzte Eintragung mit den entsprechenden Notizen, die der Aufseher auf ein dreieckiges Stück sehr grobes Papier gemacht hatte, „dann, weil es angebracht ist, daß du bleibst."

Schließlich begriff die Frau, daß sie sich nicht gleichzeitig um zwei Dinge von ähnlicher Bedeutung kümmern konnte, und entschied endgültig, daß ihre anwesende Nichte einen gewissen Vorrang gegenüber dem Kassabuch habe, das sie, nachdem sie die Brille abgenommen und auf den Tisch gelegt hatte, schloß, nicht ohne zwischen die letzte beschriebene und die vorherige Seite das Stück Packpapier zu legen, auf das der Aufseher seine Notizen gemacht hatte; sie schaltete das Licht aus, drückte beide Ellbogen auf die Tischplatte und legte das Kinn in die Höhlung, die sie aus den Flächen ihrer sich an den Gelenken berührenden Hände bildete; dann sagte sie, indem sie sich dem in den Halbschatten getauchten Hintergrund zuwandte, wo der Chiffonier stand, und ohne ihre Nichte anzusehen:

„Es ist möglich, daß in Kürze dieses Zimmer ein etwa vierzigjähriger Mann betritt, ich kündige es dir schon an. Auf keinen Fall möchte ich, daß er dich überrascht findet, und auch nicht, daß du um diesen ungewöhnlichen Besuch eine von diesen Geschichten konstruierst, die dich so begeistern. Oder im Gegenteil, daß du versuchst, eine Bedeutung aus dem Besuch herauszulesen, um deinen Launen Nahrung zu geben und den falschen Hoffnungen, die wer weiß wer dir in den Kopf gesetzt hat. Einige Male in den letzten zehn Jahren, etwa um diese Zeit, ist er hierher gekommen, etwa zu dieser Nachmittagsstunde, einzig mit dem Vorsatz, mich zu besuchen, und mit der vergeblichen Absicht, mir eine Botschaft zu übermitteln. Er möchte nichts weiter als das, mir eine Botschaft übermitteln, und es ist gut möglich, daß er sich nicht einmal zu erkennen geben will, denn er muß wohl annehmen, daß ich jederzeit bereit bin, ihn zu empfangen – ohne irgendwelche Unruhe, denn meine Sicherheit ist so beschaffen, daß sie niemals zu einer Besessenheit ausarten kann –, und er keine weitere Beglaubigung braucht als seine Anwesenheit, nach einer womöglich langen Reise voller Schwierigkeiten. Vor allem solchen, die er sich selbst im voraus bereitet. Und ich sage dir auch, daß ich genau weiß, welche Botschaft er mir bringen wird, und da liegt der Schlüssel der ganzen Angelegenheit. Ich kann dir nicht sagen, daß ich aufgehört hätte, an ihren Inhalt zu glauben, oder daß sie mir nichts bedeutete, weil so viel Zeit vergangen ist. Eher noch im Gegenteil, ich muß notgedrungen anerkennen, daß die Botschaft für mich noch immer geradezu lebenswichtig ist und daß mein Interesse an ihr in keiner Weise abgenommen hat; auch zugenommen hat es nicht, ich erwarte sie noch genauso wie am ersten Tag – an dem Tag, als wir uns getrennt haben, jeder an einem Ufer des Flusses, getrennt durch die Brücke –, und genauso beständig ist meine Gewißheit und mein Vertrauen, was ihren Inhalt angeht. Das Leben hat mich dazu gebracht, den Glauben an vieles aufzugeben, aber es hat mich umgekehrt auch gezwungen – und das sehr gegen meinen Willen –, den Glauben an vieles zu bewahren, was ich, aus zahlreichen Gründen, mir wohl besser aus dem Sinn geschlagen hätte. Und von alldem ist dies das erste und beunruhigt mich am meisten. So ist das Leben ...", fuhr die Frau fort, und die Nichte gab ihre gerade Haltung auf, um sie von der Seite zu beobachten, und nach einem schnellen Blick – wie dem des Raubvogels, der für einen Augenblick von seinem Beobachtungspunkt abgelenkt ist – nahm sie ihre Haltung wieder ein, ein bißchen angespannter noch. „So ist das Leben, es lehrt uns, was wir gar nicht lernen wollen, und es zwingt uns, in Erinnerung zu behalten, was wir gern vergessen hätten. Jedesmal habe ich mir gesagt, daß ich keinen Grund hätte, der Botschaft Glauben zu schenken, daß es sich um einen Betrug handle, um mich mit wer weiß welcher Absicht zu täuschen, aber zu guter Letzt und wenn ich ehrlich mit mir bin, muß ich zugeben, daß ich ihr unter diesem abwehrenden Mißtrauen die ganze Wahrhaftigkeit zugebilligt habe, die meine geheimen

Überzeugungen beibringen konnten. Und so kann man sagen, daß es eigentlich zwei Personen sind, die diese Botschaft erwarten: eine, die ihr mißtraut, und eine andere, die sie mit aller Glut ihrer Seele herbeisehnt; oder drei, wenn man eine dritte an eine Zukunft verweist, in der sie eine derartige Dichotomie auflöst in einer synthetischen Lösung. Ja, obwohl mein Sinn für Ökonomie und für das Schicksal mir vorschrieben, es sei angebracht, das nicht zu tun, glaubte ich doch weiterhin an die Botschaft, die so glaubwürdig ist wie das offenbarte Wort und so zu fürchten wie dieses, weil es die aufgebaute Ordnung mit für ihre Gebote fremden Normen bedroht und aufrührt. Das heißt, daß ich in meinem Innern nicht einen Augenblick an der Wahrheit dessen gezweifelt habe, was mir dieser Bote mitteilen würde, und daß ich mich immer so verhalten habe, als hielte ich ihn für den Überbringer eines Betrugs. Das ist über Jahre hin das hervorragendste Merkmal meines Charakters gewesen. Du mußt wissen, daß ich, durch die wenigen Auskünfte, die ich über ihn bekommen habe, annehme, daß es sich um nichs weiter als um einen Boten handelt und daß ihm wohl grundsätzlich nur die Erfüllung seiner Mission wichtig ist und allenfalls noch, daß ich seiner Nachricht möglichst Glauben schenke, daß er aber nichts mit der Nachricht an sich zu tun hat und auch nicht mit der Wirkung, die sie möglicherweise auf mich ausübt. Und nicht einmal das, denn höchstwahrscheinlich ist er beauftragt worden, mir schlicht eine Botschaft zu übermitteln, mit dem ausdrücklichen Befehl, sich nicht aufzuhalten und meine Reaktion abzuwarten, die ich, so muß der annehmen, der ihn schickt und mich kennt, auf keinen Fall vor einem Fremden zu äußern mich trauen würde. Trotzdem habe ich mir oft gesagt, daß ich, auch wenn ich mir meiner Mittel noch so sicher wäre, niemals das Risiko eingehen dürfe, die Botschaft in Gegenwart des Überbringers zu öffnen und zu lesen, denn würde nicht vielleicht, bei der Bedeutung, die sie für mich hat, die Gelegenheit etwas zu Tage fördern, so daß diese Seele, deren Herrin ich doch zu sein meine, verraten würde, daß sie anderen Lehnspflichten unterworfen ist, die um so strenger sind, je mehr sie sie geheimhält? Nein, die Gefahr konnte ich nicht eingehen, das mußt du verstehen ..."

„Ich verstehe das vollkommen, Tante", unterbrach ihre Nichte. „Ich verstehe das sehr gut. Und du brauchst auch keine weitläufigen Rechtfertigungen vorzubringen. Das ist vollkommen klar."

Die Frau hielt mitten in einer in der Luft hängenden Gebärde inne, leicht verwirrt. Sie schaltete erneut die Lampe an, als wollte sie die Ursache ihres Befremdens in irgendeiner Ecke des Tisches suchen, und indem sie ihre Nichte fest ansah, fragte sie:

„Hast du vollkommen gesagt?"

„Ja, das habe ich gesagt, vollkommen. Genau das habe ich gesagt: vollkommen."

Die Frau versuchte, ihre Gedanken zu sammeln. Sie fuhr mit dem Blick über alle Gegenstände ihres Arbeitstisches, und nachdem sie darauf verzichtet hatte, den Grund ihres Unbehagens zu finden, schaltete sie erneut das Licht aus – es war erst früher Abend, und es hätte genügt, die Gardinen aufzuziehen, um die Dunkelheit aus dem Zimmer zu vertreiben – und nahm ihre vorherige Haltung wieder ein, ein wenig lockerer, dem ernüchterten Ton ihrer Rede angemessener:

„Es beleidigt mich", sagte sie, „ja, es beleidigt mich, daß du vollkommen sagst. Es überrascht mich und ärgert mich, daß du sagst, du verständest vollkommen all das, worüber ich mein ganzes Leben lang mit mir im Widerstreit liege, ohne daß ich doch jemals eine völlig befriedigende Antwort gefunden hätte. Deine Dreistigkeit beunruhigt mich, und dein Hochmut bringt mich dazu, dir zu widersprechen. Ich kann nicht glauben, daß du ohne hinreichende Kenntnis der Sachlage die ganze Ansammlung widersprüchlicher Bestrebungen vollkommen verstehst, zwischen denen eine Seele sich bewegt, die fast blind ihre Bewegungen einem Instinkt anvertraut, der ihr nichts verspricht, und die versucht, den Ausweg zu einer nicht bedrohten Position zu finden, von der aus sie sich beobachten kann, um festzustellen, ob ihr Verhalten richtig und wie vielschichtig ihr Drama ist. Und du, kaum daß sich der Vorhang erhoben hat und ohne auch nur Zeit zu lassen, daß die Personen auf der Bühne erscheinen, willst mir erzählen, du hättest dieses Drama vollkommen verstanden. Sag, warum soll ich eigentlich noch weiterreden? Was für Enttäuschungen hältst du sonst noch bereit, nachdem du es mit einer trügerischen Anbiederung geschafft hast, daß ich das Vertrauen in das Publikum verloren habe, das ich ausgewählt hatte, meine vertraulichen Mitteilungen aufzunehmen. Wie soll ich sicher sein, daß du auch aufmerksam bist, und zu welchen Mitteln soll ich greifen, um meine verwickeltsten – und in gewisser Weise auch bis zum Augenblick der Darlegung unbekannten – Zweifel darzulegen, wenn du mich schon mitten in der Vorrede indirekt darum bittest, abzukürzen?"

„Ich habe mich schlecht ausgedrückt, Tante, und ich sehe ein, daß ich dich nicht hätte unterbrechen dürfen. Als ich gesagt habe, daß ich es vollkommen verstände, habe ich nur die Gefahr gemeint. Und vor allem die Gefahr, die Situation, die du da beschrieben hast, nicht in ihrer ganzen Größe zu verstehen."

„Ich verstehe dich sehr gut", erwiderte die Frau, während sie gleichzeitig durch das Dämmerlicht des Raums einen scharfen Blick auf ihre Nichte richtete, der die Rangordnung wiederherstellen sollte. Dann fuhr sie fort:

„Das ist das Schlimme an den Unterbrechungen, sie schneiden das Wort ab, und danach kann man dann nicht einfach so weiterreden. Wer weiß, ob durch deine freche Anmaßung und weil ich den Faden der Rede wiederaufnehmen muß, das, was ich dir gleich sage, nicht etwas anderes sein wird – und vielleicht sogar das Gegenteil – als das, was ich dir hätte sagen wollen, wenn ich nicht unterbrochen worden wäre. Das Wort ist der Träger und Überbringer des Denkens, und die kleinste Veränderung kann den Gedanken in eine unvorhergesehene Richtung führen. Die klarste Idee, meine Liebe, beginnt mit drei dunklen Worten, und nur im Rätsel ist ein Augenblick Glück eingeschlossen, wie ein Same in einer Frucht. Ich habe dir gesagt, daß ich jene Gefahr nicht eingehen konnte und daß deshalb die Person des Boten von Bedeutung war; nicht ein einfacher und bezahlter Überbringer der Botschaft, sondern geradezu jemand, der mich im selben Augenblick beobachten sollte, meine Verhaltensweise und meine erste Reaktion beim Lesen des Dokuments. Weshalb seine Mission wohl nicht nur darin bestand, mir die Botschaft zu bringen, sondern mich auch von ihrer Echtheit und Wahrheit zu überzeugen. Und ich war seit Jahren entschlossen – mehr noch, seit dem ersten Mal, daß er hier vorstellig wurde –, ihn zu zwingen, dieses Haus mit dem Gefühl zu verlassen, bei der Erledigung seines Auftrags gescheitert zu sein. Bis jetzt, das liegt auf der Hand, habe ich es mir leicht gemacht und ihn schon an der Tür zurückgehalten, ohne ihm auch nur zu gestatten, den ersten Teil seiner Sendung zu erfüllen; ich habe mich also darauf beschränkt, ihn nicht bis zu mir gelangen zu lassen und ihn zu zwingen, wieder umzukehren und zu dem Absender zurückzugehen, um ihn über das Scheitern zu unterrichten. Ich habe mich teils aus einer Art Routine so verhalten, indem ich die erste Geste der Unnachgiebigkeit wiederholte, die ich angenommen hatte, als ich jung war und nicht nur dachte, daß ja noch viel Zeit sei, sondern auch, daß ich von ‚ihm' – ich meine den Absender – einen etwas nachdrücklicheren und überzeugenderen Annäherungsversuch erwarten dürfe, etwas mehr als einen von einem Dienstmann überbrachten Brief. Und dieses Vertrauen in die Zukunft und diese Erwartung einer nachdrücklicheren und weitergehenden Geste verstärkten sich noch jedes Mal, wenn der Bote sich in fast der gleichen Haltung wie beim vorherigen Mal näherte, was der beste Beweis dafür war, daß auch ‚er' meinte, er habe genügend

Zeit, seine Bemühungen zu wiederholen und seine Absicht zu erreichen, ohne nachdrücklicher bitten zu müssen. Aber die Dinge haben sich geändert, ich bin nicht mehr jung, und ich fühle, daß die Zeit drängt und der Augenblick wohl gekommen ist, dem Boten den Zutritt zu diesem Zimmer zu gestatten, ihm auch zu gestatten, die Botschaft zu übermitteln, die ich womöglich in seiner Gegenwart öffnen werde, damit er merkt, wenn er in meinem Gesicht zu lesen versteht, daß er auch den zweiten und schwierigeren Teil seiner Mission erfüllt hat. Denn wenn ich ihn empfangen habe, so, um die Glaubwürdigkeit seiner Botschaft zu bestätigen, statt mich in eine betrügerische Gaunerei zu flüchten, womit ich – aus seiner Sicht – dasselbe Resultat erzielen könnte, wie wenn ich mich geweigert hätte, ihn zu empfangen. Ich möchte nämlich nicht die Taktik wechseln, um eine Situation aufrechtzuerhalten, nachdem die alten Mittel erschöpft sind; vielmehr möchte ich endlich den Nutzen aus meiner Politik ziehen, die ich all die Zeit so zurückhaltend betrieben habe. Du wirst mich fragen, was mich dazu bewegt, mich so zu verhalten, und ich sage dir, daß es dafür alte, vielfältige und mächtige Gründe gibt – aus der Zeit dieser Politik –, daß aber keiner davon so stark und beständig ist wie mein Verhalten selbst. Ja, so ist es, für das – menschliche oder tierische – Verhalten muß man die Beweggründe suchen, wenn es sich nicht auf sich selbst stützt und dementsprechend dann seine eigene Beständigkeit der vernünftigste seiner Beweggründe ist. Das Beharren muß man nicht erklären, wohl aber die Veränderungen, auch wenn sie die beste Bekundung des Instinkts sind. Folglich handelt es sich um nicht mehr und nicht weniger als darum, weiterhin zu überleben, um einen Stil und eine Art zu sein, die ich keineswegs freiwillig gewählt habe, die ich aber doch so genau und streng befolgt habe, daß ich, da ja mein innerer Frieden davon abhängt, zu keinem Zeitpunkt mich dazu durchgerungen habe, sie beiseite zu schieben und auf ihren eventuellen Nutzen zu verzichten. Ich bestreite nicht, wenn ich beim ersten Mal genügend Mut aufgebracht hätte, geradeheraus jedes Mißtrauen an der Wahrscheinlichkeit der Botschaft zurückzuweisen, daß es mir dann gelungen wäre, einen Präzedenzfall zu schaffen, der mich zweifellos dazu getrieben hätte, mich ganz anders zu betragen, als ich es dann getan habe, aber, was soll ich dir sagen, das ist mein möglicher Fehler und zweifellos mein Kreuz. Wahrscheinlich steckt in alldem von meiner Seite ein ungeheurer Rechenfehler, ja, den ich mich niemals durchgerungen habe aufzuspüren, aus Angst, ihn wirklich als einen solchen zu entdecken, aber ich sage mir auch, selbst wenn es so wäre, daß ich ihn vermutlich mit denselben Mitteln hätte auf mich nehmen können, die ich angesammelt habe, um ein einziges Problem zu lösen, ganz gleich wie seine Lösung aussähe. Das ist die beste Lehre dieser Geschichte: daß es keinen dauerhaften Widerspruch gibt, weil das Schicksal nicht intelligent ist. Und wer das Gegenteil glaubt, verharrt nur in seiner Schwäche. Gewiß, ich kann seine erste Reaktion auf meine Weigerung, seinen Boten zu empfangen, falsch eingeschätzt und mich geirrt haben, wenn ich dachte, er würde seine Anstrengungen beim nächsten Mal verdoppeln, aber man darf wohl auch annehmen, daß ich im Gegenzug ebenfalls meinen Widerstand verstärkt hätte, was schließlich zu einer Gleichgewichtslage geführt hätte, entsprechend der durch einen klugen und immer gleichen Einsatz der jeweiligen Mittel entstandenen. Die Folgen dieser Entscheidung – oder dieser Unzulänglichkeit, wenn du es so lieber willst – gaben viele Jahre lang den Ausschlag, und als der zweite Bote kam (es war nicht derselbe wie bei der ersten Sendung; er hat niemals dieselbe Person für diesen Auftrag benutzt, und das hat mich auf den Gedanken gebracht, obwohl ich nie sicher gewesen bin, daß er, in Anbetracht meiner Antwort – oder besser meiner fehlenden Antwort –, zurückkommen würde, meine Haltung könnte für ihn eine Quelle unendlichen Kummers gewesen sein und außerdem ein Motiv, nachzudenken, weil er vielleicht das Datum falsch gewählt hätte oder die Person, mir die Botschaft zu bringen, und seine ganze Haltung mir gegenüber neu zu erwägen, und zweifellos ein Motiv, nicht nur die nächste Sendung lange Zeit hinauszuzögern, sondern auch, den Sendboten zu wechseln angesichts des durch den ersten erzielten ärmlichen Ergebnisses), hatte ich im Geist bereits genügend Gründe angesammelt, um auf die Richtigkeit meiner Antwort zu vertrauen, und genügend Vertrauen gewonnen, um sie zu wiederholen, wenn die Gelegenheit kommen würde. Ich kann nicht leugnen, daß bei meiner ersten Reaktion auch ein wenig Furcht vor einer unumkehrbaren Bewegung im Spiel war, das durch die Notwendigkeit hervorgerufene Unbehagen, sofort eine Antwort zu geben, die zu überlegen ich nicht genügend Zeit hätte, und der Wunsch – denn ich war sicher, daß sich die Sendung wiederholen würde –, mir eine solche Frist zuzubilligen; eine Frist, die ich nicht dazu benutzte, die endgültige Lösung zu finden, sondern mich eher an der Trefflichkeit der vorläufigen zu erbauen, womit eine Tradition begann oder eine Trägheit oder vielleicht ein *laissez faire*, denen eigentümlich, die meinen, die Zeit arbeite zu ihren Gunsten. Du wirst sagen, daß eine solche Verhaltensweise eine verstockte Person kennzeichnet, die ihre eigenen Gründe entschieden anders gewichtet als die von ihrem Nächsten vorgebrachten. Das ist ein Detail ohne große Bedeutung in dieser Geschichte, denn da ich nur zwei Auswege hatte, habe ich viel Zeit mit der Überlegung zugebracht, wie wohl diese Jahre für mich gewesen wären, wenn ich bei irgendeinem Mal dem Boten zu verstehen gegeben hätte, daß ich nicht nur an die Wahrheit seiner Meldung glaubte, sondern daß ich geneigt sei, sie wörtlich zu nehmen, mit aller Kraft meines Willens und der Rechtschaffenheit meines Geistes, und immer bin ich zu dem Schluß gekommen, daß meine Antwort nichtsdestoweniger offen geblieben wäre, harrend auf einen anderen Boten, der am Ende der Zeit mit derselben oder einer ähnlichen Botschaft kommen müßte. Durch die bloße Tatsache, mir eine

Botschaft zu schicken, die ich nicht erbeten hatte –, versetzte er mich in den Zustand des Wartens, und wer wartet, das ist bekannt, ist weitgehend dem Erwarteten preisgegeben; also durch die bloße Tatsache, daß er mir eine Botschaft geschickt hatte, war meine Unabhängigkeit gefährdet und meine Lage weniger vorteilhaft als die, in der ich mich vor der Botschaft befand. Aber das ist noch nicht alles, bei weitem nicht; du wirst annehmen, daß es in einem solchen Fall immer einen Nutznießer und einen Geschädigten gibt oder, wenn schon nicht genau das, doch eine Person, die ihren Willen durchsetzt, und eine andere, die – wegen der Verstocktheit der ersten – ihre Hoffnungen beständig enttäuscht sieht. Die Dinge sind bei weitem nicht so einfach. Ich habe dir gesagt, daß ich, bevor ich eine Entscheidung getroffen habe, mich fragte, ob das nicht für ihn ein Grund zum Unmut sein würde. Wenn ich irgendwann den Beweis gehabt hätte, daß dies die Folgen meiner Antwort wären (oder besser meiner fehlenden Antwort) – das heißt, eine Verärgerung –, dann hätte ich höchstwahrscheinlich eine andere gegeben, eine der Bitte entsprechendere. Denn es handelt sich um eine Bitte, vergiß das nicht. Aber ich wurde den Gedanken nicht los, daß meine Haltung zwangsläufig die Grundlagen seines Anliegens verändern müßte, das vielleicht in jugendlicher Überstürzung formuliert worden war, ohne die Auswirkungen vorhersehen zu können, die meine eventuellen Zugeständnisse für beide haben würden. Wer bittet, setzt nur teilweise auf eine Veränderung in seiner Lage und spart den größten Teil seiner Mittel für den mehr als wahrscheinlichen Fall auf, daß er nicht erhört wird; wer etwas zugesteht dagegen, muß sich nach der Veränderung richten, die er ein für allemal mit seiner Gabe auslöst. Aber es ist noch mehr, denn wenn dem Bittenden sein Ansinnen verweigert wird, ist er gezwungen, eine Bestandsaufnahme seiner Gründe zu machen und sie zu revidieren – und womöglich seine Bestrebungen einzuschränken –, bis der Augenblick der Überzeugung gekommen ist, der ihm gestattet, ans Ziel seines Wunsches zu gelangen. Folglich erhält jede Weigerung – offensichtlich – die Lage aufrecht, während sie den Geist des Bittstellers wandelt; dagegen kehrt jedes Zugeständnis die Dinge um: Es verändert die Lage, aber es schläfert den Geist ein, der erst dann wieder aufwacht, wenn ein neues Ansinnen zeigt, daß das nach dem ersten Zugeständnis erlangte Gleichgewicht erschöpft ist. Folglich war meine Antwort (gut, mein Schweigen) eher darauf gerichtet, seine Haltung zu verändern, als darauf, in meiner zu verharren, die damals ohnehin erst noch zu erweisen stand. Das Schweigen läßt zweifellos die meisten Auslegungen zu, und wenn der, welcher es empfängt, den Schleier des Grolls von seinen Augen zu ziehen vermag, kann er zu einer Erkenntnis des anderen kommen, die sehr viel weiter reicht als das Feld, das seine Worte abdecken. Deshalb – so dachte ich – würde es ihm nicht schwerfallen, meine Zurückweisung als den Exponenten einer vorangegangenen Unzufriedenheit auszulegen und zu sehen, daß sie mehr durch das Datum der Sendung als durch die mit dem Auftrag betraute Person hervorgerufen worden war, um ihn zu zwingen, seine allzu überstürzte Initiative zu überdenken, die, um das gesteckte Ziel zu erreichen, ausgereifter sein müßte und vielleicht noch etwas mehr; denn da die beiden Ereignisse sich noch allzu nah waren – die Reihe der Vorfälle, die zu unserer Entfremdung und Trennung führten, und die Sendung, mit der er bat, ich möchte zustimmen, dem ein Ende zu setzen oder wenigstens schon einmal das Versprechen geben, wenn auch ohne Datum, daß wir uns wiedersehen würden, oder (auch das ist möglich) sie zu mildern, indem ich die Härte der Bedingungen, unter denen sie sich abspielte, spürbar verringerte –, konnte er nicht umhin anzunehmen, daß zwischen ihnen eine enge Beziehung bestand; daß das Vergessen jenes ersten, da es nicht vollständig war, nicht so heilsam gewirkt hatte, um das zweite, die Sendung, als Vorschlag anzunehmen, zwischen uns beiden etwas in Gang zu bringen, das von unserer gemeinsamen Vergangenheit vollständig verschieden wäre und womit wir unsere Schritte auf ein ganz anderes Ziel hinlenken könnten als jenes, das all das hinlänglich bekannte Unglück erzeugt hat. Der lange Zeitraum, der zwischen der ersten und der zweiten Sendung lag, bestätigte im weiteren meine Vermutungen und brachte mich für einen Augenblick zu der Annahme, meine stillschweigende Botschaft sei erfaßt und verstanden worden und er habe – deshalb – beschlossen, seinem Ansinnen eine andere Form zu geben, um es meinen Wünschen anzupassen. Ich muß dir gestehen, daß die zweite Sendung dann nahe daran war, meinen Widerstand zu beugen, und daß ich fast schon fürchtete, ich würde nachgeben. Es waren Stunden heftiger Aufregung, während deren der Bote an der Außentür wartete – ich erlaubte nicht einmal, daß man ihm gestattete, in die Diele zu treten, trotz dem schlechten Wetter –, und ich fürchtete, daß jede Minute, die ich länger schwankte, seine Sicherheit nur noch verstärken würde und, wenn sie schon nicht den Beweis erbrächte, mit dem er sich nach siegreich beendeter Mission davonmachen könnte, ihm doch gestatten würde, in alle Himmelsrichtungen zu verkünden, welch verheerende Wirkung seine Anwesenheit auf meinen ängstlichen Sinn habe. Und plötzlich begriff ich, daß es sich um eine List handelte, um einen weiteren Betrug, denn wenn ich auch annehmen konnte, der Absender habe die Bedeutung meiner Weigerung verstanden, seinen Boten beim vorherigen Mal zu empfangen, so war es doch offensichtlich, daß er bei diesem zweiten Mal lediglich darauf vertraut hatte, der Lauf der Zeit würde seine Bitte verändern, ohne daß er sie im geringsten anders formuliert hätte, als wollte er mir einreden, das Vergessen des ersten Mals habe sich zwischen beide geschoben, wo es doch gerade die Erinnerung war, die ihn erneut dazu getrieben hatte, eine solche Initiative zu ergreifen. Ich ordnete also an, den Boten so abzufertigen, wie er gekommen war, und schickte mich an, in innerem Frieden und mit der Genugtuung der erfüllten Pflicht auf die dritte

Sendung zu warten, die sich zweifellos noch länger verzögern würde als die zweite, wenn alles sich so entwickeln sollte, wie ich es voraussah. Die Wissenschaft des Wartens nährt sich aus sich selbst, ohne irgendeine Hoffnung auf die Welt der Ereignisse zu setzen, und jedes Geschehen ist nicht mehr als eine Reproduktion, für die es niemals eine Matrize gegeben hat. Das mußt du verstehen ..."

„Ich verstehe das, aber nicht richtig, Tante."

„Ich sehe nicht ein warum. Ich verstehe nicht, was du nicht verstehst, denn bis jetzt habe ich dir alles – wie mir scheint – mit größter Klarheit dargestellt."

Die Frau lehnte sich zurück in ihrem Ohrensessel – ein kleines Zelt aus Halbschatten –, und in ihrem Gesicht, vor allem auf der Stirn und zwischen den Augenbrauen, zeichnete sich dieser Ausdruck melancholischer Erfüllung ab, die niemals Raum für Befriedigung gibt, das größte Übel bei dem, was man einen Charaktermenschen nennt:

„Wenn du das schon nicht verstehst, was ich dir bis jetzt gesagt habe, dann weiß ich nicht, warum ich überhaupt weitermachen soll. Was im folgenden kommt, ist noch schwieriger zu begreifen, denn du wirst mich wohl nicht für so einfältig halten, dir das alles zu erzählen und dabei mit dem Interessantesten anzufangen. Das ist kein gutes Verfahren. Ich erzähle dir nur das, was zu wissen für dich zweckmäßig ist von dem Teil, den zu erzählen ich für zweckmäßig halte; zwischen diesen beiden Zweckmäßigkeiten bleibt vielleicht der eigentliche Gehalt der Schilderung auf der Strecke – den lediglich ein imaginärer Dritter kennt, der weder erzählt noch zuhört –, und deshalb mußt du sehr gut achtgeben auf das, was du hörst, und mit der rechten Einbildungskraft die Lükken ausfüllen, die ich nach Gutdünken einführe, wie auch einige Hinzufügungen, die auf meinem Mist gewachsen sind, so daß du weitgehend für dich selbst die Lektion einer Erfahrung lernst, die deine beschränkten Reize dir niemals verschaffen können."

Die Nichte preßte die Ellbogen gegen die Nieren und versetzte sich selbst in ein leichtes Zucken.

„Meine Reize, Tante, sind wie deine Erzählung. Ich zeige von denen, die ich zu zeigen für zweckmäßig halte, nur den Teil, von dem ich glaube, daß ihn zu sehen zweckmäßig für den Zuschauer ist."

„Ich war in meiner Jugend auch frech", versetzte die Tante, „bis ich verstand, daß ich meine Verwegenheit – ganz und gar eine Tugend, ich bestreite das nicht – zu etwas mehr nutzen müßte als dazu, ein paar naheliegende Ziele unverzüglich zu erreichen. Als jener zweite Bote das Haus verließ, war es schon Abend. Weil damit wieder alles erneut in der Schwebe war, zog ich es vor, meiner selbst sicher weiterzuleben und in gewisser Weise befriedigt über den Sieg des Vertrauens über die Versuchung; und da für den Augenblick nichts mir gestattete, einen Triumph über ihn vorherzusagen oder eine nahe Lösung des Konflikts, die mir nichts Gutes bringen kann, mußte ich mich damit begnügen, unversehrt aus den kleinen Scharmützeln hervorzugehen, die ihn begleiten müßten. Ich hoffe, daß du das verstehst."

„Ich verstehe das vollkommen", antwortete die Nichte mit Bestimmtheit.

JUNI

Als die Klingel ging, hob er kaum den Kopf, um den Kunden anzusehen; er war mit seiner Buchführung an einem kleinen Schreibpult am Ende des Ladentisches beschäftigt. Bei einer Unterbrechung seiner Arbeit schob er die Brille bis zur Nasenspitze hinunter, stellte aber lediglich fest, daß der Mann ihm den Rücken zuwandte und im Schatten der Ecke mit den Kleidern stand. Es war die Nachmittagsstunde – zu spät für die Frauen, zu früh für die meisten Männer, die in sein Geschäft kamen, um ein Fläschchen zu trinken und ein bißchen Zeit zu verbringen, bevor sie nach Hause gingen –, in der er, da dann kaum Kundschaft kam, die Buchführung machte. Die Buchführung beschäftigte ihn jeden Tag länger; früher hatte er sie bei Ladenschluß gemacht, nachdem er den Rolladen heruntergelassen hatte, aber die zunehmende Neigung vieler seiner Freunde und Bekannten, sich eine Weile im Laden die Zeit zu vertreiben, bevor sie heimkehrten, hatte ihn nach und nach dazu getrieben, seinen Zeitplan zu verändern und sich um die Bücher in der nachmittäglichen, ein wenig unergiebigen Zwischenzeit zu kümmern, wenn der Bursche den Verkauf übernehmen konnte und ihn nur um den einen oder anderen Hinweis auf Ort oder Preis der Waren anging. Denn in seinem Laden, wo es alles mögliche gab, herrschte keine Ordnung.

Die Buchführung beschäftigte ihn jeden Tag längere Zeit; jeden Tag beanspruchte sie ihn mehr, auch als, paradoxerweise, der Gang der Geschäfte ihn jeden Tag weniger beanspruchte. Denn die Buchführung mißlang ihm stets, auch als das Geschäft jeden Tag mehr blühte. Er wußte, daß es so war – jeden Tag blühender –, aber er wußte nicht weshalb, denn die Buchführung stimmte nie. Er vermutete, daß es so war, weil er jedes Jahr mehr Geld auf der Bank hatte und mehr Grundstücke besaß und mehr und verschiedenartigere Artikel verkaufte, und die, die er nicht verkaufen konnte – Folgen einer augenblicklichen Schwäche gegenüber dem Nachdruck bedenkenloser Vertreter und Reisender, die sich immer vom neusten Produkt der Industrie verlocken ließen – und die hinten in den Laden geräumt wurden, mit einer Preissenkung, die genau so hoch war wie der Aufpreis bei ihrer erfolglosen Einführung als Neuheit, wurden bei weitem ausgeglichen durch solche, die beständigen und leichten Absatz fanden, im allgemeinen Nahrungsmittel und Artikel zur Gesundheits- und Körperpflege.

Es hatte ihm nie behagt, die Buchführung am Abend zu machen, getreu dem Grundsatz, daß die Arbeit mit Ladenschluß beendet sei. Zu so später Stunde war sein Kopf nicht mehr klar genug für die Buchführung, denn Abend und Nacht – so seine Überzeugung – waren zum Ausruhen da, und was das Herablassen des Rolladens angeht, so war es geradezu ein Gebot: Der letzte Kunde hatte in dem Augenblick zu gehen, da seine Frau verkündete, das Essen sei fertig, aber nicht eher. Vormittags hatte er keine Zeit; tatsächlich bildeten die morgendlichen Verkäufe, mehrheitlich an Frauen, die Grundlage des Geschäfts, und verglichen damit stellten die nachmittäglichen nur eine Kleinigkeit dar, auf die er aus Gründen der Bequemlichkeit und der Ökonomie gut hätte verzichten können, um sich voll und ganz der Buchführung zu widmen. Denn schließlich, hatte man ihm gesagt, arbeiteten auch die Banken so. Aber noch über seiner Bequemlichkeit, seinen Interessen und seiner Vermutung gab es einen kaufmännischen Kodex, der von ihm forderte, den Laden auch nachmittags geöffnet zu halten, selbst wenn er nicht einmal einen Besen verkaufte, und das nur, um einer Norm zu genügen, die er keineswegs ablehnte, obwohl er niemals so weit kam, ihren Nutzen zu begreifen; denn er war davon überzeugt, daß, angenommen, er würde es sich gestatten, den

Laden nur vormittags zu öffnen, das Geschäft nicht nur weiterhin blühen würde, sondern auch die Buchführung ordentlich und sicher und deshalb befriedigender und beruhigender zu erledigen wäre. Denn solange es Unordnung in der Buchführung gab, konnte das Geschäft noch so sehr blühen, es versetzte ihn in Unruhe.

Jenseits seines Blicks und der Reichweite seines Verstands lag eine Zukunft, in der sich beides ergeben würde – das blühende Geschäft und die geordnete Buchführung –, aber sei es, um sich über das bittere Gefühl hinwegzutrösten, daß es unmöglich wäre, jemals so weit zu kommen, sei es, weil ihm schwante, daß alle Unvollkommenheit beständig ist, er wurde den Verdacht nicht los, daß, falls er es eines Tages doch erreichen sollte, unerbittlich ein neues Ungemach des Handelswesens auftauchen würde, das für den Augenblick noch verborgen wäre durch die fehlerhafte Buchhaltung und das womöglich noch besorgniserregender und bedenklicher wäre als das, welches der Unwissenheit und der Schwerfälligkeit entsprang, mit der er sich im Bereich der Zahlen bewegte. Vor Zeiten hatte er sich in einen Fernkurs über Buchhaltung einschreiben lassen, mit zweiunddreißig wöchentlich eintreffenden Lieferungen, wonach und falls er die praktischen Übungen pünktlich einsandte (pauschal frankiert), er ein gestempeltes und vom Institutsdirektor unterzeichnetes, amtlich anerkanntes Diplom ausgehändigt bekäme. Während der ersten vier Wochen ging alles gut, er hatte nicht die geringste Schwierigkeit, die Lektionen zu begreifen und die Übungen richtig abzuwickeln, und er fing schon an zu glauben (und auf einer anderen ängstlichen Ebene seines Bewußtseins zu fürchten), daß es ihm möglich sei, bis zum folgenden Frühjahr die Praxis der Buchhaltung zu beherrschen, als er in der fünften Lektion auf eine Klippe stieß – es gelang ihm nie, die Notwendigkeit der doppelten Buchführung zu begreifen – und ihn die sechste dann überraschte, ohne daß er die Rätsel der vorherigen zu lösen vermocht hatte. In den folgenden

Wochen häuften sich die Lektionen mit verheerender Wirkung an (wie die Lawine der Schulden, die man in ein paar Tagen der Tollheit gemacht hat), und als er dunkel begriff, daß das Geld des Betriebs sich von seinem eigenen unterschied, daß die Begriffe Aktiva und Passiva genau das Gegenteil dessen bedeuteten, was er immer darunter verstanden hatte, gab er den Kurs endgültig auf und versagte sich sogar das einlenkende Versprechen, ihn in einer unbestimmten Zukunft wiederaufzunehmen, wenn er einmal mehr Freiheit und Muße hätte, und dann nicht mehr als eine Pflicht, sondern als eine Laune seines ruhelosen Geistes.

Vormittags war es unmöglich, auch nur eine Minute für die Buchführung zu finden, angesichts des Gedränges der Frauen aus dem Ort und dem übrigen Tal. Er hatte genug damit zu tun, die Preise auszuzeichnen, den Absatz zu kontrollieren und die Kasse zu machen. Deshalb ging er nach der Siesta an die Buchführung, bevor er (gegen fünf Uhr nachmittags) den Laden wieder öffnete, den er oft absichtlich länger geschlossen hielt, ja er vergaß sogar ganz, ihn aufzuschließen und das Schild zu entfernen, weshalb nicht selten ein ungelegener Kunde ihn aus seiner gedankenverlorenen Grübelei riß, indem er mit den Knöcheln an die Türscheibe klopfte. Meistens handelte es sich um einen ungelegenen Kunden; widerwillig und unter innerem Protestgemurmel ließ er ihn ein und empfand sogar eine gewisse Genugtuung, wenn er sich außerstande sah, seinen Kaufwunsch zu befriedigen, weil der verlangte Artikel fehlte. Es war ein Typ von Käufer, für den er nicht die geringste Sympathie hegte, der ihm nur Belästigungen verursachte und höchst spärlichen Gewinn, der nur allzu häufig den wenig gängigen Artikel suchte, den man – wenn er sich im Laden oder in den Verzeichnissen fand – in irgendwelchen Ecken suchen mußte, die mit ebenfalls beiseite geräumten Sachen vollgestopft waren, allesamt mit längst überholten Preisen ausgezeichnet. Deshalb auch zögerte er gelegentlich nicht – sei es, weil er sich selbst eine kleine Entschädigung zubilligen wollte, sei es, weil er sich in einer Gebärde von Herrschaft und zugleich Rebellion gegenüber dem beruflichen Kodex gefiel – zu behaupten, er sei gar nicht vorrätig, obwohl er wußte, welche Gefahr er einging, wenn bekannt würde – sowohl bei der Kundschaft als auch bei den Lieferanten –, wie wenig Bedeutung er manchmal der Grund- und Haupttätigkeit seines Berufs zubilligte. Aber das gestattete er sich nur ganz gelegentlich und bloß, wenn er sich beim näheren Ansehen des Kunden bereits denken konnte, daß es sich um jemand Spezielles handelte, der nur schwer mit einem Ersatzprodukt zufriedenzustellen wäre und der wohl nicht kleinlich im Umgang mit seiner Zeit und der der anderen wäre, um seine Laune zu befriedigen. Mit einem nicht unbedingt folgerichtigen und übermäßig logischen Schluß brachte er einen solchen Kunden mit den fehlerhaften Ergebnissen seiner Buchführung, mit den Opfern, die ihm die Handelsmoral auferlegte und mit den Schwierigkeiten eines Geschäfts in Verbindung, das sich nicht darauf beschränkte – wie die Leute glaubten –, einzukaufen und wieder zu verkaufen. Vor langer Zeit war er zu der Schlußfolgerung gekommen, daß das Geschäft blühte, weil die Mehrheit der Kundschaft kam, um irgend etwas zu kaufen, ganz gleich was, und wenn man nicht den zunächst gewünschten Artikel fand, dann wich man auf einen anderen aus, entweder weil er den ersten ersetzte oder um den Kaufdrang zu befriedigen. Das traf ganz besonders für die Frauen zu, vor allem, wenn sie Kleidung und Körperpflegeartikel suchten. Deshalb hatte er die von seinem Vater ererbte Drogerie und Eisenwarenhandlung mit den Jahren um Nahrungsmittel, Gesundheitsartikel und Kleidung erweitert, um den Frauen bei einer schnellen Entscheidung zu helfen und den Vorgang der zweiten Wahl möglichst abzukürzen.

Aber der Käufer, der am frühen Nachmittag kam, wenn er gerade zutiefst mit seiner Buchführung beschäftigt war, wußte sehr wohl, was er wollte, einen genau bestimmten und unverwechselbaren Artikel aus der Drogerie oder dem Eisenhandel, der vom Eindringen der sogenannten marktgängigen Erzeugnisse verdrängt worden war. Anders war es mit den Freunden und Bekannten, die sich am späten Nachmittag einfanden, sogar noch nach der angekündigten Ladenschlußzeit, und das nie, um etwas zu kaufen, sondern um sich ein wenig zu unterhalten, um vor der Kälte Schutz zu suchen oder um die Langeweile einer leeren Stunde in einem Fläschchen oder einem Glas Castillaza aufzulösen. Aber sie störten auch nicht im Geschäft (der eine oder andere hatte ihm sogar geholfen, ein kleines arithmetisches Rätsel zu lösen), das war ausschließlich dem Kunden des frühen Nachmittags vorbehalten, dem, der schuld daran hatte, daß die Buchführung nie genau stimmte. Er hatte überdies die Eigentümlichkeit, genau dann zu klopfen oder hereinzukommen, wenn er sich gerade dem verzwicktesten Detail des Problems gegenüber sah, in dem Augenblick, wo er den Weg zu ahnen begann, um es zu lösen, und sich anschickte, den besten Teil seiner Fähigkeiten zu mobilisieren und zu konzentrieren, was der ungelegene Besucher mit einem einfachen Pochen seiner Knöchel zerrüttete und ihn so zwang, einen Gedankengang zu unterbrechen, den zu einem guten Ende zu bringen er für den Rest des Nachmittags außerstande wäre. Deshalb begrüßte er ihn stets nur widerwillig und geradezu mürrisch, denn – abgesehen davon, ob er etwas kaufte oder nicht – er machte ihn zu einem Mann – unabhängig davon, daß er Herr und Verwalter eines blühenden Geschäfts war, das ihn zu einem der reichsten Männer des Orts gemacht hatte –, der nicht imstande war, das Ziel zu erreichen, das er sich täglich steckte: die Bücher in Ordnung zu haben. Oft schon hatte er gedacht, daß der Tag, an dem er – wundersamerweise – die Buchführung in Ordnung zu bringen vermöchte, sehr wohl eine Überraschung mit sich führen könnte, zum Beispiel den zahlenmäßigen Beweis, daß sein Geschäft gar nicht so blühend war, wie er annahm, und womöglich einen ernstlichen Verdruß. Es ist deshalb begreiflich, daß er schließlich eine unaussprechliche Beziehung zwischen blühendem Wohlstand und Unkenntnis der Buchhaltung herstellte, die klar zu formulieren ihm niemals gelang und die er noch weniger für einen Fund seines Geistes zu halten sich schmeichelte; vielmehr hielt er sie zurück, ein bißchen verborgen im Halbschatten seines Verstands, wie ein Gut von zweifelhafter Rechtmäßigkeit, was ihm andererseits gestattete, den Kunden um fünf Uhr nachmittags mit mürrischer Miene und einem Mindestmaß an Entgegenkommen zu begrüßen, denn sonst hätte er nichts dagegen gehabt, in ihm den Gesandten eines wohlwollenden Schicksals zu erkennen, das Tag um Tag für sein Wohlergehen sorgte und ihm den Zugang zu einer gefährlichen Erkenntnis versperrte. Wenn das so war, wenn tatsächlich eine solch rätselhafte Beziehung bestand, dann war es vorzuziehen, in den Wolken zu schweben; oder besser noch als in den Wolken mit dem Kopf über ihnen, so daß er nicht sehen konnte, wo seine Füße standen; und was scherte es ihn dabei – flüsterte ihm eine Stimme zu, um die Einwände eines ursprünglichen Willens zu beschwichtigen, der begierig war, die Buchhaltung zu beherrschen –, daß er nicht wußte, wo seine Füße standen, wenn er nur fühlte, daß sie fest auf dem Boden standen. Und diese Festigkeit, war sie eine Frage des Gefühls oder der Sicht? Was war vorzuziehen, ein Gleichgewichtsgefühl oder eine Erkenntnis seiner Ursachen? Er war nicht so blind, daß er nicht begriffen hätte, wie eine derartige unzureichende und unvollkommene Denkweise nur der Notwendigkeit entsprach, sich der gegenwärtigen Lage anzupassen, daß sie aber keineswegs die Möglichkeit einer anderen, vollkommeneren in Abrede stellte, in der Gefühl und Sicht verbunden wären und eine körperliche Empfindung durch einen klar begründeten Zahlenstand ergänzt würde. Denn es war schließlich nur eine Hypothese, daß eine einwandfreie Buchhaltung den blühenden Wohlstand seines Geschäfts in Abrede stellen könnte, zweifellos die schlimmste aller Hypothesen und geradeso wahrscheinlich wie die entgegengesetzte, deren Anziehung so mächtig war, daß er in seinen laienhaften Versuchen – vergessen bereits der Fernkurs –, die Buchführung in Ordnung zu bringen, nicht erlahmte, wozu er die wenigen freien Stunden benutzte, die das Geschäft ihm ließ und die der Kunde um fünf Uhr nachmittags dann zunichte machte.

Paradoxerweise ließ ihn die Möglichkeit, die Buchführung könnte zeigen, daß sein Geschäft blühender sei, als er annahm, ziemlich kalt und spornte ihn kaum an, wenn er sich ans Rechnen machte. Dabei war ihm der Wohlstand nicht gleichgültig; ganz im Gegenteil sorgte er sich an erster Stelle gerade darum. Da er offenkundig ökonomisch keine Not litt, konnte er eine zusätzliche (höhere oder andere oder geistigere) Tätigkeit entfalten, die sich in gewisser Weise unterschied von der, die unbedingt nötig war, um die Leistungsfähigkeit des Geschäfts aufrechtzuerhalten. Es war – sozusagen – die Genehmigung, in privaten Revieren zu jagen, zu denen nur einige wenige Privilegierte Zugang hatten, und er selbst sah sich bereits in der schmerzlichen Verlegenheit, die ihn allzusehr beanspruchenden Übungen aufgeben zu müssen, um sich von Kopf bis Fuß in den erbitterten Überlebenskampf zu stürzen, wenn diese Genehmigung ihm eines Tages von den hohen und launenhaften Mächten, die das Glück regieren, entzogen würde. Ihm genügte, was er hatte, und weder seine langsam, aber stetig wachsenden Guthaben auf der Bank noch die Ländereien, die er erworben hatte – und von denen einige ihm die Gelegenheit geboten hatten, einem günstigen Geschäft eine humanitäre Aktion hinzuzufügen –, denen er allerdings nicht mehr Wert beimaß als eben den durch das Geschäft erzielten, würden seine gegenwärtige Lage noch seine Lebensweise wesentlich ändern. Und er würde auch nicht, nur weil er wohlhabender war, auf den berechtigten Anspruch verzichten, eines Tages so weit zu kommen, alle seine Bücher in Ordnung zu haben. Deshalb stellte jene zweite Möglichkeit keinen drängenderen Anreiz dar als das natürliche und ursprüngliche Verlangen nach geordneter Buchhaltung, das in einer Seele erzeugt wurde, die ebenso befriedigt über ihre kaufmännische Tüchtigkeit wie unglücklich über eine Vernunft war, die nicht die gleiche Kraft zu zeigen vermochte.

Als er begriff, daß er wieder einmal seine Bemühung aufgeben mußte, weil das Klingeln seine Aufmerksamkeit abgelenkt hatte, verließ er seinen Platz am Schreibpult und bewegte sich zum anderen Ende des Ladentisches, um – übellaunig – den Kunden zu bedienen, dessen schweigende und gar nicht störende Anwesenheit in der Ecke mit der Kleidung ihm mehr zusetzte, als wäre er lauthals redend hereingekommen.

JUNI

„Ich weiß sehr gut, worauf ich hinaus will."

Mercedes sah sie verwirrt an; sie antwortete lange Zeit nicht und wartete darauf, daß ihre Freundin sich etwas bestimmter ausdrückte, aber die beschränkte sich darauf zu wiederholen:

„Bestimmt, ich weiß sehr gut, worauf ich hinaus will."

„Ich glaube nicht, daß das schwer zu erraten ist", antwortete Mercedes. „Und wenn du diesen Entschluß gefaßt hast, dann wohl nicht, um nach einigen Tagen oder Monaten mit eingekniffenem Schwanz zurückzukommen."

Ihrer Freundin erschien der Ausdruck nicht passend – denn sie meinte, er habe unter solchen Umständen etwas Anstößiges, das sie nicht näher darzulegen vermochte und sich auch nicht getraute, obwohl sie es gern getan hätte –, und das sagte sie ihr auch. Mercedes überhörte den Einwand nicht, während sie die Kisten und die Felle hinten in den Wagen packte, einigermaßen gleichgültig gegenüber der Passivität ihrer Freundin, die nicht die geringste Miene machte, ihr zu helfen.

„Eines Tages wirst du ganz unversehens", sagte sie dann zu ihr, als sie die hintere Tür schloß, „deine Ansichten über viele Dinge ändern, die du nur vom Hörensagen kennst. An dem Tag, wo du sie selbst kennenlernst, wirst du anders urteilen, und dann hörst du auf, so zu reden, wie sie es dir in der Schule beigebracht haben."

Diesmal sagte ihre Freundin für lange Zeit nichts, weil sie eine angemessene Antwort suchte und auch, um so zu tun, als erwöge sie ernsthaft die Worte von Mercedes, auf die sie keinen besonderen Wert legte, denn sie war den lehrerhaften Ton all derer leid, die mit einer langen Erfahrung angeben, und auch, daß man ihr immer die Rolle der Unerfahrenen zuwies, der alle Welt Lehren erteilen konnte.

„Ich nehme an, ich weiß, was du meinst. Es ist immer dasselbe. Als ob ich nichts davon wüßte. Ich glaube, daß ich genauso viel weiß wie du, oder zumindest soviel, wie du dich traust zuzugeben, daß du es weißt."

„Du irrst dich", antwortete Mercedes, als sie in den Wagen gestiegen waren und sie den Motor anließ. Aber bevor sie losfuhr, sagte sie noch: „Ich meinte gar nichts Bestimmtes und schon gar nicht das, was du denkst. Und das vor allem, weil ich es ungehörig finde, jemandem eine Lehre erteilen zu wollen über etwas, wovon ich nicht zugeben möchte, wie ich es denn erfahren habe."

„Entschuldige einen Augenblick", unterbrach ihre Freundin mit etwas lebhafterer und hastigerer Stimme. Mercedes fuhr schnell und sicher, trotz dem schlechten Zustand des Wegs, den sie allerdings sehr gut kannte, und weil es bis zum Ort nicht weit war, mußte ihre Freundin den Rhythmus ihrer Sätze beschleunigen, um möglichst bald und über verschiedene Umschweife zum Kern des Gesprächs zu kommen – das anzufangen sie sich aber nicht getraute –, ehe es abbrechen würde und sie, jede für sich, ihre Einkäufe für den Tag erledigten. Das Gespräch wollte sie schon seit langer Zeit führen, seit sie ihren ersten Argwohn gegenüber Mercedes hegte, und dazu mußten sie allein sein, wenn möglich in dem Wagen, wo sie auf anderes zu achten hatte und ihr ein Ausrutscher unterlaufen könnte, der ihr ermöglichte, etwas von dem Geheimnis aufzudecken, dem sie nachging. „Ich weiß sehr gut, worauf ich hinaus will, und ich bitte dich nur um eines, daß du mir nicht in die Quere kommst. Daß du nicht versuchst, mich umzustimmen, und daß du nicht irgend etwas in der Absicht unternimmst, mich aufzuhalten."

Erneut war Mercedes einigermaßen verblüfft und antwortete nicht, womit sie unwillentlich den Wünschen ihrer Freundin entgegenwirkte. Die Freundin war ein bißchen verwirrend und verband zu gleichen Teilen Frechheit und schamhafte Zurückhaltung; sie konnte sich auf höchst intime Vertraulichkeiten einlassen und sich dann ganz plötzlich zurückziehen, gehorsam dem strengsten und straffsten Verhaltenskodex; sie hielt in ihrer Freundschaft auf Abstand und zeitweilige Unterbrechung und nahm sich dabei zugleich die Freiheit heraus vorauszusetzen – und sich oft auch gemäß dieser Voraussetzung zu verhalten –, daß es zwischen ihnen keine Geheimnisse geben könne; sie tat zuletzt so – und das war wohl ihr am schwersten erträglicher Charakterzug –, als stände alle Welt, und zwar jederzeit, in ihrer Schuld, und als erstes kam ihr stets ein Vorwurf von den Lippen.

„Da kannst du ganz unbesorgt sein", sagte Mercedes nach einigem Schwanken, „es ist mir noch nie auch nur der Gedanke durch den Kopf gegangen, dir in die Quere zu kommen. Und ich wüßte auch überhaupt nicht, wobei ich das tun könnte."

„Dummes Zeug", sagte ihre Freundin gebieterisch. „Du weißt ganz genau, was ich meine."

Am äußersten Ende des geraden Wegs wurde die Mündung auf die Landstraße sichtbar, und sie legte die Hand auf den Arm von Mercedes, in der unbestimmten Absicht, die Fahrt des Wagens zu bremsen oder sich für ihre Worte um ein besseres Verständnis zu bemühen. Mercedes hielt den Wagen an und würgte den Motor ab. Nachdem sie erneut losgefahren und links abgebogen war, nahm ihre Freundin in einem überredenderen Tonfall das Gespräch wieder auf:

„Ich bin sicher, du denkst, daß ich im Begriff bin, eine Dummheit zu begehen. Aber das schüchtert mich nicht ein. Und ich bin auch sicher, daß du, schließlich bist du meine einzige Freundin" – und das betonte sie ausdrücklich –, „mir auf die bestmögliche Weise helfen willst. Nicht so ganz sicher bin ich mir aber, und entschuldige bitte, daß ich dir das so sage, wozu sind wir sonst Freundinnen, ob du mir gerade so helfen wirst, wie ich möchte, daß du mir hilfst."

Mercedes blieb nichts anderes übrig, als ihre Ungeduld zu mäßigen, ihre Neugier zu unterdrücken und ihren Wunsch niederzuhalten, das Gespräch in klarere Bahnen zu bringen und zu dem konkreten Punkt zu führen, den ihre Freundin noch gar nicht angeschnitten hatte, und so faßte sie ihre Antwort ebenfalls höchst ausweichend:

„Ich halte immer zu dir, und das weißt du nur allzu gut."

„Das ist eben die Frage", antwortete ihre Freundin, etwas ungeduldig angesichts der ersten Häuser, die den Ort ankündigten. „Das genau ist die Frage. Ich zweifle überhaupt nicht daran, daß du dich gegebenenfalls meinen Interessen gemäß verhalten willst, sonst müßte ich ja an deiner Ehrlichkeit und Freundschaft zweifeln. Aber ich weiß nicht, ob wir uns darüber einig sind, was denn meine Interessen sind. Mit anderen Worten, es ist möglich, daß du in deiner Ehrlichkeit glaubst, daß meine Interessen in die entgegengesetzte Richtung gehen als die, die ich nehmen möchte. Denn schließlich denkst du nicht von ungefähr, daß ich im Begriff stehe, eine Dummheit zu begehen."

„Schwerlich", erwiderte Mercedes mit einem erleichterten Seufzer, während sie sich auf der Hauptstraße des Orts in Richtung Markt einordnete, „kann ich ja wohl wissen, ob wir uns über deine Interessen einig sind, solange du noch nicht so liebenswürdig warst, mir wenigstens zu erklären, welche Dummheit du eigentlich zu begehen gedenkst."

„Entschuldige", unterbrach ihre Freundin, indem sie die Führung des Gesprächs mit erneuter Energie wieder übernahm und Mercedes rechts zum Markt abbog, „aber du hast keinerlei Recht, mich um Erklärungen zu bitten. Und wenn ich beschlossen habe, meinen Wünschen nachzugeben, und das sogar in dem Bewußtsein, daß ich mir selbst Steine in den Weg lege, dann deshalb, weil sich niemand meinem Willen entgegenstellen kann, nicht einmal durch Überzeugung und indem er versucht, mir aufs schlagendste zu beweisen" – sie redete weiter, als Mercedes den Motor abschaltete und die

Handbremse anzog, knapp neben dem Haupteingang der Markthalle –, „daß ich mich gegen meine Interessen vergehe. Deshalb müssen wir uns über diese Situation hier ganz klar sein; damit jede weiß, woran sie sich zu halten hat."

„Ich weiß gar nicht, von welcher Situation du eigentlich redest", sagte Mercedes trocken, als sie in die Markthalle gingen, beide mit Taschen aus Wachstuch, schwarz die eine und kariert die andere. „Und ich kann es ja auch gar nicht wissen, wenn du es mir nicht endlich erklärst."

„Du weißt sehr gut, was ich meine", entgegnete ihre Freundin und sagte dann, mit einem dieser Schnitte und Wechsel des Gesprächsthemas, die Frauen häufig herbeiführen, vor allem wenn sie zum Markt gehen: „Ich gehe zum Gemüsestand."

„Ich hole erst das Fleisch", sagte Mercedes. Sie hatte ein Stück Kalbsrollbraten und zwei Kapaune bestellt, und während sie zusah, wie der Fleischer das erste Stück aus dem Verschlag holte und es auf die Waage legte, näherte sich ihre Freundin ihr von hinten und sagte:

„Du hast etwas mit Ramón gehabt."

Mercedes wandte kaum den Kopf, um ihre Freundin neben sich anzusehen. Sie hatte ihre Aufmerksamkeit so sehr auf das Ergebnis des Zeigers an der Waage gerichtet, daß sie nicht mitbekam, ob der Satz ihrer Freundin als Frage gemeint war.

„Was sagst du?" fragte sie ihrerseits, aber die andere war schon auf dem Weg zum Gemüsestand.

„Mach es mir fertig wie immer", wies sie den Fleischer an, in dem Wissen, daß es sich dabei um ein aufwendiges Verfahren handelte, und mit der offenkundigen Verachtung, wie sie der Kodex der Frauen auf dem Markt fordert, gegen die beiden Personen, die hinter ihr anstanden. Der Fleischer holte eine Rolle Garn aus einer Kiste unter dem Ladentisch, schnitt etwa zwei Meter Garn ab und wickelte es mehrfach quer und einmal längs zum Verknüpfen um das Stück Fleisch herum. Bevor er damit zu Ende gekommen war, näherte sich erneut ihre Freundin von hinten, mit schon zu einem Drittel von verschiedenen Produkten angefüllter Tasche, und flüsterte Mercedes ins Ohr:

„Ich habe alles gewußt."

Als Mercedes antworten wollte, hatte sich die andere bereits wieder entfernt und sich an einem anderen Gemüsestand in der Nähe angestellt. Mercedes beobachtete sie einigermaßen verwirrt und auch ein wenig ängstlich.

„Haben Sie noch einen Wunsch?" fragte der Fleischer und reichte ihr das Paket mit dem Rollbraten.

„Zwei Kapaune", sagte Mercedes zerstreut, den Blick auf ihre Freundin gerichtet, die in dem Augenblick Tomaten aus einer Kiste aussuchte und sie eine um die andere in die Schale der Waage am Gemüsestand legte.

„Nimm sie mir aus wie immer."

Während sie zusah, wie der Fleischer den Kapaunen Kopf und Füße abschnitt, sie öffnete, ausnahm und säuberte, stellte sich ihre Freundin – die Tasche war jetzt etwas voller, und sie hielt sie mit beiden Händen – rechts neben sie, schaute die Person hinter ihr in der Schlange fest an, damit sie, gezwungen durch ihren starren Blick, in eine andere Richtung schaute, und sagte dann gemessen und betont:

„Und jetzt, wo du nicht mehr weißt, was du mit ihm machen sollst, willst du, daß er mit mir geht. Du glaubst wohl, ich hätte das nicht gemerkt."

„Du bist verrückt", erwiderte Mercedes, ohne die Ruhe zu verlieren, während sie ihre Geldbörse öffnete und ein kleines Bündel zusammengefaltete Scheine herausnahm, eine Form, in der Geld nur in Damenhandtaschen zu finden ist.

„Du weißt ganz genau, was ich meine", sagte ihre Freundin, ohne ihren starren Blick von der Frau abzuwenden, die hinter Mercedes stand.

„Was redest du denn da", sagte Mercedes, während sie stumm mit einer Geste des Kinns den Fleischer nach dem Preis ihres Einkaufs fragte. Dann fügte sie hinzu: „Ich begreife nicht, wie man sich so viel ungereimtes Zeug in den Kopf setzen kann."

„Alles dreht sich um dasselbe."

„Um was denn?" fragte Mercedes, während sie das Wechselgeld in ihre Börse steckte, wobei sie sorgsam die Scheine zu einem kleinen Bündel zusammenfaltete.

Die Frau hinter Mercedes wollte gerade zum Ladentisch vorrücken, als die Freundin sie mit einem stolzen Blick aufhielt und sich zwischen sie und die Theke schob, was Mercedes dazu benutzte zu entwischen.

„Entschuldigen Sie bitte, aber ich war vor Ihnen dran."

Die Frau protestierte mit erhobener Stimme, aber sie kehrte ihr den Rücken zu und wandte sich gebieterisch an den Fleischer, ohne die geringste Absicht, über ihren Vorrang zu streiten.

„Gib mir ein Kilo Lendenfilet vom besten und sag bitte der Dame hier, sie möchte Ruhe geben und nicht lästig fallen."

Die Frau protestierte mit zunehmender Lautstärke und wandte sich auf der Suche nach Unterstützung ihrer Forderung den anderen hinter ihr Wartenden zu, woraufhin eine von ihnen ihr Beistand leistete, allerdings etwas gemäßigter, indem sie auf die Dreistigkeit gewisser Leute anspielte, die sich selbst für wohlerzogen halten. Als sie merkte, daß der Fleischer sich aus der Sache heraushielt, das Stück Filet nahm und die jeweils abgeschnittenen Scheiben gewissenhaft und umsichtig auf ein Wachspapier legte, verließ sie ihren Platz am Ladentisch für einen Augenblick und lief zum anderen Ende, wo ein Mädchen für Mercedes Speck und Wurstwaren einpackte. Sie behielt den arbeitenden Fleischer im Blick, trat ganz nah an Mercedes heran und flüsterte ihr ins Ohr:

„Dieser Mann ist nur für mich."

Mercedes kehrte sich um:

„Bis später dann."

„So kommst du mir nicht davon."

Mercedes schaute sie kurz etwas schräg an und holte dann

erneut ihre Geldbörse heraus, der sie wieder das kleine Bündel Scheine entnahm. Ihre Freundin kehrte zu ihrem Platz in der anderen Schlange zurück, als der Fleischer das Kilo Filet auf die Waagschale legte. Weitgehend um die Frauen in der Schlange zu ärgern, fragte sie ihn, ob er Milchlammkoteletts habe, und als der Fleischer ihr antwortete, er habe ein ganz außergewöhnlich zartes Lamm da, das er dann aus dem Verschlag holte und ihr zeigte, verlangte sie noch ein Pfund Koteletts – „wenn es geht, alle mit langen Knochen, sauber gehackt und ohne Fett" –, um ihm mehr Arbeit zu machen und um Zeit zu haben, zu einem Stand mit Kolonialwaren zu laufen, wo Mercedes in der Reihe wartete, der sie ins Ohr flüsterte:

„Ich weiß wohl, daß du etwas mit ihm gehabt hast, wenn du es auch noch so sehr abstreitest. Er konnte doch mit dir machen, was er wollte" – Mercedes kehrte den Kopf in eine andere Richtung –, „und jetzt jammerst du, daß er dich verlassen hat. Du kannst es nicht ertragen, daß er mit einer anderen geht. Und jetzt willst du, daß er mit mir geht, damit du ihn wenigstens in der Nähe hast. Du glaubst wohl, ich hätte das nicht gemerkt. Du bist ihm noch immer verfallen, das kannst du nicht abstreiten. Und du weißt nicht, was du machen sollst, um ihn zurückzubekommen. Ich will es dir sagen. Du mußt es zuwege bringen, daß er mich heiratet. Verstehst du? Daß er mich heiratet."

Sie ging zum Ladentisch, nahm das Paket, das der Fleischer ihr reichte, und fragte, indem sie ihrerseits ihre Geldbörse öffnete und ohne die in der Schlange wartenden Frauen auch nur eines Blickes zu würdigen:

„Wieviel bin ich dir schuldig, Ramón?"

OKTOBER

Die Frau hob den Kopf, senkte und kreuzte die Arme, indem sie die Hände um die Ellbogen legte. Ihre Nichte stieß einen tiefen Seufzer aus und zog erneut ihren Rock lang, so daß der Saum bis zur Mitte ihrer ziemlich dicken Waden reichte. Die Nichte hatte eine gewölbte Stirn und kleidete sich in ziemlich dunkle Stoffe aus Wolle und Kammgarn; häufig gab sie ihrer Haltung den Ausdruck innerer Sammlung, und sie kämmte sich das Haar zurück, ein Haar von unbestimmter Farbe, so unbestimmt wie auch ihre übrigen Formen.

„Du bist noch ein junges Mädchen. Du mußt noch eine Menge lernen, bis du eine Frau bist."

„Ich habe schon eine Menge Erfahrung", erwiderte die Nichte mit Nachdruck, obwohl sie sich gezwungen fühlte, dabei den Kopf zu senken, bis das Kinn fast den Hals berührte.

„Um das Leben zu führen, das du bislang geführt hast", sagte die Frau, „hast du mehr als genug Erfahrung. Aber ich meine eine andere Art Leben, und dazu mußt du noch eine Menge lernen."

„Meinst du die Männer, Tante?" fragte die Nichte, indem sie den Kopf hob und drehte.

„Ich meine nicht nur die Männer. Ich meine nie die Männer. Und ich meine die Männer deshalb nicht, weil ich nicht viel von ihnen weiß, auch wenn du vielleicht das Gegenteil annimmst. Ich habe nur das von ihnen gelernt, was ich für wichtig genug hielt, daß sie es mir beibrächten, und mein ganzes Leben lang habe ich das einigermaßen verächtlich gefunden, was sie mir beibringen wollten, ohne dabei meine Wünsche und meine Neigungen zu beachten. Ich weiß nicht viel, aber ich möchte doch annehmen, daß ich das, was ich weiß, recht gut weiß. So halte ich es: wenig, aber gut. Deshalb werde ich mich niemals zu sagen erkühnen, ich kennte die Männer, aber ich erlaube mir dagegen zu behaupten, daß ich alle Winkel von Ramóns Seele kenne, um ein Beispiel zu nennen, sogar die verborgensten."

„Ich glaube nicht, daß sehr viel Geschick dazu gehört, Tante", sagte die Nichte, „die verborgensten Winkel von Ramóns Seele zu kennen."

„Was weißt denn du von Ramóns Seele?"

„Ich weiß, daß die Männer Verdruß bringen", sagte die Nichte und nahm dabei ihre vorherige Haltung wieder ein, die sie bequemer fand.

„Nicht nur", sagte die Frau.

„Meinst du die Lust, Tante?" fragte die Nichte, indem sie den Kopf hob und drehte.

„Zum Teil ja, zum Teil meine ich die Lust."

„Die ist mir nicht fremd", sagte die Nichte.

Die Frau stieß einen tiefen Seufzer aus und sagte, indem sie die gewohnte Lautstärke ihrer Stimme senkte, als wäre der Gedanke nur eine kleingedruckte Anmerkung am Fuß ihrer Ausführungen:

„Es gibt sehr verschiedene Lüste, die nicht im geringsten miteinander verwandt sind. Es gibt sehr schmerzliche Lüste, so schmerzlich, daß sie das normale Gefüge der Seele zerbrechen und sie bis zum Wahnsinn treiben."

„Ich habe verschiedene Arten von Lust kennengelernt", sagte die Nichte, „und sie haben mich bisweilen tatsächlich an den Rand des Wahnsinns getrieben. Oder der Haltlosigkeit."

Die Frau zog kaum merklich die Brauen hoch. Dann zündete sie das Licht der Lampe an und ließ den Blick kurz über ihren Schreibtisch gleiten, aber als sie feststellte, daß alles in Ordnung war und nichts ihr Eingreifen verlangte, löschte sie es wieder, denn für ihre Gedanken und Erinnerungen suchte sie ein angenehmes Dämmerlicht. Mit halb geöffneten Lidern und in etwas gezwungener Haltung, mit nach hinten geneigtem Kopf, stützte sie das Kinn auf die rechte, zum Hals gewandte Faust.

„Niemals habe ich die Persönlichkeit des Boten zu ergründen oder zu erkunden versucht und auch nicht die Beziehung, die er zu ‚ihm' hat", sagte sie. „Zweifellos muß es eine geben, selbst wenn sie ganz beliebig wäre, denn andernfalls vermag ich nicht zu begreifen, wie er hierher kommen kann, um eine Botschaft zu übermitteln, die ihn so wenig angeht, und das in dem Wissen, daß er nicht über sehr viele Möglichkeiten verfügt, sie zu überbringen, sofern sie ihm in allen Einzelheiten erklärt haben, auf welche Schwierigkeiten seine Mission stößt und auch, viel gewichtiger noch, welche Gründe sie hat und was der Ursprung des Konflikts ist. Es ist möglich, daß es sich um einen weiteren Vermittler handelt, um einen Mann, dem dieser Auftrag von einem Mittelsmann erteilt worden ist und der deshalb möglicherweise gar nicht bei ‚ihm' gewesen ist und vielleicht auch nichts über sein Leben und seine Vergangenheit weiß. Wenn es so wäre, müßte ich deshalb doch nicht das geringste an meiner Antwort ändern, denn ganz gleich, was er über mich weiß, muß ich ihm doch vermitteln, daß seine Person keinerlei Einfluß auf meine Antwort hat. Andererseits, wenn ich von der Annahme ausgehe, daß zwischen ‚ihm' und dem Boten ein oder mehrere Mittelsmänner stehen, die einer dem anderen die Botschaft weitergegeben haben – die einfach genug ist, um ihr Wesen durch derartige Wechselfälle hindurch bewahren zu können –, muß ich alles in meiner Macht Stehende tun, damit die Festigkeit meiner Haltung die Oberhand über alle eventuellen Ungenauigkeiten gewinnt, die der Bericht von der Begegnung mit mir bei den jeweiligen Rückübermittlungen erleiden kann. Die Botschaft ist einfach, das wohl, aber nicht meine Antwort, die, eingehüllt in Schweigen, offen bleiben kann für jederart Auslegungen. Das ist ein weiterer Grund für meine Hartnäckigkeit und sogar dafür, meine Unnachgiebigkeit zu übertreiben, denn wenn ich überzeugt wäre, daß die Person, die hier hereinkommen wird, um – sagen wir – meine Umgänglichkeit zu erkunden, ebenfalls mit ‚ihm' Umgang hätte und als diese einzige Verbindung aufträte, die uns noch vereint, wenigstens im Feld des Geistes oder des Denkens, und die zugleich den Abstand darstellt, der uns trennt, und die Zukunft, die uns annähert, würde ich mich vielleicht – ich sage nicht, daß nicht – zu gewissen Auseinandersetzungen und vertraulichen Erklärungen hinreißen lassen, beseelt von einem Wunsch zu überzeugen, der mir manchmal die Seele bewegt und mich dazu führt, an Entschließungen zu denken, die sich sehr von denen unterscheiden, die ich gewöhnlicherweise fasse und die ich mir unbedingt verboten habe. Ich habe mir erlaubt zu sagen ‚die Zukunft, die uns annähert', als wäre ich sicher, daß der Zwist, der eines Tages zwischen uns entstanden ist und der uns getrennt hat, zunächst durch einen Zaun, dann durch eine Brücke, jeder an einem Ufer des Flusses, früher oder später in einem, wenn nicht glücklichen, so doch wenigstens friedlichen Zusammentreffen abschließend beigelegt würde. Und ich bin mir dessen nicht sicher, kann es auch nicht sein, genauso wie mir niemand gewährleisten kann, daß mein Opfer wenigstens dazu gedient hat, den barbarischen Brauch abzuschaffen, der an mir vollzogen wurde. Denn wenn ich es wäre, dann wäre ich es auch diese ganze zurückliegende Zeit gewesen, woraus zu folgern wäre, all das Warten sei kaum mehr als eine Grille meines launenhaften und unangepaßten Temperaments gewesen."

„Nein, ganz gewiß ist mir die Lust nicht fremd", unterbrach die Nichte, indem sie an ihrem Rock zog und dann ihre Hände mit den Flächen auf den Knien liegenließ.

„Es handelt sich um einen Mann von etwa vierzig Jahren", fuhr die Frau fort, ohne der Nichte allzuviel Aufmerksamkeit zu schenken, „der keinerlei Besonderheiten zeigt, ein nahezu unbedeutender Mensch. Irgendein etwa vierzigjähriger Mann, der überhaupt keine Aufmerksamkeit erregt. Ich nehme an, daß er nicht beliebig ausgewählt wurde, sondern daß dabei eine Reihe von Bedingungen den Ausschlag gegeben haben, die ich nicht kenne und die ich mich nur teilweise zu vermuten getraue. Er darf nicht viel Aufmerksamkeit erregen, damit sein Weg bis hierher – ein langer Weg von mehreren Tagesreisen, mit zahlreichen Stationen und häufigem Umsteigen – soweit wie möglich frei von Schwierigkeiten, Hindernissen und Unterbrechungen bleibt. Denn obgleich diese Reise nur einmal in einer bestimmten Zahl von Jahren unternommen wird und man deshalb schließen kann, daß, wer sie anordnet, gewiß nicht von Eile beherrscht ist, erfüllt sie doch, einmal begonnen, den Geist des Absenders mit jener Unruhe, die das Warten auf jede Antwort hervorruft. Und diese Unruhe ist um so größer, das kannst du mir glauben, je länger die Zeit bemessen war, um die Frage abzufassen, und je sorgfältiger der Augenblick gewählt war, sie zu stellen. Ich sehe ihn deshalb – das ist, versteh mich richtig, nur eine Redeweise, denn ich sehe ihn ja nicht und habe auch nicht den geringsten Wunsch, sein Bild auf die Leinwand meiner Augenlider zu projizieren, denn ich würde, da ich keine neueren Angaben über sein Aussehen habe und darum gar kein Bild von ihm formen könnte, nur die Mechanismen in Unruhe versetzen, die ein solches Phänomen erzeugen sollen, und womöglich die Enthaltsamkeit aufgeben, die ich mir auferlegt habe hinsichtlich jedes körperlichen Eindrucks von ihm auf mich –, wie er ungeduldig die Stunden und die Tage zählt von dem Augenblick an, wo er den Boten sendet, bis zu dem anderen, wo der zurückkommt, mit derselben, vorhergesehenen, unabänderlichen und doppelt enttäuschenden Antwort. Des weiteren muß es ein Mensch von etwa vierzig Jahren sein, was zu Anfang, als ich noch viel jünger war, allerdings von nicht geringer Wichtigkeit war, um den Eindruck zu hinterlassen, den es auf mich ausüben sollte – ein armes Mädchen aus der Provinz, einem bescheidenen Milieu entrissen, bestimmt, einen der ersten Plätze im lokalen Adel einzunehmen und ein Geschlecht von Standesherren fortzupflanzen, das fast für immer zerbrochen wäre an einem unmenschlichen Brauch, eine junge Frau, die kaum Erfahrung hatte und so gut wie schutzlos war –, die Besuch von einem Herrn mit recht gutem Benehmen und in einem gewissen Alter erhielt, der die Mühsal einer langen Reise auf sich genommen hatte, nur um ihr eine Botschaft zu überbringen, die sie nicht leichtfertig aufnehmen durfte. Leichtfertig! Das war es: ich sollte sie nicht leichtfertig aufnehmen. Als könnte ich nach der barbarischen Hochzeit noch irgend etwas leicht nehmen! Denn sein ganzes Benehmen, seine Art, sich anmelden zu lassen, und die Formulierungen, die er wählte, um mir seine Botschaft zu übermitteln, waren wohl – so will mir scheinen – sorgfältig geplant und einstudiert, damit ich sie so wichtig wie möglich nähme. Zweifellos war nicht vorgesehen, daß ich sie gar nicht annähme, daß ich sie weder als wichtig noch als unwichtig betrachtete und mich schlicht weigerte, sie zu empfangen, und nicht einmal den Willen bekundete, sie nicht zu empfangen; eine Form der Antwort, die nicht eine Absage an seine Bitte war, sondern eher eine Aufforderung, sein Verhalten zu ändern, ausgesprochen vom hohen Gericht des Schweigens."

„Die Lust zwickt mich", unterbrach die Nichte.

„Die Jahre vergingen", fuhr die Frau fort, „aber es blieb ein Herr von vierzig Jahren, immer ein anderer, nicht vornehm, aber doch ernst, sich der Bedeutung der Mission vollkommen bewußt und aufmerksam auf alle Einzelheiten in seiner Botschaft und, das ist vorhersehbar, auf alle und jede einzelne meiner Reaktionen. Ich habe dir ja schon gesagt, daß ich mir, da meiner Meinung nach die sachteste Bewegung des Munds oder das Zucken eines Augenlids sehr viel beredter sein kann als dieser grobe Einsilber, der die Auseinandersetzung zusammenfaßt und die Lage klärt (und der nichts als das ist, die Zusammenfassung, die verbale Bilanz eines komplizierten Rechnungsstands, der um so komplexer ist, je weniger seine Zwischenergebnisse vom Endergebnis gedeckt werden, und der so oder so sein kann, je nach der Bedeutung der einen oder anderen Eintragung), während einer langen Phase meines Lebens verboten hatte, solche Reaktionen zu zeigen, und in einem derartig kritischen Augenblick habe ich dann doch lieber meinen Gebärden freien Lauf gelassen, sofern nur mein Körper in Einsamkeit und Schweigen eingesperrt blieb. Es ist eine weise Formel, man glaubt es nicht, der Menschheit seit alters bekannt; wenn man den Körper strengster Zucht unterwirft, schürt man die größte Sinnlichkeit der Seele."

„Du kannst es ruhig sagen", unterbrach die Nichte. „Körper und Seele müssen geschieden sein, damit jedes sein eigenes Leben lebt."

„Deshalb habe ich mich nie herbeigelassen, den Boten zu empfangen, der, ich betone das, immer vierzig Jahre alt sein mußte, schlicht und zurückhaltend. Anfangs dachte ich, wir würden zusammen älter; das heißt, ich erwartete, der Bote würde, wenn schon nicht gleichermaßen wie ich, so doch wenigstens in einem solchen Rhythmus in die Jahre kommen, daß er stets das Alter verkörperte, das von meinem aus gesehen das glaubwürdigste wäre, um einen derartigen Auftrag auszuführen, aber ich habe meine Meinung an dem Tag geändert, als mir die Ankunft eines Herrn angekündigt wurde, der mehr oder weniger im selben Alter war wie ich und der trotzdem der geeignetste schien, mir die Botschaft zu bringen. Und da begriff ich, daß alles so vorgesehen war, damit das Alter nicht bedeutender als die Botschaft würde; denn sowohl er als auch ich konnten älter werden, aber der Bescheid nicht, denn über den Bescheid durften die Jahre nicht hinweggehen, und er durfte auch sonst keinen Wandel erfahren, übermittelt von einem etwa vierzigjährigen Mann mit dem Auftrag, das Wunder seiner Zeitlosigkeit zu wirken, als handelte es sich um die offenbarte Wahrheit, um das unverwelkliche Wuchern eines Versprechens, das keine Zersetzung erfahren würde. Ein Mann, so sehr über die Notwendigkeit unterrichtet, die Botschaft zu bewahren, daß sowohl der Absender als auch der Empfänger in seinen Augen zweitrangig wurden. Bloße Statisten, die phantasmatischen Stützen – Anfang und Ende – einer Verbindung, deren Bedeutung sich verselbständigt hat, eines Gegenstands, dessen Zweck verlorengegangen ist, wie das Kettenglied – ein Museumsstück –, das nichts mehr verknüpft, das nicht einmal mehr Kunde von den beiden Teilen gibt, die es einst gehalten hat…"

„Ich bin nicht unempfänglich für die Schmeicheleien der Männer", unterbrach die Nichte, ohne an ihrem Rock zu ziehen, indem sie lediglich den Hals ein wenig reckte und den Kopf zu ihrer Tante drehte. Sie zeigte auch eine Spur von Aufmerksamkeit für ihre Knie, die fest aneinandergepreßt scheu unter dem Rocksaum hervorlugten, der sich durch ihre Bewegungen verschoben hatte.

„… und die verschwinden mußten, ohne ein anderes Zeugnis ihrer jeweiligen Schicksale zu hinterlassen, die für einen Augenblick zu einem geworden waren. Ja, über diese Botschaft dürfen die Jahre nicht hinweggehen, selbst wenn sie vergangen sind – und mit welch schwindelerregendem Tempo damals in der Mitte meines Lebens – für den, der sie gesandt hat, und für diese hier, die sich weigert, sie zu empfangen. Und dabei habe ich dir noch gar nichts von dem Mann gesagt, der sie schickt. Ich sage dir nur, daß der Augenblick noch nicht gekommen ist, von ihm zu sprechen, und deshalb habe ich mich lieber ein wenig mit dem aufgehalten, der seine Botschaft lediglich übermittelt, auf seine ausdrückliche, vielleicht unmittelbare, vielleicht mittelbare Anordnung hin; daran zweifle ich jetzt keineswegs. Er war ein gutherziger, ehrlich gutherziger Mann, erschreckt über die Rolle, die die Tradition ihn zu spielen zwang, die er zweifellos nur vom Hörensagen kannte und der er nicht viel Bedeutung beimaß bis zum Augenblick der Prüfung. Und wenn er damals begriff, daß er alles verloren hatte, dann kam er auch zu der Einsicht, daß ihm nur durch Gutherzigkeit gelingen würde, es nach und nach zurückzugewinnen, was bislang noch fruchtlos geblieben ist. Denn ich sage dir auch, daß ich ihm während vieler Jahre mißtraut habe und vielleicht sogar soweit gekommen bin, ihn zu verabscheuen; und auf den Gedanken gekommen bin (das ist schon lange her), daß es niemanden hinter dieser Botschaft gab; daß nicht er sie schickte, aus dem einfachen Grund, daß er sie nicht schicken konnte – diese nicht und überhaupt keine –, und daß es sich lediglich um einen üblen Scherz handelte, den sich irgendeiner der vielen Menschen in dieser Gegend ausgedacht hatte, die unfähig sind, die Stärke einer Frau zu ertragen, die offenkundig ganz aus eigener Hand all die Schwierigkeiten überwunden hat, in die sie sich im Lauf eines ziemlich bewegten Lebens gebracht hat. Du siehst, ich zögere nicht, mich zuallererst als Verantwortliche, und vielleicht als einzige, dieser Schwierigkeiten zu bezeichnen, für die ich niemandem die Schuld geben kann. Nie habe ich es angebracht gefunden, anderen die mögliche Schuld und Verantwortung für eine Situation zuzuweisen, deren Mittelpunkt ich selbst war, denn das hätte mehr oder weniger einzugestehen bedeutet, daß ich unfähig war, aus ihr herauszukommen, und wenn ich das schließlich doch geschafft habe, so zweifellos dank der Energie, die mir die Überzeugung gab, ich könne nur von mir selbst Rechenschaft über meine Lage und Person fordern. Aber es scheint doch, daß in dieser Gegend – und ich sage dir das, weil du ein junges Mädchen bist und nichts von der Welt weißt, die dich umgibt, und weil du schutzlos gegen alle ihre Gefahren bist, auch wenn du gegenteiliger Ansicht bist –, sofern eine Frau zeigt, daß sie allein zurechtkommt, aus irgendeiner Ecke der Mann auftaucht, der glaubt, sie zu verdienen, der sich gehalten fühlt, sie zu der seinen zu machen, denn sie ledig zu lassen ist geradezu eine Beleidigung für seinen männlichen Stolz. Zweifellos haben sie dir den Kopf ganz heiß gemacht mit all den Gefahren, in denen ein Mädchen wie du schwebt, und mit den Grundsätzen und Regeln, an die es sich zu halten hat, um der Hetzjagd durch die sogenannten Mitgiftjäger zu entgehen, aber du kannst dir gar nicht vorstellen, was für eine Hetzjagd jede Frau ertragen muß, selbst falls sie nur mit Maßen anziehend ist ..."

„Das ist bei mir ja nicht der Fall", unterbrach die Nichte.

„... wenn sie ihre Jugend eingesetzt hat, um zu zeigen, daß sie alles in ihrer Hand Liegende tut, ihre Unabhängigkeit zu erhalten; eine Unabhängigkeit – das sollst du ein für allemal wissen –, die über den Schaden hinwegzugehen vermag und versteht, den sie denen zufügt, die sie nicht ertragen können. Es sind viele gewesen, deshalb sage ich es dir, aber von dem Schaden sprechen wir ein anderes Mal. Und am meisten verstört waren die, die schon beim ersten Blick auf mich davon überzeugt waren, daß sie mich zu ihrer Frau machen könnten. Ein Blick, das ist sehr wichtig, der niemals erwidert werden darf, eine Geste, die auf keinen Fall wechselseitig sein darf. Ich habe dir gesagt, daß ich jahrelang geglaubt habe, es könne sich gut um einen Scherz handeln, einen um so übleren Scherz, je ernster und bemühter der war, der ihn auszuführen beauftragt war. Trotzdem nämlich war ich im Recht mit dem Verdacht, hinter dem Mann mit einwandfreiem Aussehen und Auftreten, dessen redliche und begrenzte Absichten jedesmal offenkundig waren, könne sich irgendein skrupelloser Halunke verbergen, der mit Leichtigkeit einen ehrlichen Mann hätte einwickeln können, um ihm einen solchen Auftrag zu geben. Zu einem lächerlichen Preis und sogar zu gar keinem Preis, lediglich als Gefallen, den zu erweisen dieser ehrliche Mann keinerlei Hinderungsgrund sähe, unfähig, hinter der Bitte die tückische und schäbige Absicht eines Provinzscherzbolds zu bemerken. Denn die Nachricht war sehr wohl ehrlich, war sehr wohl – und ist – ernst, die ernsteste, die ein Mensch je empfangen kann. Und sie wäre auch dann noch ernst und ehrlich, wenn sie nicht auf meine Nachsicht gegenüber der schrecklichen Verfehlung zählen könnte, die an ihrem Ursprung steht, die schwerste Verfehlung, die man sich gegen eine Frau zuschulden kommen lassen kann und die einzuschätzen der Mann über kein Sensorium verfügt; nicht gegen ihren Stolz und nicht gegen ihre Ehre, nicht gegen ihre Tugend und nicht gegen ihre Unschuld, nicht gegen ihre Liebe und auch nicht gegen sonst eine dieser Flausen, sondern gegen ihre Bestimmung und ihr Schicksal, dieses unwillkürliche Vergessen einer niedrigen Herkunft, diese Aufhebung des Daseinsgrundes, diese vorzeitige Vorahnung des vollen Zeitgefühls, das die Frau aus allen und jeder einzelnen ihrer Zellen absondert, ohne es über den Kopf laufen lassen zu müssen, sogar ohne daß ein denkender und vergeßlicher Mann ihr sagen müßte: ‚Das wirst du sein.' Deshalb wirst du begreifen, daß die Nachricht sich nicht ändern kann und daß der Scherz, um seinen Zweck zu erreichen, niemals ihren Gehalt wandeln kann und sich deshalb damit begnügen muß, den Absendeursprung und das Mittel zu verändern, sie zu ihrem Bestimmungsort zu schicken. Weshalb also sollte ein ehrlicher Mann es nicht übernehmen, sie auszurichten, wenn man ihm eine befriedigende Erklärung bot, wenn man ihm zu verstehen gab, daß er damit einem Hilfsbedürftigen einen großen Dienst erweisen würde? Und ich bin schließlich sogar zu der Überlegung gekommen, daß, um den Übergang zwischen der Unverschämtheit und der Ehrlichkeit in ein und demselben Fall zu bewerkstelligen, mehr als ein Mensch nötig wäre, eine ganze Reihe von Mittelsmännern mit zunehmender Ehrlichkeit, die unfähig wären, das richtige Verhältnis der zunehmenden Falschheit zu beurteilen, die jeder einzelne gesondert in seine Rolle einführen müßte, um so mit kleinen Veränderungen von einem zum anderen Zustand überzuwechseln. Manchmal – und in der Folge dieses Gedankens – habe ich mir überlegt, daß der Bote, der hierher zum Haus kam, der einzige ehrliche Mann dieser Gegend sei, der einzige, der mein Vertrauen verdiente und vielleicht noch etwas mehr als meine Anerkennung; der Unschuldige, der von einer Bande von Halunken dazu bestimmt wird, eine Mission zu übernehmen, die sich niemand sonst auszuführen getraut und von deren Ergebnis er der am wenigsten Begünstigte ist, wie der kleine Junge, der an der Haustür klingelt, während seine Kameraden hinter der nächsten Ecke das Ergebnis dieses unschuldigen Streichs abwarten, bereit fortzulaufen und ihn zurückzulassen, sobald Geschimpfe oder Drohungen laut werden oder es gar Prügel setzt. Ich muß damals in dieser Art von Ungewißheit – hervorgerufen von all der Heimtücke – gelebt haben, die in ihrem Wahn so weit kommt, die Botschaft mit dem Boten zu verwechseln, wenn der Überbringer zum Subjekt der Nachricht wird (in diesem Augenblick, der eine Ewigkeit vor einem Abgrund ist), zum schrecklichen, unvergänglichen und unvordenklichen Subjekt, das nicht die Nachricht übermittelt, sondern das sie ursprünglich schickt und das, neben anderem gleicherweise Schwerwiegendem, plötzlich in diesem Zimmer steht und sagt: Hier bin ich. Aber wer oder was ist denn überhaupt hierher gekommen? Die Botschaft oder der Bote? Warum sollte man sie trennen? Wenn ich entschlossen war, jene zu billigen, warum sollte ich dann nicht auch diesen als das in ihr enthaltene Subjekt bestimmen? Denn es handelte sich um einen gutherzigen Mann, den ehrlichsten dieser Gegend, und davon konnte es nur einen geben. Später hatte er selbst, bedrückt durch das Vergehen, sein unvollkommenes Überleben einer Art heiklem und unvollständigem Vergessen anvertraut, um die Sühne zu finden, die ihm die Erinnerung zurückgäbe, geleitet lediglich von einem einzigen genauen – vielleicht geographischen – Detail, das sich dann bei jedem Mal (das sich nicht wiederholen würde, bis das Scheitern vergessen wäre, bis die Normalität des Gedächtnisses zurückgekehrt wäre) als nutzlos erwies. Du mußt verstehen oder zu verstehen versuchen – denn ich weiß noch nicht, ob du fähig bist, diesen Augenblick in der Tiefe deines Verstands zu fassen, da du wohl nicht in der Lage bist (wie im übrigen ich auch nicht, wenn wir unsere Plätze verkehren würden) ...“

Die Nichte zog an ihrem Rock und klemmte eine eingewölbte Falte zwischen ihre Schenkel, dann beugte sie den

Oberkörper leicht nach vorn, ließ den Blick über ihre eng zusammengepreßten Beine gleiten und drückte ihre Schuhe noch näher aneinander; und nachdem sie sich aufmerksam zur Linken und zur Rechten hin umgesehen hatte, sehr steif, und einige nicht vorhandene Staubflusen von ihrem Schoß geklopft hatte, die sie dann noch mit einem kurzen Pusten hinwegfegte, legte sie ihre Hände wieder um ihre Knie und sagte:

„Mein ganzer Körper spricht mit allen Fibern schon auf die erste Liebkosung an."

Die Frau indes ließ sich nicht stören:

„... die dunklen Winkel der Seele in einer solchen Situation zu erahnen –, welches meine Gemütsverfassung gewesen sein mag, als ich entschlossen war, den einzigen ehrlichen Mann zu hintergehen, der bis hierher kommen mußte, und ihn durch meine Dreistigkeit vom Scheitern einer Mission zu überzeugen, deren Erfolg ich insgeheim feiern mußte, und das nicht nur, um ihn mir vorzubehalten und ihn weiter exklusiv und auch künftig noch genießen zu können, sondern um ihm nicht bei einer Suche zu helfen, die er nur aus sich selbst durchführen durfte, ausgehend von einer einzigen genauen Angabe. Bisweilen habe ich fast Mitleid für diesen Mann empfunden, wenn ich an den Weg aus Ehrlichkeit zwischen einem trügerischen Anfang und einem gleicherweise täuschenden Ziel dachte, und ich kann nicht bestreiten, daß ich einen Augenblick lang versucht war, mich gegen meine ursprüngliche Entscheidung zu wenden, nur um ihm einen winzigen und kurzen Augenblick verdienten Triumphs zu schenken. Aber was soll ich dir sagen, als er hier ankam, muß irgend etwas diese guten Absichten gebremst haben, denn, ich wiederhole es dir noch einmal, meine Existenz stand auf dem Spiel. Jemand oder etwas muß stets die guten Absichten bremsen, denn sonst können sie sich jeden Augenblick verwirklichen und ein unheilvolles Beispiel geben, das, wenn es sich ausbreiten sollte, unsere Gesellschaft schneller zugrunde richten würde als die Papierindustrie. Dieses Etwas ist ein weiser – und vielleicht uralter – Entschluß, der über jedem Mitleid steht. Ich hätte auf Liebe aus sein können, in dem Bewußtsein, daß ich mich verpflichtet hatte, einen unveränderlichen und heiligen Vorsatz auszuführen, ganz gleich, was meiner Seele widerfahren würde. Ich hatte es geschworen. Das duldet eine Liebe nie, denn sie kann sich nicht einmal aufschwingen, wenn sie nicht zutiefst überzeugt ist, alles hinwegzufegen, weil nämlich die Münze, mit der die Liebe sich für ihre Dienste entschädigt, die Verwüstung ist. Dagegen das Mitleid sehr wohl. Das Mitleid verlangt nicht, daß alle Spareinlagen ausgeliefert werden, und deshalb breitet es sich aus, breitet es sich sehr viel weiter aus, als du dir denkst. Wenn der Lohn, den dieser Mann von hier hätte mitnehmen können, für den Fall, daß ich mir gestattet hätte, ihn zu überzeugen, daß seine Botschaft empfangen und angenommen worden sei, so wie er sich das wünschte, und daß er demnach seine Mission mit Anstand und Erfolg und zur vollen Zufriedenheit seines Auftraggebers durchgeführt habe, nur ein sehr von den Umständen bedingter und eingeschränkter sein konnte im Rahmen eines weiten Wegs mit höchst wechselvollem Glück (und soviel ich weiß, erhielten nur im fernen Altertum die Botengänger Ehren und Strafen, die in keinem Verhältnis zur Größe oder Bedeutung der Sendungen standen, deren Überbringer sie waren, denn sie gehörten zur Familie der Sibyllen, Orakel und Auguren), so hätte dagegen der Belastungsdruck in meiner Lage, weil ich eine so leichtfertige Befriedigung begünstigt hätte, groß genug sein können, um mich zu vernichten. Denn so wie es der Liebe gestattet ist, Glück und Vermögen einzusetzen und mit der Vernichtung zu spielen, darf das Mitleid das nicht. Und die Liebe macht sich zweifellos die ganze gesellschaftliche Freizügigkeit zunutze, die ihr im Lauf der Jahrhunderte bewilligt worden ist (und was sind die galanten Schriftsteller anderes gewesen, frage ich mich, als die Börsenmakler, die solche Schwindel-

was man Glück nennt. Weltgerechtes Verhalten und große Liebe – das geht nicht zusammen. Schon gar nicht, wenn diese Liebe die eines Sohns zu seiner Mutter ist. Jeder weiß Bescheid, die Schublade, in die so ein Fall gehört, ist weit offen. Alfred Dorn wehrt sich gegen das Leben, weil es zum Tod führt. Ihm ist die Zukunftsorientiertheit der Menschen ganz unverständlich. Zukunft – das ist doch nur ein anderes Wort für Zerfall, Vernichtung.

Peter Weiss
Werke in sechs Bänden

Herausgegeben vom Suhrkamp Verlag in Zusammenarbeit mit Gunilla Palmstierna-Weiss
Einmalige Jubiläumsausgabe
Etwa 2800 Seiten. Kartoniert
ca. DM 100,–;
ab 1. 1. 92 ca. DM 140,–
(Oktober 91)

Die vorliegende Ausgabe der Werke von Peter Weiss versammelt in sechs Bänden das gesamte Prosa- und Dramenwerk dieses großen Schriftstellers der deutschen Nachkriegsliteratur, der in seinem eigensinnigen Schreiben der Literatur neue Möglichkeiten eröffnete und den Bühnen neue Formen und Wege aufzeigte.

Peter Weiss
Rekonvaleszenz

Etwa 180 Seiten. Leinen im Schuber
ca. DM 98,–
Tausenddruck
(Oktober 91)

Zum 75. Geburtstag von Peter Weiss wird das einzige abgeschlossene Typoskript, das sich im Nachlaß fand, *Rekonvaleszenz*, vorgelegt. Der Titel bezieht sich auf die persönliche Situation von Peter Weiss im Jahre 1970, als er »an die Grenzlinie« geriet. Diese Grenzerfahrung war für ihn der Anlaß, eine Summe seines bisherigen Lebens zu ziehen. Im Tagebuchverfahren verschränken sich Gegenwart und Vergangenheit, und es ist ein einzigartiger Text entstanden.

Peter Weiss:
Leben und Werk

In Zusammenarbeit mit Elisabeth Wagner und Andreas Schönefeld herausgegeben von Gunilla Palmstierna-Weiss und Jürgen Schutte
Mit zahlreichen farbigen und schwarzweißen Abbildungen
345 Seiten. Broschur. DM 36,–
(bereits erschienen)

Ekkehart Krippendorff
Politik in Shakespeares Dramen

Etwa 300 Seiten. Gebunden
ca. DM 38,–
(September 91)

Das Universum der Shakespeareschen Dramen läßt sich auch untersuchen als ein Laboratorium für Variationen zum Thema Politik als Machterwerb, Machtausübung, Machtverlust, als der Stiftung von Ordnung, als einem gesellschaftlichen Handeln.

Iso Camartin
Von Sils-Maria aus betrachtet

Ausblicke vom Dach Europas
Etwa 200 Seiten. Engl. Broschur
ca. DM 28,–
(August 91)

Regionalisten gelten häufig als horizontbeschränkte Menschen. Doch wer sich um jenen Flecken Welt kümmert, der ihm aufgrund seiner Herkunft besonders naheliegt, braucht nicht blind zu sein für das, was im größeren Umfeld geschieht. Iso Camartin ist ein Regionalist. In seinen Essays entfaltet er Überlegungen für den bewußten Umgang mit naher Umgebung und legt Lebensspuren derjenigen offen, »die nicht nur kamen, um zu bewundern und zu genießen, sondern bloß, um hier zu leben und zu sterben«.

Kleine Reihe

Wolfgang Koeppen
Es war einmal in Masuren

Etwa 64 Seiten. Bütten-Broschur
ca. DM 16,80
(September 91)

»Ich will nicht als Fremder in die Fremde kommen.« Weil mitunter eben diese Katastrophe eintritt, wenn der einmal sehr vertraute Ort den Heimkehrer nicht mehr erkennt und der Heimkehrer seinen Ort nicht; wenn nur noch mit Hilfe des inwendigen Bildes die Verbindung zwischen damals und heute erschaffen werden kann – darum ist der Wunsch, nicht als Fremder in die Fremde zu kommen, fromm und vergeblich.

Thomas Bernhard
Ereignisse

Etwa 72 Seiten. Bütten-Broschur
ca. DM 16,80
(Herbst 91)

Dieser Band faßt Texte zusammen, die im Jahre 1957, also noch vor *In der Höhe – Rettungsversuch, Unsinn* und dem Roman *Frost*, entstanden sind. Thomas Bernhard plante zuerst eine Publikation dieser Texte für das Jahr 1960, unterließ diese aber wegen der Arbeit an *Frost*.

Bertolt Brecht
Werke

Große kommentierte Berliner und Frankfurter Ausgabe
30 Bände
(Herbst 91)

Band 21
Schriften 1
1914–1933

Bearbeitet von Werner Hecht unter Mitarbeit von Marianne Conrad Sigmar Gerund und Benno Slupianek
Etwa 800 Seiten

Der erste Band der Schriften reicht von den frühen Texten des Schülers Eugen Brecht – zu den Kriegsereignissen des Jahres 1914 und zu Aufführungen des Augsburger Stadttheaters – bis zum Anfang des Jahres 1933, als Brecht (nach dem Reichstagsbrand im Februar) gezwungen ist, Deutschland zu verlassen.

Band 24
Schriften 4
Texte zu Stücken

Bearbeitet von Peter Kraft unter Mitarbeit von Marianne Conrad Sigmar Gerund und Benno Slupianek
Etwa 500 Seiten

Im vorliegenden Band sind alle Texte Brechts zu seinen eigenen Stücken zusammengestellt, und zwar in der Reihenfolge der (chronologischen) Anordnung der Stücke innerhalb der Bände 1–10; hinzu kommen die Äußerungen Brechts zu Stücken anderer Autoren, die am Berliner Ensemble inszeniert worden sind.

Die Bände 21 und 24 kosten in der Leinenausgabe ca. DM 52,–
(bei Abnahme der Gesamtausgabe),
sonst ca. DM 72,–,
in der Lederausgabe ca. DM 152,–
(bei Abnahme der Gesamtausgabe),
sonst ca. DM 172,–

Spectaculum 52

Sechs moderne Theaterstücke und Materialien
Etwa 300 Seiten. Gebunden
ca. DM 28,–
Im Abonnement ca. DM 24,–
(Oktober 91)

Iermann Broch
›Die Erzählung der Magd Zerline«
Max Frisch
›Jonas und sein Veteran«
Jlrich Plenzdorf
›kein runter kein fern«
3otho Strauß
›Die Zeit und das Zimmer«
Marlene Streeruwitz
›Waikiki-Beach«
Peter Weiss
Wie dem Herrn Mockinpott das Leiden
ausgetrieben wird«

Nagelprobe 8

Texte des Jungen Literaturforums Hessen
Mit einem Vorwort von Jochen Hieber
Etwa 96 Seiten. Kartoniert
ca. DM 10,–
(Oktober 91)

Juan Benet
Im Halbschatten

Roman
Aus dem Spanischen von Gerhard Poppenberg
Etwa 200 Seiten. Gebunden
ca. DM 34,–
(September 91)

Wie die französischen Moralisten – Di-erot oder Sade – beschäftigt Benet der Viderspruch zwischen der relativen Rea-tät und der absoluten Moral; aber ihn interessieren auch der Gegensatz von Illusion und Wirklichkeit und das ewig philosophische Problem der Diskrepanz von Idee und Tat. In seinem Roman jedoch sind diese gewichtigen Fragen so meisterhaft verwoben und literarisch umgesetzt, daß sie auf den Leser mit der unmittelbaren Kraft, die nur dem Kunstwerk eigen ist, wirken.« *Genoveva Dieterich, Neue Zürcher Zeitung*

Hector Bianciotti
Die Nacht der blauen Sterne

Roman
Aus dem Französischen von Maria Dessauer
Etwa 380 Seiten. Gebunden
ca. DM 38,–
(September 91)

Er, der Erzähler, um dessen Geschichte es geht, war das uneheliche Kind einer Schneiderin im ländlichen Norden Frankreichs. Die Kindheit, die erste Schulzeit verbringt er einsam, doch in inniger Verbundenheit mit der Mutter.
Doch bevor er noch die Schulzeit beendet, erkrankt die Mutter lebensgefährlich. Der Fünfzehnjährige fährt nach Paris in das Krankenhaus und erlebt dort im Vorlesungssaal, wie der Professor sie den Studenten als »Fall« vorführt. Dieses Erlebnis wird zur Triebkraft; sein Lebensziel heißt von nun an, an diesem Krankenhaus einmal eine Machtposition zu erlangen, um das Amphitheater, in dem die Mutter zur Schau gestellt wurde, abreißen zu lassen.

Neue Bücher 2. Halbjahr 1991

Marguerite Duras

György Konrád

Eduardo Mendoza

Marguerite Duras
Sommerregen

Aus dem Französischen von Andrea Spingler
Etwa 232 Seiten. Leinen. ca. DM 32,–
(September 91)

Auch dieses Buch erzählt eine Liebesgeschichte. Nicht nur eine. Eingebettet in ganz gewöhnliche Verhältnisse, so wie man sie abseits in den Elendsvierteln von Vitry antrifft. Bei den Ausländerfamilien. Um eine solche Familie geht es: der Vater, die Mutter, sieben Kinder.
»Während ich das Buch schrieb, reiste ich wohl fünfzehnmal nach Vitry. Fast immer habe ich mich verirrt. Vitry ist ein schreckenerregender, unauffindbarer, unbestimmter Vorort, den ich angefangen habe zu lieben. Es ist der unliterarischste Ort, den man sich vorstellen kann, der unbestimmteste. Ich habe ihn also erfunden«, schreibt Marguerite Duras. *Sommerregen* ist ihr jüngstes Buch. Es ist das Buch, das sie während ihrer schweren Krankheit »im Koma« geschrieben habe. »Das Buch ist von mir, mehr als die anderen.«

James Joyce
Briefe an Sylvia Beach

Herausgegeben von Melissa Banta und Oscar A. Silverman
Aus dem Englischen von Claudia Bodmer und Michel Bodmer
Mit zahlreichen Abbildungen
Etwa 400 Seiten. Leinen. ca. DM 58,–
(September 91)

Joyces Briefe belegen in sprechenden Einzelheiten die Sorgen eines großen Autors Sie enthüllen, daß Joyce trotz der Veröffentlichung und dem Erfolg von *Ulysses* den größten Teil seines Lebens um Anerkennung ringen mußte. Überdies bezeugen sie Sylvia Beachs fortwährende Geduld mit dem fordernden, sie rücksichtslos in Anspruch nehmenden Joyce, ihren eigenen finanziellen Schwierigkeiten zum Trotz.

György Konrád
Melinda und Dragoman

Roman
Aus dem Ungarischen von Hans-Henning Paetzke
Etwa 400 Seiten. Leinen. ca. DM 38,–
(September 91)

›Ich (Melinda) bin eine der Wortführe-innen der Budapester Mythologie, wer mit wem verheiratet gewesen, wer von wem verlassen worden, wer wessen vier-es Kind aus dritter Ehe ist, all das be-wahre ich im Gedächtnis. Was zählt, das ist die große Familie. Die blutsmäßig und seelisch durch und durch miteinander verbundene Verwandtschaft. Wir küm-mern uns einer um den andern. Wen wir aufgenommen haben, der wird nicht un-tergehen.«

Eduardo Mendoza
Die Wahrheit über den Fall Savolta

Roman
Aus dem Spanischen von Peter Schwaar
Etwa 488 Seiten. Gebunden
ca. DM 48,–
(September 91)

Mittel- und ahnungslos aus der Provinz in das brodelnde Barcelona eines häßlich blühenden Industriereichtums mit froh-gemuten Kapitalisten, rigorosen Anarchi-sten, spintisierenden Polizeispitzeln, hö-heren Töchtern und käuflichen Totschlä-gern gekommen, findet Javier Miranda sich schon bald in der glänzenden Gesell-schaft des verführerisch erfolgreichen Franzosen Lepprince wieder. Dieser ele-gante Mann ungewisser Herkunft hat ihn unter seine Fittiche genommen, scheint ihm gar eine bedeutende Rolle in seinen Plänen anzuvertrauen ...

Juan José Millás
Das war die Einsamkeit

Roman
Aus dem Spanischen von Peter Schwaar
Etwa 180 Seiten. Gebunden
ca. DM 32,–
(September 91)

Millás hat in einem Interview nach Er-scheinen des Romans gesagt, daß er mit seinem Schreiben ein Gegenstück zu dem versuche, was in der Malerei Hyper-realismus genannt wird. Aus der minuziö-sen Evokation des Dinglichen und Kon-kreten ergibt sich fast unmerklich etwas Beunruhigendes, fast Phantastisches: Spurenlese in der Welt aus Zeichen, in der wir leben.

Cees Nooteboom
Die folgende Geschichte

Aus dem Niederländischen von
Helga van Beuningen
Etwa 152 Seiten. Gebunden
ca. DM 28,–
(September 91)

Der Anfang dieser Geschichte und – wer weiß? – auch deren Ende ist rätselhaft: Wieso wacht Herman Mussert in Lissabon in einem ihm vertrauten Zimmer auf, ob-wohl er in Amsterdam wohnt und sich dort auch am Abend zuvor zum Schlafen niedergelegt hat?

Marie Redonnet
Hotel Splendid

Roman
Aus dem Französischen
von Andrea Spingler
Etwa 128 Seiten. Gebunden
ca. DM 28,–
(September 91)

In dem auf sonderbare Weise bannenden Monolog einer einsamen Frau summiert sich die Vielzahl der Ereignisse um das Hotel Splendid, am Rande eines Moors er-baut, zur Leidensgeschichte. Und dem glanzvollen Namen zum Trotz scheint niemand imstande zu sein, dem Unter-gang Einhalt zu gebieten; ein Untergang, der es auf alle und alles abgesehen hat.

Neue Bücher 2. Halbjahr 1991

Alberto Savinio
Tutta la vita
Das ganze Leben

Erzählungen
Aus dem Italienischen von
Joachim A. Frank
Etwa 160 Seiten. Gebunden
ca. DM 28,–
(September 91)

»Das Sehen ist eine schwierige Kunst, die man erst spät erlernt.« Alberto Savinio zeigt uns in dem Erzählband *Tutta la vita*, wie eindrucksvoll er diese Kunst be-herrscht. Er selbst spricht von surrealisti-schen Erzählungen, jedoch unter Vorbe-halten, »denn mein Surrealismus be-gnügt sich, wie viele meiner Schriften und viele meiner Gemälde bezeugen, nicht damit, das Formlose darzustellen und das Unbewußte auszudrücken, son-dern er will dem Formlosen Form und dem Unbewußten Bewußtsein geben«.

Das Marcel-Proust-Lexikon

Von Philippe Michel-Thiriet
Aus dem Französischen von
Rolf Wintermeyer
Etwa 500 Seiten. Leinen. ca. DM 78,–
(Oktober 91)

Es gehört nicht zu den geringsten Vorzü-gen dieses Lexikons, daß es den Blick auf das eigentliche Werk nicht verstellt, son-dern sich ihm öffnet und so die Lust am Text nährt.

Die Prager Moderne

Erzählungen, Gedichte, Manifeste
Mit einer Einleitung von
Milan Kundera
Herausgegeben und mit einem
Nachwort versehen von
Květoslav Chvatík
Etwa 370 Seiten. Leinen. ca. DM 48,–
(September 91)

Die Anthologie vereinigt Texte aus 100 Jahren. Sie führt in sieben literarische Etappen ein, beginnt mit der Generation der 90er Jahre des 19. Jahrhunderts, fährt fort mit der Anarchoboheme, der Genera-tion von 1914, mit den Poetisten und Sur-realisten, den Prä-Existentialisten, der Gruppe 42 und endet mit den neuen Ten-denzen nach 1945.

Polnische Bibliothek

Andrzej Kuśniewicz
Tierkreiszeichen

Roman
Aus dem Polnischen übersetzt
von Renate Schmidgall
Mit einem Nachwort versehen von
Hans-Peter Hoelscher-Obermaier
Etwa 350 Seiten. Leinen. ca. DM 36,–
(September 91)

Fünf Freunde sitzen am alten Fluß zu-sammen. Es ist das letzte Mal, im Som-mer 1939, kurz vor Kriegsbeginn. Ihre Heimat, das einstige Ostgalizien am süd-östlichen Rand der Republik Polen, wer-den sie alle verlieren. Zuerst an Stalin, dann an Hitler und, nun endgültig, er-neut an die Sowjetunion.

Polnischer Barock

Ein literarisches Lesebuch von
Czesław Hernas
Übersetzt von Hans-Peter Hoelscher-Obermaier, Roswitha Matwin-Buschmann, Walter Schamschula
und anderen
Etwa 380 Seiten. Leinen. ca. DM 36,–
(September 91)

Der vorliegende Band, reich bebildert veranschaulicht die Breite des künstleri-schen Schaffens dieser Epoche, die in Spannung und Kontrast ihr schöpferi-sches Prinzip gewinnt.

In der Prosa des listigen Sprachmeisters Franz Hodjak verbirgt sich hinter den ironisch-pfiffigen Sarkasmen und aberwitzigen Absurditäten die bitterbös-groteske Wahrheit dessen, der als Schweijk in Transsilvanien die Literatur zum Über-Lebensmittel im siebenbürgischen Endspiel gemacht hat.

Paul Nizon
Über den Tag und durch die Jahre

Essays, Nachrichten, Depeschen
Etwa 220 Seiten. Leinen. ca. DM 34,–
(September 91)

Unter dem Titel *Über den Tag und durch die Jahre* werden Texte aus einem Zeitraum von drei Jahrzehnten vorgelegt, die insofern zusammengehören, als sie das Nachdenken üben und belegen.
Gegenstand des Nachdenkens können Lektüren, Ausstellungs- und Kinobesuch sein, aber auch weniger kulturelle Angebote wie die Zigarette, die Silvesterfeier, das Sexplakat. Die andere Lebensweise, die andere Kultur (und manchmal der Kulturschock) kommen in einem römischen Brief, einer Depesche aus New York, einem Exkurs über die französische Frau und in einem Bericht über das Zusammenleben mit Schwarzafrikanern in Paris (»Der Rassismus in dir selber«) zur Sprache.

Patrick Roth
Riverside

Christusnovelle
Etwa 96 Seiten. Engl. Broschur
ca. DM 24,–
(September 91)

Zwei junge Männer, Tabeas und Andreas, sind einem Alten auf der Spur, dem Diastasimos, der sich vor Jahren in eine Höhle im jüdäischen Wüstengebirge zurückgezogen haben soll. Ein Feuer hat den Besuchern den Eingang der Höhle kenntlich gemacht: ihren und unseren Eingang . . .
Wie erwartet, geht Diastasimos auf die Fragen der beiden Eindringlinge nur widerwillig ein. Immer wieder versucht er, diese »Detektive des Herrn« auf falsche Fährten zu locken, gibt ihnen nicht, was sie hören wollen, verweigert sich – bis er, von einem bestimmten Punkt an, dem »Spiel des Fragens und Antwortens« sich doch nicht entziehen kann.

Ralf Rothmann
Stier

Roman
Etwa 430 Seiten. Leinen. ca. DM 38,–
(September 91)

»Seit mir auffiel, daß es nichts Zufälliges mehr gibt, war die Jugend vorüber.« –
So lakonisch intoniert *Stier*, der erste Roman des als Lyriker und Erzähler hervorgetretenen Ralf Rothmann, sein Thema: den Blick zurück – auf eine Jugend der siebziger Jahre.
»Stein auf Stein« – der erste Teil – führt in den Randbezirk einer Stadt im Ruhrgebiet: wo »Bergschäden« das Gesicht der Häuser prägen, wo die Väter im Pütt arbeiten, wo der von der »Herzkrankheit Frau unheilbar infizierte« stille Rebell und stürmische »Rotlichtcasanova« zum Maurer wird. Aber während Kai Carlsen Stein um Stein aufeinandersetzt und sich in der rüden und »rechtwinkligen Welt der Baustellen« die Seele vermauert, entdeckt er ein anderes Leben hinter dem Leben . . .

Ralf Rothmann

Gerold Späth

Martin Walser

Gaston Salvatore
King Kongo

Ein Vaudeville
Etwa 80 Seiten
Engl. Broschur. ca. DM 24,–
(Oktober 91)

Das Stück spielt 1884/85 in Berlin mit einem Finale in Ostende. Es handelt von kleinen Leuten – den Straßenmusikanten Hohmann und Grete, dem Liebespaar Willi und Dora, die sich mehr schlecht als recht durchs Leben schlagen – und großer Politik – auf der Kongo-Konferenz schachern Politiker und Bankiers um die Afrika-Kolonien –; Gaston Salvatore webt beide Geschichten und Welten ineinander, illustriert und erzählt mit zahlreichen Liedern und szenischen Tableaus, es entsteht ein vielgestaltiges Bild der Großstadt Berlin vor der Jahrhundertwende.

Gerold Späth
Stilles Gelände am See

Roman
Etwa 328 Seiten. Leinen. ca. DM 38,–
(September 91)

Im literarischen Gelände am See des stillen Städtchens läßt Gerold Späth als Chronist seiner Kinder- und Jugendzeit Menschen Revue passieren: den Kapuz nerpater Irenäus, der verfänglich, abe ausführlich den Heranwachsenden vor »Weib Erde« erzählt, oder die um so leib haftigere »Seidenglanzkatze« Mimi Hu ber, »hochgedonnert und langstielig« Sargschreiner Schnabelschuh, Kutsche Engel oder Signor Pellegrini im chron blitzenden Vorkriegs-Alfa. Das Städtche ist bevölkert von bizarren »Paradie vögeln« und »milchschokoladebraune Damen«, von Sonderlingen und dazug hörigen Spießern. Unglaubliches un Unerhörtes – Wasserleichen und kinde raubende Lämmergeier, Totenhäusche und »Zeugungsnummer« auf dem Hoch seil – wird kolportiert.

Martin Walser
Die Verteidigung der Kindheit

Roman
Etwa 520 Seiten. Leinen. ca. DM 44,–
(August 91)

Die Verteidigung der Kindheit, der R man einer großen Liebe. Da die Welt a große Liebe nicht gefaßt ist, für groß Liebe nicht eingerichtet ist, bringt ei solche Liebe den Liebenden nicht da

Paul Celan
Eingedunkelt

Gedichte
Herausgegeben von Bertrand Badiou und Jean-Claude Rambach
Etwa 80 Seiten. Leinen. ca. DM 28,–
(September 91)

Der vorliegende, dreifach unterteilte Band wird mit dem aus elf Gedichten bestehenden fragmentarischen Zyklus »Eingedunkelt« eröffnet. Die zweite Abteilung trägt den Titel »Gedichte aus dem Umkreis von ›Eingedunkelt‹«. Die dritte Abteilung besteht aus neun Gedichten, die nur auf losen Blättern vorkommen.

Paul Celan
Werke

Historisch-kritische Ausgabe
I. Abteilung: Lyrik und Prosa
Besorgt von der Bonner Arbeitsstelle für die Celan-Ausgabe: Beda Allemann, Rolf Bücher, Axel Gellhaus, Stefan Reichert
8. Band: Fadensonnen
Herausgegeben von Rolf Bücher
Band 8.1: Text. Etwa 136 Seiten
Band 8.2: Apparat. Etwa 260 Seiten
Leinen. ca. DM 160,–
Subskriptionspreis: ca. DM 140,–
(Oktober 91)

Die Historisch-kritische Ausgabe der Werke Paul Celans wird fortgesetzt mit Band 8, der Edition der letzten vor Celans Tod erschienenen Gedichtsammlung: *Fadensonnen* (1968); auch sie wird in zwei Teilbänden vorgelegt. Der erste enthält den kritisch edierten Text der 105 Gedichte in der von Celan festgelegten Anordnung in fünf Zyklen; der zweite bietet die Darstellung der Textgenese, wie sie mit den von Celan selbst zusammengestellten Materialien des Nachlasses dokumentiert ist.

Durs Grünbein
Schädelbasislektion

Gedichte
Etwa 150 Seiten. Gebunden
ca. DM 25,–
(September 91)

Die Gedichte in *Schädelbasislektion* reagieren auf den Zerfall der Sprache in die geschwätzige Phrase; auf den schmerzhaften Verlust des seiner nicht mehr selbst gewissen Ich; auf mörderische Großstadteinsamkeit und die Zerstörung der sozialistischen Ikonen.

Urs Faes
Alphabet des Abschieds

Roman
Etwa 176 Seiten. Gebunden
ca. DM 28,–
(September 91)

Rom – die moribunde, die ewig sterbende Stadt macht Urs Faes in *Alphabet des Abschieds* zur Kulisse eines still und doch zugleich spannend inszenierten Geschlechter-Kammerspiels. Ein Mann und eine Frau, Paul und Nicole, durchleben die Phantasien des Nocheinmal, zwingen sich zur Rechenschaft, zur Bilanz des gelebten und vor allem des ungelebten Lebens.

Peter Handke
Versuch über den geglückten Tag

Ein Wintertagtraum
Etwa 100 Seiten. Leinen. ca. DM 24,–
(August 91)

Der geglückte Tag ist ein Abenteuer, ein Abenteuer mit dem Tag als Gegenüber, als Gegner. »Carpe diem«, der Spruch des Horaz, wird hier neu übersetzt mit »Pflücke den Tag«, ganz so, wie der Erzähler sein Problem sieht: aus geglückten Augenblicken, als vierte Macht, den geglückten Tag zu pflücken. Dieser Tag beginnt schon im ersten vollen Bewußtsein nach dem Schlaf, bleibt vorerst Idee, doch, durch die Phantasie getragen, verwandelt sich die Idee zu einer Lebens- und Schreibidee.

Neue Bücher 2. Halbjahr 1991

Peter Handke

Wolfgang Hildesheimer

Paul Nizon

Wolfgang Hildesheimer
Landschaft mit Phoenix

Collagen
Mit einem Vorwort des Künstlers
Etwa 80 Seiten. Leinen. ca. DM 178,–
Die Ausgabe ist signiert und numeriert von 1–1000
(September 91)

Peter Härtling über Wolfgang Hildesheimers ersten Collagen-Band:
»Die Blätter . . . ziehen, beherzt und zugeneigt, Wirklichkeit zusammen, schenken Partikeln und Fragmenten Sinn und Hintergrund, erzählen Geschichten und geben Rätsel auf. Ihre Zartheit und das die Farben sanft stimmende Licht rühren ganz unmittelbar . . . Die Bilder reden, ich kann mich mit ihnen unterhalten, und sie unterhalten, sehr leise und bestimmt, mich.«

Frankfurter Allgemeine Zeitung

Wolfgang Hildesheimer
Gesammelte Werke in sieben Bänden

Herausgegeben von Christiaan Lucas Hart Nibbrig und Volker Jehle
Etwa 4000 Seiten
In Kassette. Leinen. ca. DM 480,–
Leder. ca. DM 980,–
Auch als Einzelbände erhältlich: ca. DM 78,– bis ca. DM 98,–
(September 91)

Die *Gesammelten Werke* Wolfgang Hi desheimers sind in sieben Bänden ange legt; sie umfassen einen Zeitraum vo nahezu fünf Jahrzehnten. Die ersten vie Bände sammeln die erzählende, mon logische, essayistische, biographisch Prosa; also: Erzählungen, *Tynset* und *Ma sante, Mozart* und *Marbot*. Es folge Hörspiele und Theaterstücke; danach ve mischte Schriften.

Franz Hodjak
Zahltag

Erzählungen
Etwa 184 Seiten. Gebunden
ca. DM 28,–
(September 91)

Bibliothek Suhrkamp

René Crevel: Seid Ihr verrückt?
BS 1083. ca. DM 16,80 (Oktober 91)

Robert Pinget: Passacaglia
BS 1084. ca. DM 16,80 (Oktober 91)

Wolfgang Koeppen:
Eine unglückliche Liebe
BS 1085. ca. DM 19,80 (November 91)

Mario Vargas Llosa: Lob der Stiefmutter
BS 1086. ca. DM 19,80 (November 91)

Wichtige Nachauflage:
Thomas Bernhard: Der Stimmenimitator
BS 770. ca. DM 19,80 (Dezember 91)

Marguerite Duras:
Im Sommer abends um halb elf
BS 1087. ca. DM 19,80 (Dezember 91)

Joseph Conrad: Herz der Finsternis
BS 1088. ca. DM 19,80 (Januar 92)

Bohumil Hrabal: Leben ohne Smoking
BS 1089. ca. DM 22,80 (Januar 92)

Czesław Miłosz: Gedichte
BS 1090. ca. DM 22,80 (Februar 92)

Karl Kraus:
Die letzten Tage der Menschheit
BS 1091. ca. DM 24,80 (Februar 92)

Jean Giono: Der Deserteur
BS 1092. ca. DM 14,80 (März 92)

Wichtige Nachauflage:
Yukio Mishima: Nach dem Bankett
BS 488. ca. DM 19,80 (März 92)

Michel Butor:
Die Worte in der Malerei
BS 1093. ca. DM 19,80 (April 92)

Konstantin Waginow:
Die Suche nach dem Gesang der Nachtigall
BS 1094. ca. DM 19,80 (April 92)

edition suhrkamp

Eine Auswahl literarischer Titel

Bodo Morshäuser: Hauptsache Deutsch
es 1626. ca. DM 14,– (Oktober 91)

Thomas Rosenlöcher:
Die Wiederentdeckung des Gehens beim Wandern
es 1685. ca. DM 14,– (November 91)

Peter Weiss: Rekonvaleszenz
es 1710. ca. DM 16,– (November 91)

György Dalos:
Ungarn – Vom Roten Stern zur Stephanskrone
es 1687. ca. DM 16,– (November 91)

Johannes Jansen: Reisswolf
es 1693. ca. DM 14,– (Januar 92)

J. Bernlef: Zwischen Eisbergen
es 1694. ca. DM 14,– (Januar 92)

Franz Hodjak:
Franz, Geschichtensammler
es 1698. ca. DM 12,– (Februar 92)

Klaus Middendorf: Wer ist Patrick?
es 1701. ca. DM 16,– (März 92)

Maruša Krese-Weidner:
Gestern, Heute, Morgen
es 1703. ca. DM 12,– (März 92)

Diese hier vorgestellten Neuerscheinungen finden Sie in allen Buchhandlungen. Andernfalls erklärt sich Ihr Buchhändler gerne bereit, jedes von Ihnen gewünschte Buch in kürzester Zeit zu besorgen. Für weitere Informationen und Prospekte wenden Sie sich an Ihren Buchhändler oder direkt an den Verlag.

Fotonachweis: Jerry Bauer (Marguerite Duras), Yvonne Böhler (Wolfgang Hildesheimer), Irmeli Jung (Paul Nizon), Barbara Klemm (Martin Walser), Isolde Ohlbaum (Peter Handke/Gerold Späth), Andreas Pohlmann (György Konrád), Ute Schendel (Eduardo Mendoza), Elke Seiffert-Lenk (Ralf Rothmann); weitere Nachweise über das Bildarchiv des Suhrkamp Verlags

Suhrkamp Verlag, 6000 Frankfurt/M. 1. Preisänderungen vorbehalten. 6/91 (99379)

Neue Bücher 2. Halbjahr 1991

Suhrkamp Literatur

Juan Benet · Bertolt Brecht
Hector Bianciotti · Iso Camartin
Paul Celan · Marguerite Duras · Urs Faes
Durs Grünbein · Peter Handke · Wolfgang Hildesheimer
Franz Hodjak · James Joyce · György Konrád
Ekkehart Krippendorff · Andrzej Kuśniewicz
Eduardo Mendoza · Juan José Millás · Paul Nizon
Cees Nooteboom · Marie Redonnet · Patrick Roth
Ralf Rothmann · Gaston Salvatore · Alberto Savinio
Gerold Späth · Martin Walser · Peter Weiss
Bibliothek Suhrkamp · edition suhrkamp
Kleine Reihe: Thomas Bernhard · Wolfgang Koeppen
Spectaculum 52 · Nagelprobe 8
Polnischer Barock · Die Prager Moderne
Das Marcel-Proust-Lexikon

gutscheine auf den Markt geworfen haben), um eine Ware einzuführen, die an allen möglichen verborgenen Mängeln krankt, wie diese billigen Wohnungen auf Ratenzahlung, die nicht mehr die geringste Ähnlichkeit mit der prachtvollen Innenausstattung auf den Bildern des Prospekts beim Immobilienmakler haben. Und was für Raten, Mann, was für Raten; denen man dann noch die monatliche Rechnung des Maurers, Heizungsmechanikers oder Klempners hinzufügen muß. Ich kann dir nur sagen, daß durch eine unbegreifliche Kulturtradition, die, einmal begonnen, niemand mehr bremsen oder abbrechen kann, für die Liebe alles mühelos ist und sie überall Verständnis findet und daß die Ergebnisse der ihr eigenen Macht zur Verwüstung allenthalben als vernachlässigbare Unfälle aufgenommen werden; daß dieses – zugunsten einer weiterreichenden Verbindlichkeit – nicht geübte Mitleid sich an sich selbst mästet, vermehrt und fortpflanzt wie eine Brunft und den Geist in eines der vielen Labyrinthe stößt, wo er blind vor Unzufriedenheit zwischen der Überfülle nicht vollzogener Leidenschaften und Schmarotzern zappelt, die einen Platz einnehmen, der ihnen nicht zusteht und der freigelassen worden war für seinen rechtmäßigen Mieter; wie soll ich dir erklären, daß unter derartigen Umständen der Geist sich – wie die ausgewachsene Zelle – in zwei identische Hälften teilt, die aber ein unterschiedliches Schicksal haben und von denen eine in ihrem eigenen Bereich verhaftet bleibt, wohingegen die andere ohne Ziel und Zweck den Antrieben folgt, die scheitern und nicht zu Beweggründen werden, und daß er so ein ganzes eigenes und fremdes Dasein umreißt, das sich in dem tödlichen Umfeld der nicht formulierten Wünsche entwickelt. Beachte, daß nach einem langen Warten schon ein kleines Zeichen genügt, damit sich die ängstliche Unruhe auflöst, und daß mit der Gewißheit eines baldigen Treffens die kleinen alltäglichen Unannehmlichkeiten auftauchen und stellvertretend eine Zeit ausfüllen, die mit dem Boten beschäftigt und von der Ankündigung seiner Ankunft eingegrenzt ist, wie die Tiere in Katalonien am Ende des Winters erwachen nach der erzwungenen Zurückgezogenheit, der sie das Versprechen des Frühlings unterworfen hatte.

MAI

Es war eine wolkenlose, warme Nacht ohne Mond, eine dieser Nächte der trockenen Jahreszeit, die der Büßer dazu nutzte, die Nacht zu durchwachen. Durchwachen hieß für den Büßer, sich gegen zwölf auf sein Lager zu begeben, nachdem er ein paar Stunden lang das Feuer vor der Tür der Hütte betrachtet hatte; es war sogar eine der höchst seltenen, in denen er im Freien aß, vor der Tür der Hütte, auf der Stufe sitzend und mit einer Decke um die Schultern, und hinterher ein paar Stunden lang in die Glut schaute und dabei vielleicht einen billigen Stumpen rauchte. Er war kein starker Raucher, aber es war sein einziges Laster, das einzige Mal, das er von seiner zügellosen Vergangenheit bewahrte.

Er hatte während zwanzig Jahren am Mineneingang zu Abend gegessen, sogar in den Sommern, in denen er in der Nachtschicht arbeitete, was ihm einige Gewohnheiten eingeprägt hatte, die er aus einem verborgenen Grund nicht ablegen wollte, auch wenn er auf die meisten von ihnen hatte verzichten müssen, seit er das Arbeitsleben aufgegeben und sich in jene Ecke des Bergs zurückgezogen hatte, die niemandem gehörte oder die doch zumindest niemand nutzte. Und so erlegte er sich einige Nächte im Jahr die Pflicht oder den Zwang auf, die Nacht zu durchwachen, als wartete er auf den Schichtwechsel oder besser noch, als verhielte er sich wie in der Nacht nach dem Ende der vierzehntägigen Schicht, bereit, den halben Lohn in Ausschweifungen auszugeben, in Gesellschaft der ganzen Brigade. Von solchen Zeiten der Größe und Verrücktheit blieb nur eine derartige Nacht des Gedenkens, wie der rachitische Erbe eines alten und majestätischen Geschlechts, das durch die widrigen Verhältnisse der Umwelt vermindert, wenn nicht ausgelöscht worden ist. Es waren zwei Stunden vielleicht mit den Gedanken im Leeren, nicht einmal in Beschwörungen einer abgebrannten Erinnerung, und er zog sich erst auf sein Lager zurück, wenn ihn der Schlaf übermannte, mit tränenden Augen, heiß und trunken vom vielen Ins-Feuer-Schauen. Vielleicht nährte er so, mit derart magerer Nahrung, die Überzeugung (oder besser den Wunsch), daß er weiterhin im Dienst sei, daß er nur eine Zeit durchlebe, in der es keine Arbeit gab – wie er es schon öfter erlebt hatte –, daß irgendeines Tages neue Abschnitte geöffnet würden und die Belegschaft erneut zum Abbau käme und er noch einmal als Büßer angestellt würde, ein Posten ohne Altersruhestand; daß der Berg und das Tal – zu dem Zeitpunkt auf dem Tiefstand – mehr denn je seine Aufmerksamkeit und seine nächtliche Wachsamkeit forderten, auch wenn die Gegenstände seiner Sorge abhanden gekommen oder verschwunden wären, nachdem sie einem geschwätzigen Glück hinterhergelaufen waren, das mit verwirrten Sinnen seinen angestammten Wohnsitz aufgegeben und sich in andere Gegenden verirrt hatte. Es waren nur noch ein paar Überreste geblieben, von denen nur ein übermäßiger Eifer annehmen konnte, sie müßten bewacht werden: ein für den Streckenausbau gelagerter Holzstapel, der jeden Tag kleiner wurde, weil er als Brennholz verwandt wurde, ein weiterer Stapel aus Schwellen in Standardbreite, einige 12-Kilo-Schienenstücke, einiges übriggebliebene Arbeitsgerät, ein Haufen Bolzen, eine umgestürzte Kipplore am Rand einer Schieferschutthalde, die nach einer Phase blutroten Rostes nun aschfarben geworden war, und die Hütten, die alle – außer einer – nur noch aus ihren vier Wänden bestanden und die durch ihre rahmenlosen Löcher sämtlichen Abfall des Tals angezogen zu haben schienen. Neben seinem Hund, der frei herumlief und als Wachhund ungeeignet war, ein winziger, stets aufgeregter Rattenfänger, den er „Rattenfänger" nannte, mit schrillem Bellen und weißem kurzem Fell mit zimtfarbenen Flecken, war seine einzige Gesellschaft ein Dutzend Hühner (von denen eins pipsig war und sich nicht mit den anderen vertrug, die es als eine Schande betrachteten, ihm aber gestatteten, seine Eier zu legen), die von einem Hahn mit schwarzem Hals und feurigem, nicht sehr weitgeschweiftem Federbusch regiert wurden, den ein Weltenbummler ihm zu einem günstigen Preis verkauft hatte, mit der Versicherung, es handle sich um ein importiertes Tier, das in der Sowjetunion geboren und erzogen worden sei und eine tadellose bolschewistische Ausbildung erhalten habe, die es gegen Erschöpfung gefeit und stets begierig darauf gemacht habe, die höchste Produktivitätsrate zu erreichen, und ein weißes Kaninchen, das ebenfalls frei herumlief – im Gegensatz zu dem Hühnerharem – und das der Büßer Victor nannte. Wochentags war es nicht selten, daß der Büßer Besuch bekam und sogar Gäste, die in seiner Hütte aufkreuzten und wegen der noch geöffneten Streckenabschnitte nachfragten, in denen vielleicht Personal gebraucht werden könnte, und an manchen Samstagen kamen einige Leute von der Schicht, die nicht über das nötige Kleingeld verfügten, um zu den Tavernen und Kneipen in den Ort hinunterzugehen, und brieten in dem alten Brotofen der Mine ein Zicklein und übernachteten dann in den ehemaligen Quartieren.

Der Büßer hatte während vieler Jahre das Tal nicht verlassen und war in der ganzen Gegend bekannt, sogar im Ort, von wo ihm des öfteren eine Bestellung kam, dank seiner unvergleichlichen Kenntnis eines Bergs, der nur und ausschließlich für ihn, so hätte man meinen können, seine Erzeugnisse hervorbrachte: Kräuter für Teeaufgüsse, Pasten und Schnäpse, Heilpflanzen, Dufthölzer, Schwefel- und Schmirgelsteine, eisenhaltige Mineralwasser. Auch wenn man ihn für etwas exzentrisch und wohl auch für einen Schwarmgeist hielt, war er doch so geachtet, daß nicht nur seine zinslosen Darlehen pünktlich und genau zurückgezahlt wurden (und man weiß nur von einem, der das nach vielen Jahren noch nicht getan hatte und der schließlich in einer fernen Gegend gefunden wurde, den Kopf in einen Wassertümpel getaucht, unter dem Gewicht eines Steins, der auf seinem Nacken lag, und mit den Füßen im Schlamm: ein der baumlosen Hochebene angepaßtes Judasende), sondern daß er von Zeit zu Zeit kleine Spenden erhielt und sogar hin und wieder am Ertrag der Fuhren beteiligt wurde. Die Grube war so gut wie erschöpft, aber solange der Büßer in den aufgegebenen Hütten lebte, blieb sie offen, in der stetigen Hoffnung auf die Investitionen eines rührigen Deutschen, der darauf aus war, in den senkrecht gefalteten Silurschichten Magnetit- oder Sideritgestein zu finden, oder irgendeines aus Amerika Zurückgekehrten, der sich entschlossen hatte, das dort gewonnene Vermögen in seiner Heimat anzulegen. Noch gab sie Arbeit, Versorgung und Unterkunft für etwa hundert über den Berg verstreute Männer, die zweifellos mehr vom Leben erhofft und verdient hatten, aber die sich im entscheidenden Augenblick lieber in ihr Schicksal gefunden hatten, statt nach Deutschland zu gehen und Werkhallen in der Pfalz zu fegen; oder die schon allzu hoch in den Jahren standen oder durch und durch mit einem Land verwachsen waren, das unbarmherzig zeitlos war und erbärmlich seinem Ende zuging, lächerlich verkommen vor einer künftigen Dämmerung aus stummen Kirchtürmen, kahlen Berghängen und sibyllinischen Winden. Es war nicht so, daß sie sich, betäubt von der Zivilisation, in die Berge geschlagen hätten, um in der Wildnis die Gelassenheit zurückzuerlangen, die sie inmitten der Schaufenster mit elektrischen Haushaltsgeräten verloren hatten, sondern man konnte von ihnen sehr wohl sagen – wie von den Zwergpferden, die erst mit den Vorzeichen des Schnees im November von ihren hochgelegenen Weideplätzen an den Hängen und Lehnen des Monje zu den Wiesen und Uferböschungen hinabstiegen, oder von den phosphoreszierenden Raubvögeln, die sich gegenseitig auffraßen, wenn einer, vollgestopft mit Aas, sich nicht mehr aufzuschwingen vermochte zwischen den steilen Wänden des Torce-Cañons, wo sogar die Gemsen abstürzten –, daß sie zum Berg gehörten mit der fraglosen Verbundenheit des Aufenthalts seit unvordenklichen Zeiten, ohne Anfang, Geschichte und amtliche Erfassung. Sie mußten gotischer Abstammung sein, wie einige örtliche Kenner und Gebildete sagten, die irgendwann einmal Ortega y Gasset gelesen hatten, und nach den Namen zu urteilen: Ulfilas, Vibaldo, Turgis, Abdón, Ulan. Sie waren nicht sehr massig, wohl aber stark und kräftig, sie hatten strohblondes Haar und kurze Beine und lange Arme und waren zäh bis in jede Faser (wie die kleinwüchsigen Bergkiefern und Steineichen); ein verarmtes Geschlecht, zu Grunde gegangen durch eine – wie dieselben Kenner meinten, die irgendwann einmal Marañón gelesen hatten – unaufhörlich gebeugte Haltung bei der Suche nach den wenigen und verborgenen Gaben des Bergs und durch eine unzureichende und ungeeignete Ernährung auf der Grundlage von kümmerlichen Gräsern. Sie waren keine guten Jäger, und es mochte scheinen, daß sie den Ackerbau als ein zerrüttetes und unbeliebtes Geschäft geerbt hatten, nachdem der einzige, der es nutzbringend zu betreiben verstand, es schon früh aufgegeben hatte. Sie hatten etwas von Nibelungen und von Huronen, versteckt zwischen den Felsen und immer in Erwartung eines Zeichens.

Er achtete weiterhin auf seine Geräusche im Innern der Hütte, bevor er sich daranmachte, das Abendessen zu bereiten. Der Name des alten Büßers war Adonis Abdón. Er sprach ihn Adonís aus, aber im ganzen Tal war er als Abdón bekannt. Er war von kleiner Gestalt, und er hinkte, sein rechter Stiefel schien eher geeignet, zwei Maß Wein zu fassen, als einen Fuß zu beherbergen, und obwohl er das Bein nachzog – er vermochte das Kniegelenk kaum zu beugen –, waren diejenigen doch zu zählen, die mit ihm bergauf Schritt halten konnten. Den größten Teil seines Lebens hatte er in dem Tal verbracht, und obwohl er – zünftigerweise – eine hemmungslos liederliche Jugend verbracht und alles bei der Arbeit verdiente Geld verpraßt hatte, hieß es doch in manchen Gegenden von ihm, er habe nie einer Frau beigewohnt; aber in anderen behauptete man auch, eine furchtbare Enttäuschung sei der Grund sowohl für seine Verunstaltung als auch für seine Misogynie gewesen. Jene Nacht hatte er beschlossen, seiner Adoptivtochter zu widmen, oder der, die er aus verschiedenen Gründen weiterhin als seine Tochter betrachtete, auch wenn er keinerlei Beweise für seine Vaterschaft hatte. Nach seinem Wanderleben in der Vergangenheit (das heißt, nachdem er immer als Aushilfskraft in fast allen Abschnitten des Tals beschäftigt gewesen war) mußte er, als er in das Ruhestandsalter kam, die Anstellung als Büßer in den Stollen mit schlagenden Wettern annehmen, und in einem – bei einer der Explosionen bei Tagesanbruch, die er selbst hervorrief, geduckt hinter einem Träger und geschützt mit einem Leinensack, indem er einfach die Flamme der Laterne bis zu der Gasblase hob – hatte er eine Vision seiner selbst, projiziert auf das Felsengewölbe, die ihn derart aus der Fassung brachte, daß er beschloß, von da an maßvoller zu trinken und mehr zu sparen – um die Zukunft des Kinds zu sichern, das nicht für seine Jugendsünden verantwortlich war – und mehr Zeit mit Denken zuzubringen, mit einer bestimmten Weise des Denkens, die, wie es schien, die alten Griechen unter dem Namen Phronesis kannten. Man sagte auch, daß er in einer mit Nägeln beschlagenen Holztruhe ein gelbes Tuch aufbewahre, das einem seiner weiblichen Vorfahren gehört habe, einer Frau von hitzigem Gemüt, einer zauberischen Griechin (andere sagten: Galizierin), die, nachdem ihr Ehemann sie verlassen hatte, ihre Kinder getötet hatte, und mit dem er die Schuld eines jeden ehrlichen Menschen reinwaschen konnte, so groß sie auch sein mochte.

Der Büßer hatte etwas von dieser Kenntnis der Seele, die, ganz gleich ob nun angestammter Besitz des Einsiedlers oder nicht, dem weltlichen Menschen abgeht, der sich nur aufs Anekdotische versteht. Und wenn er so hoch angesehen war im Tal, dann weil er niemals Fragen stellte und trotzdem fast alle Wechselfälle der Leute des Abschnitts kannte. Sie kamen nicht zu ihm, um ihr Leid zu klagen, aber eine Nacht in der Hütte in seiner Gesellschaft konnte die beste Arznei für eine Zeit der Angst oder ein trübsinniges Gemüt sein. Er hatte mehr als die meisten von ihnen erlebt, und obwohl er nicht sehr belesen war, konnte er sich rühmen, das allgemeine Geheimwissen zu besitzen und den Punkt zu kennen, wo sich das innerste Geheimnis verbirgt. Er kannte die Kehrseite des Gebirges; dagegen entging, was man die lateinische Seele genannt hat, seinem Verständnis, und er betrachtete sie mit Argwohn. Von den Frauen wußte er nichts und wollte er auch nichts wissen, mit Ausnahme jenes Mädchens, von dem er nicht zuverlässig wußte, wer sie war, aber der gegenüber er in der Schuld stand. Der andere war am Nachmittag zuvor gekommen, die Sonne hatte noch etwa eine Handbreit über dem Horizont gestanden, und während vierundzwanzig Stunden hatte er kaum ein Lebenszeichen von sich gegeben. Der Büßer hielt sich für einen guten Physiognomen, und niemand, der sich seiner Hütte näherte, war für ihn ein gänzlich Unbekannter. Ein noch junger Mann – er war höchstens vierzig Jahre alt, eher noch jünger –, aber offenbar von Wind und Wetter gegerbt und von manchen Schicksalsstürmen gezeichnet. Er konnte nicht behaupten, ihn schon einmal gesehen zu haben, aber seine Züge waren ihm nicht unbekannt, als ständen sie, leicht verändert, jeden Augenblick im Begriff, die Entstellung zu überwinden und die Sprungfeder des Wiedererkennens losschnellen zu lassen, das um so ferner war, je näher es bevorzustehen schien. Und sowohl sein Zögern wie der dauernde Druck des Reizes versetzten den Büßer in den Unmut, den die Unfaßlichkeit der verstrichenen Zeit hervorruft.

Alles deutete darauf hin, daß er ein Mann mit hellem Haar gewesen war, das aber mit der Zeit, wie auch seine Augen, eine unbestimmte Farbe angenommen hatte. Eine Farbe, die vielleicht die einzige nicht umkehrbare Folge vieler Entbehrungen war. Seine Kleidung, obwohl alt und verschlissen, war einmal erstklassig gewesen; an den Füßen trug er Leinenschuhe und über der Schulter ein Paar sorgfältig gepflegte Stiefel, deren Leder allerdings ziemlich rissig war. Als er ihn fragte, ob er dort übernachten könne, erhob sich der Büßer nicht von seiner Stufe und zeigte ihm den Gang mit dem Stock, mit dem er in der Glut seines Feuers stocherte und sie wieder zusammenschob. Der andere bedankte sich nicht einmal, aber mit seiner Frage – einer ungewöhnlichen Frage für jemanden, der von der Existenz der Hütten wußte – begann der Zweifel und das inständige Drängen des Vergessens.

Das Vergessen, das die Erinnerung eines nicht erinnerten Dramas anstachelte und das ihn eines Tages dazu brachte, das Trinken aufzugeben. Der Büßer lauschte aufmerksam auf die Schritte des Besuchers am Ende des Gangs. Normalerweise horchte er wenig, und der Büßer fragte sich, um aufrichtig mit sich selbst zu sein, was der Mann wohl an sich haben mochte, daß er eine doch etwas lästige Neugier weckte. Es konnte mit dem Vergessen in Beziehung stehen und eine winzig kleine Partikel des Dramas aufgerührt haben; eine fast nicht wahrnehmbare Bewegung, von der das Gedächtnis nichts wußte oder die es nicht zu entdecken vermochte, die aber der Sinn für das Schicksal – dieser straffe Faden, der alle Zeiten verbindet – bemerkt hatte. Alle Männer des Abschnitts hatten ihr Geheimnis, bei fast niemandem ein Schlafzimmergeheimnis; sogar diejenigen, die auf dem Weg über das Kurbad und den Spielsalon in das Tal und zum Abbau gekommen waren, hatten größtenteils eine weltliche Vergangenheit durch eine Gegenwart aus Arbeit überlagert, und deshalb war der unmittelbare Hintergrund für fast alle ihre Unglücksfälle ein Zerwürfnis zwischen Männern. Über das durch Frauen verursachte Ungemach sprach man wenig in jenen Berggegenden, und dieses wenige schien sich eher auf einen Komplex von sagenhaften Geschichten zu beziehen als auf Menschen aus Fleisch und Blut. Seit Jahren schon gab es keine Übergriffe mehr, und einige halbbarbarische Bräuche oder Angewohnheiten, die den Ursprung zahlreicher Dramen gebildet hatten, waren seit so langer Zeit nicht mehr vorgekommen, daß niemand sich genau erinnerte, worin sie eigentlich bestanden hatten. Später waren die Wirren des Kriegs die Protagonisten vieler Nächte, mehr als zehn Jahre lang. Dann war es etwas anderes: Die Zeit war allzu dicht mit Klagen angefüllt, als daß sie noch Raum für anderes Gerede gelassen hätte, und die Existenz eines anderen Geschlechts wurde spürbar, als wegen der Heizstoffknappheit neue Abschnitte aufgemacht wurden, in jenen Jahren, als man alles verbrannte, was aus einer Mine kam. Aber vielleicht, wenn auch wohl noch weit entfernt, näherte sich wieder das Gespenst des Hungers, und es gab bereits solche, die nicht in der Hütte nächtigten, um ihre Wut gegen einen willkürlichen Chef auszulassen, sondern um von den Mühen der Bearbeitung eines Ackers auszuruhen, der verborgen zwischen Ginsterbüschen lag, fruchtbar gemacht von einem Bächlein, dessen Wasser wieder hell und klar an den Rändern der Halden aus stabilisiertem, finsterem Abraumschlamm flossen; eine Art ländliches Morgengrauen, gedächtnisgestört und benommen von einer Unruhe, die noch zu der vorherigen Ermüdung hinzukam, brach mit Mühe hervor nach einer Zeit industriellen Alptraums. Das war das Schlimme, daß der Hunger, der Krieg, die Politik und sogar die Frauen so viele Dramen und Verschuldungen beiseite gedrängt hatten, daß nun womöglich jeden Augenblick die Opfer zurückkommen konnten, um eine Entschädigung zu verlangen, auf die sie kein Recht hatten oder die höher wäre als die gerechtfertigte, und das nur auf Grund des Vergessens. Denn bald nachdem er zur Enthaltsamkeit übergegangen war, kam ihm die Erinnerung, daß jemand zurückkehren mußte, um Gerechtigkeit zu fordern oder auch nur das ihm Zustehende zu verlangen, aber weiter gelangte er nicht. Nie konnte er sich erinnern, wer noch auch wozu; vielleicht seine Tochter oder die er als seine Tochter betrachten mußte, auch wenn sie es nicht wäre, oder ihr wirklicher Vater. Deshalb fühlte der Büßer sich gezwungen, alles über den in Erfahrung zu bringen, der sich seiner Hütte näherte, um sicher zu sein, daß er nicht kam, etwas ihm Gehöriges zu fordern, verschollen im Vergessen. So konnte man ihn bitten, um was man nur wollte, wenn man nur nichts von ihm forderte.

Deshalb zehrte die Frage, ob er dort schlafen könne, an seiner Geduld. Im ganzen Tal wußte man, daß man dort schlafen konnte, so viele Nächte man wollte. Er schien aus jener fernen Zeit zu kommen, noch vor dem Krieg und den Familiendramen, unerträglich ungelegen, auch ein wenig unheilverkündend. Man sah ihm an, daß er noch nie im Leben auch nur einen Pfennig für neue Sachen ausgegeben hatte und daß er schon seit Jahren die Oberlippe nicht mehr bewegt hatte. Das Alter seiner Kleidung verriet ihn, wie auch ein gewisser Hochmut, der nicht zu jemandem paßte, der dorthin kam, um ein Mittagsschläfchen oder ein Schwätzchen mit dem Büßer zu halten oder eine warme Mahlzeit zu bekommen. Selbst wenn er ihn nie gesehen hatte, genügte Abdón eine erste und oberflächliche Prüfung, um herauszubekommen, was einen Unbekannten bis in jene Ecke der Berge treiben konnte; am geläufigsten war ein kleines Darlehen, für das der Name eines gemeinsamen Freunds als Bürge diente und das Abdón nur widerstrebend bewilligte, nachdem er einige Stunden lang das Feuer geschürt und das Essen im Topf umgerührt hatte, um dem Unbekannten Zeit zu geben, alle möglichen Sicherheiten bezüglich der Rückerstattung anzubieten, indem er ihm etwa – wenn der Unbekannte bereits nichts mehr erwartete und schon Anstalten machte, sich zurückzuziehen und die verlorene Zeit zu bedauern – die Hälfte der erbetenen Summe anbot, was er aber auf den ersten Einwand des Bittstellers sofort wieder zurücknahm oder was er dann, wenn das Angebot bereitwillig angenommen wurde, vielleicht um 20 Prozent erhöhte, wohl wissend, daß ein solcher Zuwachs die beste Triebfeder bildete, eine Dankbarkeit in Gang zu bringen, die, mehr noch als die geliehene Summe, die Rückzahlung gewährleistete. Aber dieser Mann zeigte keinen der bekannten Züge. Es war ganz offensichtlich, daß er keinen Pfennig in der Tasche hatte, aber er sprach weder von Geld noch von den schweren Zeiten oder vom Niedergang des Tals und der mangelnden Arbeit. Er hatte nicht in dem Abschnitt gearbeitet, und seine Fingernägel waren allzu lang. Er blieb vor jedem der Zimmer stehen und wählte schließlich eins am Ende, nahe bei dem Abdóns, wo er sich für den Rest des Nachmittags, die Nacht, den Morgen und den folgenden Nachmittag einschloß. Als auch dieser dem Ende zuging, näherte der Büßer sich – ein wenig beunruhigt – dem Zimmer und legte das Ohr an die Tür. Das hatte er noch nie getan; er konnte sich nicht erinnern, das jemals getan zu haben, und noch einmal erschrak er darüber, die Klauseln des Vergessens übertreten zu haben und einer Situation gegenübertreten zu müssen, auf die er nicht vorbereitet war. Über die Vorbereitung nämlich meinte der Büßer alles zu wissen.

Er hörte nichts und begann sofort, ein Unglück zu befürchten. An dem Nachmittag erhielt der Büßer Besuch von zwei Kameraden, die ihm einen Hasen brachten, der ihnen gerade in eine ihrer Fallen gegangen war. Er war noch dabei, ihn abzubalgen, als, das Gespräch der drei unterbrechend, der neue Bewohner unter dem Türsturz erschien. Einer von ihnen stand sofort auf, niemals erfuhr er weshalb. Auch der andere schaute ihn unverwandt an. Der Unbekannte machte einen kleinen Spaziergang um die Hütte, und die beiden Freunde nutzten die Gelegenheit, um sich ganz überstürzt von Abdón zu verabschieden, der einigermaßen verwirrt war über einen derart unerwarteten Beschluß; der Hase lag auf der Stufe. Als der Unbekannte zurückkam, war Abdón wieder allein, rührte den Eintopf um und fachte die Holzkohlenglut an, während der abgebalgte Hase auf einem Rost lag, mit einigen Knoblauchzehen und Rosmarinblättern zwischen den Einschnitten am Rücken und an den Rippen. Dann bestrich er mit einem Finger den Hasen mit etwas Talg, besprengte ihn mit ein wenig Essig und legte ihn der Länge nach wieder auf den Rost.

„Ein Hase nach Jägerart, mögen Sie das?“ fragte Abdón, während er weiter den Topf im Auge behielt.

„Nein“, sagte der Unbekannte.

„Er ist noch allzu frisch“, sagte Abdón. „Es wäre besser gewesen, ihn für morgen zu lassen.“

Als er sich wieder dem Feuer zuwandte, wobei er einen Messinglöffel an seinem Hosenboden abwischte, hatte der andere sich auf seinen Platz am Feuer gesetzt, in dessen Licht er eine veraltete Zeitung las, die er auf dem Boden des Gangs gefunden hatte.

„Nehmen Sie“, sagte Abdón und reichte ihm den Messinglöffel.

„Das ist nicht nötig“, erwiderte der andere, drehte das verknitterte und zerrissene Zeitungsblatt mehrfach um und warf nicht einmal einen Blick auf das, was Abdón ihm anbot. Abdón nahm den Topf, indem er sich mit einem schmutzigen Tuch schützte, kostete einen Löffel voll in kleinen Schlucken und stellte ihn dann kommentarlos wieder auf das Feuer zurück, nach einem Blick auf die Sterne, ungeduldig, mit dem Kochen zu Ende zu kommen, um endlich mit dem Braten des Hasens beginnen zu können.

„Es braucht noch ein paar Minuten. Die Kartoffeln, die wollen noch nicht recht“, sagte er entschuldigend.

Der andere antwortete nicht, neigte lediglich den Kopf und schaute flüchtig auf den Topf, als handelte es sich um einen Störenfried. Es war der günstigste Augenblick – ein paar Minuten Wartezeit, die zu einer halben Stunde werden könnten –, um ihn zu fragen, welcher Zweck ihn in die Gegend führe, aber Abdón hielt sich zurück, weil irgend etwas ihn fürchten ließ, er könne eine barsche Antwort erhalten. Vielleicht, sagte er sich, bestand die beste Weise, sein Vertrauen zu gewinnen, darin, seine Gastfreundschaft mit der größten Zurückhaltung zu begleiten, damit nicht womöglich die Büchse der Erinnerungen geöffnet würde. Der andere schien seine Überlegungen zu erraten, denn buchstäblich ohne jeden Zusammenhang sagte er:

„Ein Loch im Berg."

Solche Typen waren in den letzten zwanzig Jahren nicht mehr aufgetaucht, seit das Bad geschlossen worden war und die Berge sogar von Ausflüglern, Bergsteigern und Geologen rein geblieben waren. Genauso sah er aus: wie ein Exemplar von vor zwanzig oder vierzig Jahren, gebildet zwar mit denselben Merkmalen und Eigenschaften wie die von heute und trotzdem, wie eine veraltete Zeitung, auf unbestimmte und unwillkürliche Weise fehl am Platz und ironisch, zynisch und verlogen, durchtrieben und wenig vertrauenswürdig, durch seine schwerelose Unzeitigkeit schadlos auf einem Wirbel von Namen und Ereignissen und aktuellen Begebenheiten treibend und so die unveränderliche und steinerne Zusammensetzung der Geschichte bekundend, gebildet aus einfachen Substanzen in gleichbleibenden Verhältnissen. So hatte er kein Alter, lediglich dieses geschlechtslose Vierzigjährigenalter, das nicht mehr Jugend ist und auch nicht Reife oder Greisenalter, sondern einfach nur Alter, bar alles Werdens und sowohl ohne Vergangenheit wie ohne Zukunft, bereit, hinter einer unerklärlichen Biegung der Tage zu verschwinden, und gleicherweise ausgestattet mit einer geheimen und verkommenen Beharrlichkeit, der aller Wechsel fremd und die immun gegen den Niedergang ist.

Schließlich nahm Abdón den Topf vom Feuer und legte den Rost mit dem längs des Rückens in zwei gleiche Hälften geteilten Hasen darauf.

„Da!" sagte Abdón, indem er den Topf auf die Stufe stellte, in die Mitte zwischen ihnen beiden. Er legte ihm den Messinglöffel auf seine Seite, führte seinen in den Topf und kostete die Suppe in kleinen und laut schlürfenden Schlucken, was der andere mit offenkundigen Anzeichen von Verärgerung mißbilligte.

„Es ist nicht schlecht“, bemerkte er dann.

Als Abdón aufstand, um die beiden Hasenhälften zu wenden, nahm der andere den Löffel und hielt ihn, voller Suppe, für einen Augenblick zum Kühlen in der Luft an. Schließlich, als müsse er dazu einen gewissen Widerwillen überwinden, näherte er seine Lippen dem Löffelrand und kostete die Suppe mit einem noch lauter schlürfenden Schluck als die Abdóns. Zunächst schüttelte er ein paarmal den Kopf, dann leerte er den ganzen Löffel, prüfte den Geschmack der Suppe und spuckte schließlich alles, was er im Mund hatte, aus, mit einem Ausdruck offenkundigen Ekels.

„Schweinefraß“, sagte er, während er das Blatt der veralteten Zeitung wieder aufnahm.

Abdón setzte sich erneut auf die Stufe und nahm den Topf zwischen seine Knie, die er mit dem schmuddeligen Tuch gegen die Hitze schützte, entschlossen, die Worte des anderen zu überhören und sich selbst den ganzen Inhalt zu genehmigen. Der andere legte das Zeitungsblatt zur Seite, rutschte ein wenig, setzte sich, eine Stufe tiefer, zu Füßen Abdóns und führte erneut seinen Löffel in den Topf, während Abdón ein Stück Kartoffel kaute und ihn anblickte, nicht verärgert und nicht befremdet und nicht einmal vorsichtig, aufmerksam nur auf die Speise in seinem Mund.

„Viehfutter, ein Schweinefraß“, sagte er dann.

Die beiden Löffel stießen auf dem Boden des Topfs zusammen, auf der Suche nach den Kartoffelstückchen. Der andere schob den Abdóns in entgegengesetzter Richtung seines Wegs, um ihm die Stücke, die er vielleicht erwischt hätte, wegzuschnappen, von denen er eins grummelnd zum Mund führte.

„Es gibt keine Grundsätze mehr“, sagte er, während er kaute.

„Das ist wohl wahr", bekräftigte Abdón, ebenfalls während er kaute.

„Die Menschen benehmen sich wie Tiere", sagte der andere und fuhr ein letztes Mal mit dem Löffel über den Boden des Topfs.

„Die Gesetze werden nicht mehr geachtet", sagte Abdón, während er den Topf nahm und ihn zu sich neigte, um den Rest der Suppe selbst zu bekommen.

„Das Land erkennt seine Herren nicht an", verkündete der andere in dem Augenblick, als er den Löffel zum allerletzten Mal in den Topf führte.

„Das Gesetz des Stärkeren", sagte Abdón, hielt den Topf mit den Knien fest und drehte ihn wieder in die Waagerechte; er wollte gerade den Löffel wieder in den Topf führen, aber der andere hielt ihn zurück.

„Mir ist das Gesetz des Schwächeren lieber", sagte er, packte ihn am Handgelenk und drehte den Topf wieder zur Seite, um einen Blick auf den Bodensatz zu werfen. Dann zog er ihn zwischen seinen Knien hervor und schleuderte das wenige, das noch darin war, mit einem Ruck weit fort vom Feuer.

„Paß auf, daß das Fleisch nicht verbrennt", befahl er, während er sich mit dem Handrücken über den Mund fuhr.

„Schweinefraß", fügte er hinzu. „Dazu bin ich nicht hierher gekommen, das sag ich dir gleich. Das ist das letzte Mal. Ich möchte meine Befehle nicht wiederholen, ich verabscheue die Lüge. Das Land wird wieder seinen Herren gehören, und du wirst das noch erleben, wenn du deine Pflicht anständig erfüllst, das sage ich dir. Schau nach, wie weit der Hase ist."

Als Abdón eine der beiden Hasenhälften für sich nahm, schaute der andere ihn mißbilligend an.

„Alles hat sich verändert", sagte er, „aber alles wird wieder so werden, wie es war, das sage ich dir. Ich mache das schon", sagte er, während er mit großen Bissen den Hasen verzehrte. Abdón fing an, Schlimmes zu ahnen, und er machte sich mit einer plötzlichen Unlust über den Hasen her. Er dachte, der Augenblick sei gekommen, wo nach und nach die Bestandteile einer unfaßbaren und vergessenen Emulsion sich zu einem drohend bevorstehenden Unheil niederschlagen würden.

Der andere nagte die Keule des Hasen ab, bis der Knochen ganz sauber war.

„Das Land ist der Arbeiter überdrüssig, das Gesetz der Schwächeren", sagte er und fügte nach einer Pause hinzu, nachdem er gierig den Hasen zu Ende gegessen hatte: „Schau her zu mir."

Abdón tat es, aber nicht in Befolgung des Befehls. Er reichte ihm die Hälfte dessen, was ihm noch blieb, und der andere aß es mit ein paar Bissen auf. Abdón hatte noch nicht zu Ende gegessen, als er ins Innere der Hütte ging, von wo er mit zwei Mandarinen in der Hand zurückkam.

„Sie sind gut. Ein bißchen sauer, aber gut."

Der andere nahm sie beide.

„Ich will nur das Meinige", sagte er, während er die erste Mandarine schälte, sie in zwei Hälften teilte und sie in zwei Bissen verschlang, die zweite, noch ehe er die erste ganz heruntergeschluckt hatte. „Und du weißt das. Alle Welt weiß es, ich verabscheue die Lüge."

Im Unterschied zu dem anderen sammelte Abdón die Hasenknochen und die Mandarinenschalen in dem Topf, und erst als der andere zu Ende gegessen hatte, fragte er ihn:

„Und was ist das Deinige?"

„Alles, was mir gehört."

„Ist das viel?" fragte Abdón.

„Viel", sagte der andere. „All das gehört mir", fügte er hinzu, ohne auf etwas Bestimmtes zu zeigen oder etwas mit dem Blick anzudeuten. „Und ich gehöre ihm. Und du. Das Land ist arbeitsmüde."

„Die Zeiten sind nicht gut", verkündete Abdón.

„Die Zeiten sind weder gut noch schlecht", erwiderte der

andere. „Sie sind überhaupt nichts. Die Zeit besteht überhaupt nicht mehr hier."

„Das Volk ist etwas Großes", sagte Abdón.

„Ganz gewiß", erwiderte der Fremde, „allzu groß."

„Unser Volk ist groß", sagte Abdón und schaute in die Glut.

„Sehr groß, allzu groß", bemerkte der Fremde nachdrücklich.

„Es braucht niemanden, unser Volk."

„Niemanden, nicht einmal mich", gestand der andere zu. „Es ist wie Kanaan."

„Kanaan?" fragte Abdón, zum erstenmal überrascht. Dann überlegte er und sagte, sowohl, um sein Unwissen zu überspielen, als auch, um Schlimmeres zu vermeiden: „Genau. Ganz richtig, Kanaan."

„Übrigens", bemerkte der Unbekannte, „du hast nicht vielleicht ein bißchen Castillaza da?"

„Was?"

„Castillaza, soweit ich weiß, heißt der Schnaps hier so. Schnaps meine ich."

„Schnaps. Ganz richtig, Castillaza", sagte der Büßer, ohne ein leichtes Beben unterdrücken zu können. „Ich glaube, es muß noch etwas in einer Flasche sein. Aber das muß dann schon ziemlich alt sein."

„Um so besser", sagte der Fremde. „Dann laß uns mal sehen, wie der Tropfen wohl ist."

„Dann laß uns dort hinüber gehen", sagte Abdón, als er sich aufrichtete, um den Schnaps zu holen. Aber ehe er im Innern der Hütte verschwand, hielt er an, leicht zitternd, als er von dem Fremden das hörte, was er so sehr befürchtet hatte:

„Ich bin zurückgekommen, weil ich zurückkommen mußte. Um wiederzuerlangen, was mir gehört."

OKTOBER

„Du wirst denken, nach all dem, was ich dir gesagt habe", sagte die Frau, „daß ich im Lauf der Jahre nichts anderes getan habe, als mich um eine Seite meiner Angelegenheiten zu kümmern, und mich für die andern nicht interessiert habe, die in jedem Haus und in jeder Familie als die wichtigsten gelten. Kurz und gut, daß ich beschlossen habe, angesichts meiner eigenen Beschränkungen, deren ich mir schon seit jungen Jahren bewußt bin, und nachdem ich begriffen hatte, daß die beiden mir innewohnenden Charakterzüge unverträglich miteinander sind, einen der beiden auszurotten, um dem Widerstreit zu entgehen und den Frieden zu haben, den mir die vollständige Herrschaft des anderen über mich verschaffen mußte. Das ist eine etwas unanständige Art, die Dinge zu sehen, die, das will ich nicht abstreiten, förderlich sein kann, wenn es darum geht, ein knappes Porträt von mir zu zeichnen, die mir aber zu nichts nütze ist. Niemand sieht sich selbst auf unanständige Weise, und niemand gibt sich mit dem physiologischen Porträt zufrieden, das ihm von außen vorgehalten wird, auch wenn es noch so lobend ist. Wenn ich über irgend etwas froh bin, dann über die Zurückhaltung, mit der ich die nicht seltenen Ehrungen empfangen und angenommen habe, die man mir in all den Jahren erwiesen hat, und auch darüber, daß ich mich, wenn es darum ging, Entscheidungen zu treffen, wenig um fremde Meinungen und die freundlichen Ratschläge der guten Bekannten gekümmert habe. In einer Welt, in der sich alles gleicht und alles schon einmal dagewesen ist, in der Sprache und Denken keinen Raum für die Ausnahme lassen, kann das Ich einzig dadurch vornehm sein, daß es von sich selbst schweigt und innerlich die Definitionen verachtet, die ihm, seinen Charakter betreffend, von außen vorgehalten werden. Definieren, habe ich einmal gelesen, heißt mißtrauen. Fast möchte ich noch weiter gehen: Definieren heißt geringschätzen.

„Und paktieren, den Kampf einstellen“, kommentierte ihre Nichte.

Die Frau sah sie an, stand auf und ging zum Fenster. Der Tag neigte sich, es war ein kühler Herbstnachmittag; die Bäume hatten ihre Blätter verloren, und noch bevor die Dämmerung begann, hatte sich die Flußaue mit dieser feinen metallischen Imprägnierschicht überzogen (die Uferböschungen gemennigt, der Fluß verchromt, die Brachflächen verzinkt, der Osten brüniert), mit der sie sich im voraus gegen den Einfall und Ansturm des nahen Winters zu schützen schien. Eine lange Weile, während sie zwischen ihren Händen die Enden des Schals aus Rohwolle zusammenknüllte, stand sie versunken im Anblick des zur Neige gehenden Tageslichts, bis die Umrisse verschmolzen, und schaute mit dieser Beharrlichkeit, die jede sattsam bekannte Landschaft fordert, Nachbild einer nur in kurzen und vereinzelten Augenblicken der Leere bekundeten Treue. Bevor sie zu ihrem Stuhl zurückkehrte, sagte sie:

„Einmal angenommen, es wäre so: Wer kann denn diesen langen Vernichtungskampf beschreiben und aushalten? Wer kann beteuern, jeden Augenblick die Forderungen und Ansprüche seiner Vernunft zu beachten? Wer sehnt sich nicht nach dem Frieden der Seele, gleich um welchen Preis, selbst um den des Stumpfsinns? Wer behaupten kann, er habe dieses gewählt und auf jenes verzichtet, kann der mir auch genauso kurz und bündig erklären, wie man eine derart drastische Verstümmelung erträgt? Denn ich spreche von einem Glied, dessen Abwesenheit nach der Amputation eher nachdrücklicher und heftiger spürbar wird als die Anwesenheit des noch mit Leben erfüllten unversehrten und dessen Leere eine Norm schaffen kann, die dann vielleicht alles übrige beherrscht, wie der idealisierte Erstgeborene, gestorben in der

Blüte seiner Jahre, dessen Vorbild dann die Erziehung aller nachkommenden Sprößlinge prägt. Die Gesundheit ist unbewußt, und die Gegenwart formt nicht, nur diejenige Zeit gibt zu denken, die nicht da ist, und der empfindlichste Teil der Seele richtet sich immer auf das Verlorene. Mehr noch, welche Kraft und Beharrlichkeit muß man nicht aus einem – angenommen, er ist es – festen Willen ziehen, eine derart blutige Operation durchzuführen, die täglich wiederholt werden muß, denn wenn dieses abgeschnittene Glied tatsächlich einen konstitutiven Teil der Seele bildet, wird es allnächtlich wiedergeboren, und für die Zeit eines unruhigen Halbschlafs kann es seine volle, ausgewachsene Gestalt zurückerlangen und fordern, an seinen rechtmäßigen Platz zurückzukehren, der nicht einmal unbedachterweise von einem anderen eingenommen wurde, sondern rechtsgültig von einem Loch eingenommen wird, das alles in allem nur Verachtung für die Gesetze des Körpers zeigt? Nein, meine Geschichte kann mir keiner erzählen, und wenn ich sie bis jetzt noch nicht aufgeschrieben habe, dann genau deshalb, damit derjenige, den ich im Sinn habe, sie eines Tages in sehr viel feineren Lettern lesen kann als solchen, die meine plumpe Hand zu kritzeln vermag: in der nicht druckbaren Type der Einsicht, mit der stummen Sprache eines gegenseitigen Verstehens, das, wenn es eines Tages vollkommen war, ein für allemal und in einem Augenblick die ganze Grammatik gelernt hat, die notwendig ist, um auf den ersten Blick zu begreifen und begriffen zu werden."

„Das habe ich doch immer gesagt, Tante", sagte da die Nichte.

„Das habe ich aber nie von dir gehört", erwiderte die Tante.

„Ich habe es ja auch immer in dieser stummen Sprache eines gegenseitigen Verstehens gesagt."

„Und was bitte hast du immer in dieser merkwürdigen Sprache gesagt? Ich erinnere mich nämlich nicht."

„Ich habe gesagt: le cœur a son ordre; l'esprit a le sien."

„Und was bedeutet das?“

„Das bedeutet, daß man nicht Steine für Brot ausgeben und immer reinen Wein einschenken soll.“

„Bist du sicher, daß es das bedeutet?“

„Ich bin überzeugt, Tante. Das heißt, ich bin überzeugt, daß es die bestmögliche Übersetzung in die stumme Sprache des gegenseitigen Verstehens ist. Mit andern Worten ...“

„Ich verstehe dich“, schnitt die Frau ihr das Wort ab, während sie die Gardinen vor das Fenster zog. Es ging ihr der Verdacht durch den Sinn – wie ein ferner Blitz, geräuschlos und ohne eine Wiederholung zu versprechen –, ihre Nichte könnte einen doppelten Boden haben (wo sie die Ironie verwahrte), und sich selbst versprach sie, sich zu weigern, einer solchen Möglichkeit Glauben zu schenken. Sie schaltete die Wandlampe an, und als sie neben ihrer Nichte vorbeiging, gönnte sie ihr einen schrägen Blick, wie man ihn einem treuen, aber immer lästigen Hund zuwirft.

„Niemals habe ich eine Entscheidung gegen ihn getroffen, das kann ich wohl behaupten“, fuhr die Frau fort, in langsamer und synkopierter Diktion, um die möglichen Unterbrechungen ihrer Nichte zu bannen. „Niemals. Genau deshalb würde ich fast das Gegenteil denken, denn ich hatte immer Angst vor Folgen, deren letzte Verzweigungen meinem Blick und selbstverständlich meinen Absichten entgingen. Denn bald schon begriff ich, unter jenen unseligen Umständen, die der Entdeckung des barbarischen Brauchs folgten, der unserer Vereinigung vorangehen mußte, daß ich als die Verursacherin meiner Wut diese auf mich richten mußte, wenn ich einen Nutzen davon haben wollte, und das nicht nur, um den Frieden wiederherzustellen (meinen Frieden, könnte man hinzufügen), sondern sowohl, um ihn aus einem Strom von Gefühlen herauszuhalten, der uns zu noch größeren Übeln hätte fortreißen können, als auch, um ihn frei und aus sich selbst den Lösungsweg suchen zu lassen. Denn er war unschuldig, das glaube ich noch immer, auch wenn er der

Hauptdarsteller in der tragischen Pantomime war, und zweifellos ist es ihm niemals in den Sinn gekommen, daß die Inszenierung einer Tradition, die er natürlich nur vom Hörensagen kannte und der er keine größere Bedeutung beimaß als die, die man irgendwelchen rohen Sprüchen oder Symbolen geben kann, die das Familienwappen schmücken, für mich so weitgehend das Gottesurteil unserer Vereinigung bildete, daß ich ihn zu wählen zwang zwischen seiner Familie und mir. Aber nicht der Familie, in deren Schoß er gelebt hatte und aufgewachsen war und die fortdauern zu lassen durch die Vereinigung mit mir seine Pflicht war, nein, die Alternative bestand zwischen der Familie, die ich und ich war. Denn ich war seine Familie von jener gräßlichen Nacht an, und ich zwang ihn, zwischen mir und mir zu wählen, eine so widersprüchliche und aporetische Option, daß er sie nicht einmal hätte entscheiden können, wenn er von dort geflohen wäre, wie ein Kain, der die Stigmen und den Fluch seines ganzen Geschlechts mitnimmt. Ja, es war ein sehr gewagtes Spiel, so gewagt, daß ich noch heute fürchte, es verloren zu haben, und genau diese Furcht hindert mich, dem Boten so zu antworten, wie er es erwartet und wünscht. Von außen könnte man mein Benehmen gegenüber dem Boten auslegen als eine Antwort der Eigenliebe auf – sagen wir es einmal so – den wiederholten Bestechungsversuch, durch den man eine unnachgiebige Haltung beugen möchte mit dem Köder eines beträchtlichen Nutzens für alle, die in das Drama verwickelt sind. Wenn es so wäre, wenn dieser Köder tatsächlich überzeugend wäre und mich zu überreden vermocht hätte, daß eine Änderung meines Benehmens diesen so erhofften Nutzen bringen würde, wäre ich längst schon in meiner Unnachgiebigkeit wankend geworden und hätte von ihr abgelassen. Aber ich fürchte, in dieser ganzen Affaire hat die Vorsehung mir eine vielfältige Rolle gegeben – zuerst als Opfer, später als Richter, vielleicht als Henker –, die mich dazu zwingt, die behelfsmäßige Verantwortung für eine Geste zu übernehmen, von der andere glauben, sie könnte das Drama abschließen, mit der aber im Gegenteil, nach meinem Verständnis, ein anderes, noch pathetischeres und schwerer aufzulösendes beginnt. Denn Glück und Unglück lassen Abstufungen zu, nicht aber der Zweifel. Die Ungewißheit erzieht den Geist dergestalt, daß sie ihm nicht gestattet, sie aufzugeben, indem sie ihn daran gewöhnt, mehr noch die hypothetische Situation zu fürchten, die durch das widrige Ergebnis entsteht, als die hypnotische Mischung, die aus einer Zutat von Hoffnung gebildet wird."

„Das glaube ich so nicht", unterbrach die Nichte.

„Was glaubst du so nicht?" fragte die Frau, wiederum überrascht und ein wenig verärgert.

„Ich glaube nicht an die einschläfernde Macht der Ungewißheit, wofern man ringsum das Rauschen des Schicksals vernimmt", sagte die Nichte mit Nachdruck, ohne den Blick von ihren Knien abzuwenden.

„Wie hast du das gesagt? Wie war das am Schluß?" fragte erneut die Frau, die sich genötigt sah, gegen ihren Willen ihren Unmut beiseite zu lassen und der Neugierde Raum zu geben.

„... man ringsum das Rauschen des Schicksals vernimmt", wiederholte die Nichte.

Die Frau atmete beruhigt auf, und es durchströmte sie eine Mischung aus Enttäuschung und Erleichterung, die entsteht, wenn man einen Vers genauer ansieht, der bei einer ersten, etwas übereilten Lektüre das Gemüt mit dem Eindruck eines erstrangigen Funds überrascht hat und der dann beinahe ganz verschwindet und nach eingehender Prüfung ins Gebiet der Gemeinplätze verwiesen wird.

„Ich sehe genau, daß du das ohne Überzeugung sagst, daß du gar nicht an das glaubst, was du zu glauben vorgibst. Mehr noch, du sagst es nur zu dem Zweck, mich zu unterbrechen und mich aufzuregen, um mir den Redefaden abzuschneiden und den Schluß, zu dem ich kommen möchte, so weit wie möglich hinauszuzögern. Ich weiß nicht, warum du das machst, ich weiß nicht, wie ich diese Politik einordnen soll. Vielleicht sind deine Absichten ehrlich – ich sage nicht, daß nicht –, und du fürchtest die Mitteilung einiger abschließender Punkte, die mich selbst im voraus vernichten, noch bevor ich zu ihnen gekommen bin, und das so sehr, daß ich mich immer geweigert habe, mich auf ein solches Bekenntnis einzulassen, aus Furcht, ich könnte zu einem Schlußpunkt kommen, der von dem erwünschten sehr verschieden ist. Aber da ich nun einmal beschlossen habe, es abzulegen, wird es dir nicht gelingen, mich aufzuhalten oder zu verhindern – ganz gleich mit welchen Spitzfindigkeiten –, daß ich das in den Blick bekomme, was ich so lange Zeit lieber im Halbschatten gehalten habe. Andererseits muß ich dir sagen – du kannst es dir dann für später zunutze machen, wenn du unbedingt auf dieser häßlichen Gewohnheit beharren willst, mich mit ungehörigen Bemerkungen zu unterbrechen –, daß du deine Einwände gegen die wenigen Urteile, die zu meinem festen Bestand gehören, falsch wählst, denn sie sind aus andauernder und verschiedenartiger Beobachtung abgeleitet und nicht einfach nur verächtliche Daten der Erinnerung. Bei solchen allerdings gestatte ich dir sehr wohl jede Zügellosigkeit, denn die gestatte ich mir auch, weil ich durch und durch davon überzeugt bin, daß deren rücksichtslose Daten Tag für Tag gefälscht werden müssen, wenn sie als ein Vermögen gebraucht werden soll. Denn das, was geschah, ist nur ein Schatten dessen, was geschehen ist."

„Die Erinnerung ist heilig, Tante", bemerkte spitz die Nichte.

„Behalte deine Ansichten für dich. Ich wollte dir gerade sagen, als du mich unterbrochen hast (und damit du siehst, daß ich meinen Faden nicht verliere), daß durch die Ungewißheit die Angst vor dem Widrigen von der Furcht ersetzt wird, die ein erträglicheres Gefühl ist und mit der man umgehen kann. Ein Umgang allerdings, der so umständlich und so wenig nachdrücklich ist, daß er nicht für immer andauern und die Angst fernhalten kann. Ja, sehr gewagt, sehr gewagt; und wäre es auch nur deshalb, weil man es von einem anderen als meinem Gesichtspunkt aus so deuten konnte – und es gab keine überzeugendere Deutung –, daß ich mich, enttäuscht über das Ergebnis, von dieser unseligen Angelegenheit abgewandt und, anstatt Trost in einer Vergeltung zu suchen oder in einem ähnlichen Abenteuer oder in einem Versuch, mein Leben neu zu gestalten, entschieden hätte, den von ihm unterjochten Teil meiner Persönlichkeit abzuschneiden, um im weiteren Geschäfte ganz anderer und sozusagen weniger leidenschaftlicher Art zu betreiben. Solche Fälle gibt es in dieser Gegend und bei diesem Menschenschlag mehr als genug, und warum sollte ich da wohl anders sein? Es lag mir nichts an dem, was sie sagten, nicht einmal, wenn sie es ohne Groll oder Zorn sagten; was sollte es mir schon ausmachen, daß hier und da mein Fall mit einem hinlänglich bekannten Etikett versehen wurde, wenn ich dafür nicht so sehr die Freiheit als vielmehr die nötige Muße – die kaum gestört oder geschützt wurde durch die Achtung derer, die mir einen Charakter zubilligten, von dessen Schwäche sie nicht im entferntesten auch nur etwas ahnten – erhielt, meinen Weg ohne jede Rücksicht auf gesellschaftliche Verpflichtungen abzustecken. Ohne mir meiner Stärke vollkommen bewußt zu sein, wurde mir klar, daß ich eine Kraft hatte. Über Nacht war ich in ein Kloster eingetreten, aber in eins, das nicht durch Mauern und Gitter geschützt und auch nicht durch ein Gelübde bestätigt war, sondern dessen Geborgenheit lediglich im Brodeln der Leere bestand, in dem Mangel an Atmosphäre, der einen ausschließlich aus Edelmetallen gebildeten Körper kennzeichnet, der sich schnell von dem Staubwirbel ablöst, der ihn im Augenblick seiner höchsten Weißglut hervorgebracht hat. Ich kann mich noch gut an den Blick von ihnen allen erinnern, als sie mich eintreten sahen; ihre ganze vereinigte Kraft – eine mächtigere war damals auf dieser Seite der Berge nicht vorstellbar – hätte nicht ausgereicht, um mir einen Platz zwischen ihnen zu schaffen, und weniger noch, um ihn an ihre Seite zurückzuholen. Das begriffen sie allesamt, und deshalb bewegten sie keinen Finger zu dem vergeblichen Versuch, mich aufzuhalten."

Das Bild bleibt in das Gedächtnis eingeprägt (mit den Retuschen, die nötig sind, es den heutigen Gefühlen anzupassen), unerträglich fest, und es verwahrt und beherrscht den Wertgegenstand, der jederzeit Anerkennung, Achtung und Ehrfurcht für seinen höheren Rang fordert. Es ist ein regelrechtes Emblem. Alle haben sich hinter dem Tisch versammelt – einem sehr langen Tisch, der bereits für das gleich beginnende Festmahl gedeckt ist –, als handelte es sich um ein Gericht, das gerade das Urteil verkündet; einige sind aufgestanden, als gehorchten sie einem rituellen Gebot, niemand weiß so recht warum. Einige noch jung, andere erwachsen, ein paar Alte; einige Kinder und am äußersten Ende eine Greisin, die woanders hinschaut – man findet sie sowohl auf den höfischen Bildern als auch auf den Drucken mit Szenen aus dem Volk –, weil sie nicht so recht weiß, worum es eigentlich geht, und sich zu erinnern versucht, von welcher kleinen Beschäftigung sie aufgescheucht worden ist, vielleicht von der Suche nach einer Haarnadel. Einige sind groß, andere klein, manche sind festlich gekleidet, andere haben ländliche Tracht angelegt, mit irgendeiner ungewöhnlichen Einzelheit; sie sind nicht um eine zentrale Gestalt herum versammelt – denn das Familienoberhaupt ist nicht anwesend –, und ein Mädchen in langen Röcken hebt den Blick zum krausen Haar eines Dorfpatriarchen. Mehr als für eine Familie würde man sie für einen Haufen Freiwilliger halten, die sich überstürzt mit ihren Müttern, Ehefrauen und Töchtern versammelt haben, bevor sie zu einer Jagd in die Berge ziehen oder nachdem sie von ihrem Kampf mit dem Eindringling zurückgekehrt sind, um die gerade erstrittene Unabhängigkeit zu feiern: Es waren die Amat.

„Ich wußte genau, daß von dem Augenblick an unsere Abrechnung schweigend ausgetragen würde. Sie verkündeten nicht einmal das Urteil, sei es, weil ich ihnen keine Zeit dazu ließ, indem ich ihrer Entschuldigung zuvorkam und den Speisesalon im selben Augenblick verließ, als ich ‚ihn‘ für die schändliche Beleidigung verantwortlich machte, sei es, weil ihnen diese minimale Fähigkeit mangelte, die beiden verschiedenen Möglichkeiten zu berücksichtigen, die auch die grobschlächtigste und verdorbenste Rechtsprechung dem Volk vorweisen muß, damit ihre Entscheidungen wenigstens den Anschein von Recht haben. Ich ließ ihnen nur eine Möglichkeit: meine Schuld und seine Flucht, das heißt die Auslöschung der Familie, so wie es sie bis dahin gegeben hatte. Ich wußte – vielleicht besser als sie, die nichts ahnten, sich um nichts in der Welt einen derartigen Ausgang vorgestellt hatten –, daß die gesamte Familie aufstehen würde, daß ein einstimmiger Schrei der Mißbilligung in ihren Kehlen ersticken würde und daß ich, selbst noch bevor ich angeklagt würde, erbarmungslos und ohne die Möglichkeit eines Einspruchs, eines Bittgesuchs oder einer Berufung von meiner Seite verurteilt würde. Es konnte nicht die geringste Spur einer Verzeihung geben; bevor es mit ihnen zu Ende ging, mußten sie mir die Schuld zuschreiben. Denn sie hatten mich im voraus erwählt und hatten es für selbstverständlich gehalten, daß ich die Rolle ohne Einwände annehmen würde – und ohne von ihr zurückzutreten, stolz über die Ehre, mit der ich ausgezeichnet worden war –, die Rolle, die sie mir zugewiesen hatten: die Gattin und Mutter von ihnen allen. Aber ich begriff es erst, bevor ich in den Salon trat, um mit ihm zusammen den Vorsitz des Festmahls zu übernehmen, in dem Augenblick, als ich mir eine Olive in den Mund steckte, während wir darauf warteten, daß einer seiner Onkel, der das Amt des Zeremonienmeisters hatte, uns holte und in den Salon führte, damit das Festessen beginnen konnte. Ich wachte erst richtig auf – nach jener unheilvollen Nacht, in der ich von einem Bett ins andere gebracht worden war, und noch immer weigerte sich mein Geist, den Protestschrei zu empfangen und anzunehmen, der von allen meinen durch alle möglichen Gefühle und Anfälle verwirrten Sinnen ausging –, als ich die Olive in den Mund steckte. Wieviel, habe ich mir oft gesagt, schulde ich dieser kleinen eingelegten Frucht, zubereitet nach einem Rezept, das so alt und dauerhaft ist wie das entlegenste Stück unserer Zivilisation; denn in dem Augenblick, als sie mir das Beste ihres säuerlich herben Geschmacks bot, noch bevor meine Zähne auf den Kern stießen und während ich mir die Szene vorstellte, die mich erwartete, die lange Reihe zufriedener und feierlicher Bekundungen, ordentlich und gemäß der ländlich hierarchischen Architektur, empfand ich die ganze Scham und Schande meines gerade begonnenen Verhältnisses, die Schmach einer Erwählung, die ich nicht ablehnen konnte, und ich begriff, daß, geradeso wie die Olive in ihrem Innern den harten und ungenießbaren Teil verwahrte, der lediglich zum Keimen bestimmt ist, der Clan mich erwählt hatte, den gleichen verborgenen Ort einzunehmen und die gleiche geheimnisvolle und dunkle Aufgabe auszuführen wie der Kern, eingehüllt, lediglich eingehüllt in scheinbar schmackhaftes Fleisch, dazu bestimmt, zu verfaulen und kein anderes Licht zu sehen und keine andere Stimme zu haben als die der mörderischen Sippe, die aus seiner Einschließung hervorgeht. Deshalb wartete ich nicht, und als wir uns – ich hatte den Kern noch im Mund – zum Salon begaben, sagte ich ihm, daß ich nicht die seine werden würde, solange sein Vater lebe, und daß ich nicht noch einmal Inzest begehen würde, als alle aufstanden, und daß ich nicht noch einmal einen Fuß in das Haus setzen würde, dessen Herrin ich bereits war, als wir den Salon verließen und bis zu der Brücke gingen, in dem Bewußtsein, daß sie hinter mir, genauso schnell, wie ich mich von ihnen entfernte, aus den dauerhaftesten Materialien das Monument meiner Schuld errichteten und aus demselben Grund den Beschluß meiner endgültigen

Verbannung fällten. Du wirst mir sagen, daß ich mit alldem ...“

„Ich sage nur, Tante“, unterbrach die Nichte, und ihre Stimme schien nur die lautliche Begleitung der Honigglasur zu sein, mit der das vorvorletzte Nachmittagslicht das Zimmer leuchtend überzog, „was ich sagen zu müssen glaube: die Männer ...“

„... nur die Bedeutung einer unseligen und außergewöhnlichen Streitsache ins Riesenhafte steigere, die sich sehr wohl hätte beilegen lassen, wenn die beteiligten Parteien auch nur den geringsten Willen gezeigt hätten, ihre Folgen zu mildern. Und wenn es nicht so war, dann deshalb, weil, selbst wenn es noch so unerwartet geschah, das alles nur die erste Bekundung des Wundbrands war, an dem wir leiden oder doch zumindest leiden möchten. Nein, es war nicht nur ein vereinzelter Sachverhalt und auch nicht der unselige, fast belanglose Unfall, der eine Tragödie hervorruft, die sich von fern entwickelt und deren Konflikt sich sehr wohl durch ein weniger barbarisches Verfahren hätte auflösen lassen. Aber die Barbarei stand an der Wurzel des Konflikts, verborgen unter dem hochheiligen Namen einer Familientradition, die ich weiß nicht wie lange zurückreichte und die im geheimen durch die Generationen hindurch bewahrt worden war, geradeso wie das Dutzend bestickter Laken, die lediglich zu einem einzigen Anlaß im Leben eines jeden Amat gebraucht wurden und nach einem einzigen Gebrauch in die düsteren Schubladen zurückgelegt wurden, wo Kampferkugeln und Eau de Javelle sie von den Malen einer unzüchtigen Nacht befreiten. Ich wollte nie begreifen, was geschehen ist, ich meine, es untersuchen, der Reihe nach die Streitpunkte durchgehen und aus der ganzen Verkettung der Ereignisse den Befund ableiten, der mich (oder der uns) dazu führte, das Haus und die Familie im allerunpassendsten Augenblick zu verlassen – ich hatte den Kern noch im Mund –, und der mich ein für allemal dazu trieb, das zu sein, was ich zu sein hatte, die zurückhaltend vorsichtige Empfängerin einer falschen Botschaft ...“

„Der Funke, der die Feuersbrunst auslöste.“

„Nein, es war kein Funke, es war vielmehr die Feuerprobe, das befremdliche Gottesurteil, das dieses Mal nicht auf den Übertreter von heiligen Gesetzen und Bräuchen angewandt wurde, sondern möglicherweise umgekehrt; als ob das Volk, das es ausübte, zwar den Glauben an seine Gottheiten verloren, aber doch das Vertrauen in die Vorteile und Wohltaten des Kults bewahrt und sich entschlossen hätte, ehe das Ergebnis einer solchen Probe ungünstig ausfiele, sie aus ihren Tempeln und von ihren Altären zu vertreiben, um neue einzuführen, die noch nicht durch die überzogene Bewilligung von Hoffnung in Mißkredit geraten wären und mit denen es sich einer Zukunft nicht weniger düster als die Gegenwart versichern wollte. Du siehst, wie wechselhaft der Gott und wie dauerhaft der Tempel ist. So war es auch zwischen uns, den unschuldigen Lehrlingen eines Kults, der uns verhieß, uns bis zur Gottheit zu führen, der uns aber immer auf halbem Weg stehen ließ, beim Kult eben; vielleicht ist es das größte Geheimnis der Religion, daß sie, so verstanden, keinerlei Trug verbirgt, lediglich Elend. Und wer sagt mir bestimmt, daß ich nicht dieselbe Haltung wie in der Kirche beibehalte, die nicht ungeduldige Sammlung, die jede Erwartung verlangt, die von der Ankunft des Retters überzeugt ist, trotz dem Bruch, und daß ich, wenn ich alle Bindungen an die Familie und das Ethos der verheirateten Frau abgebrochen habe, in deren Leib sich der Clan fortpflanzt und sich der Tabernakel der Tradition verbirgt, damit nicht die Schlinge nur um so fester zuzog, durch die ich seither mit all dem Verschwundenen verflochten bin? Sie gingen unter, aber ich mit ihnen, bis der Bote, ohne einen Finger zu rühren, mich zu der Annahme bewegt, daß ich ihn empfangen muß, und dann werde ich wiederauferstehen. Ach, was für ein grausamer Scherz, was für eine empörende Ironie; die rebellischste und unnachgiebigste

Frau, die dieses Land hervorgebracht hat, entledigt sich aller Verpflichtungen und wird zu guter Letzt eine Frau, die in ergebenem Gehorsam die Gesetze befolgt, die sie verworfen hatte. Er fing an zu laufen, und ich ging hinter ihm hinaus – ich hatte den Kern noch im Mund –, ich weiß auch nicht recht warum; um ihn zurückzuhalten, um zu versuchen, ihn zu begleiten, oder um auch von dort zu fliehen, während die Familie aufstand. Ich weiß nicht, ob ich ihn rief und meine Worte auf die andere Seite des Flusses hinüberschleuderte, aber ich bin sicher, daß er mich nicht hörte und daß er fortgegangen ist, ohne meine Stimme noch einmal zu hören. Und es ist sogar mehr als wahrscheinlich, daß er fortgegangen ist, ohne zu wissen, daß auch ich fortging, und daß er vielleicht angenommen hat, daß ich geblieben bin, denn indem ich ihre Bedingungen annahm, war ich nicht nur ein Teil von ihnen geworden, sondern war sogar zum Oberhaupt der Familie geworden; ich meine des Clans und als sein Keimgrund, die neue Bethsabe, deren Sohn den Thron Davids einnehmen würde. Als ich zu der Brücke kam – noch immer hatte ich den Kern im Mund –, begriff ich, daß ich ihm nicht folgen konnte – auch wenn ich genau wußte, welchen Weg er genommen hatte, in Richtung auf das Tal –, denn wenn wir auch beide wohl wegen desselben Zwischenfalls flohen, so waren doch die Beweggründe für unsere Flucht sehr verschieden, und wenn wir im günstigsten Fall die gemeinsame Absicht hatten, alles nur mögliche zu tun, um seine Folgen zu tilgen, damit wir uns eines Tages wieder treffen könnten, so mußten wir das doch zweifellos jeder für sich erreichen, auf einem langen Weg, der eher als durch einen anderen Ort durch einen selbst führte. Aber das ist nur eine Annahme, denn sobald ich durch die Einfriedung schritt (indem ich die Pforte mit äußerster Behutsamkeit aufschwenkte, entschlossen, keinerlei Gewalt auszuüben, und zweifellos wurde mir eine derart prophetische und friedfertige Stimmung durch den Olivenkern eingegeben), begriff ich, daß der Antrieb, mich zu entfernen, nicht Wut, sondern Kraft war, nicht der Wunsch nach Rache, sondern Ehrgeiz, nicht das Entsetzen über ihre Barbarei, sondern die Verachtung für ihre Schwäche – was alles ich verstecken und hinter der stets bequemen, gut geschnittenen und tragbaren Kleidung der beleidigten Tugend tarnen mußte. Deshalb muß ich annehmen, daß er mich eines Tages wieder würde treffen wollen, nachdem er in seiner Verbannung erfahren hätte, daß auch ich wenige Minuten später den Ort verlassen hatte; aber das war eine Hypothese, die ich in meinem Innern dauernd in Zweifel ziehen mußte – auch wenn sie die einzige wäre, die mich dazu brächte, meinen eigenen Weg zu finden, als die einzige, die mich, indem sie mir half, bei meinem Entschluß auszuharren, an dem Tag an seine Seite führen müßte, an dem er begreifen würde – aus sich selbst und ganz und gar nur aus sich selbst –, welche Größe und Absicht meine Beharrlichkeit hatte –, der ich allerdings außerhalb von mir keinerlei Gültigkeit oder Wahrscheinlichkeit zubilligen konnte und von der ich folglich nicht das geringste Anzeichen geben durfte."

„Du drückst dich sehr deutlich aus, Tante, und ich begreife dich sehr gut", fuhr die Nichte dazwischen, vielleicht auf der Suche nach einer widersprechenden Entgegnung oder nach einem langen und mißbilligenden Einwurf.

„Ich erfuhr dann", nahm die Frau ihre Rede wieder auf, „oder damals, daß der einzelne am ehesten die Pläne verwirklicht, die er heimlich und in aller Stille faßt und durchführt und die er niemandem mitteilt, nicht einmal dem engsten Vertrauten; und daß eine solche Befriedigung, um vollkommen zu sein und mit seinen Grundsätzen übereinzustimmen, auch im nachhinein verschwiegen werden muß; und das führt mich bisweilen zu dem Gedanken, daß die Geschichte unseres Geschlechts und unseres Volks sehr viel glücklicher sein mag, als man sagt und glaubt, denn erzählt wird nur, was als etwas Unbefriedigendes mehr oder weniger mitteilbar geworden ist, während ein tiefinnerer und gänzlich unübertragbarer Rest, der sich jeder Übermittlung durch das Wort widersetzt und für die Erforschung unerreichbar ist, immer durch eine Scham verhüllt bleibt, die sich sogar auf die Beziehungen mit den Liebsten ausdehnt."

„Genau darüber wollte ich sprechen", unterbrach die Nichte, „denn über den Liebsten habe ich einige interessante Ideen, die, meiner Ansicht nach, ziemlich originell sind."

„Achtung", antwortete die Frau ruhig, mit offenbarem Unbehagen, vielleicht deshalb, weil sie sich gezwungen sah, einen Einwand zu machen, „habe gegenüber dem Liebsten möglichst wenig Ideen; ich gebe nicht gern Ratschläge, und dir erst recht nicht, aber diesen kann ich dir nicht ersparen."

„Zweifellos, Tante", sagte die Nichte mit ziemlichem Eifer, während sie den Hals reckte und den Rock langzog und das Kinn vorstreckte, „aber allem Anschein nach ist es unerläßlich, eine zusammenfassende Idee vom Liebsten zu haben."

„Hast du zusammenfassend gesagt?" fragte die Frau, die wiederum eine Art Erstaunen durchfuhr, das sie nicht durchscheinen lassen wollte.

„Ja, ich habe zusammenfassend gesagt. Genau das habe ich gesagt: zusammenfassend."

„So", sagte die Frau. „Vielleicht hast du ja recht. Ich will das nicht in Abrede stellen. Ich habe nie zusammengefaßt. Ich glaube nicht, daß ich jemals zusammengefaßt habe, und deshalb kann ich auch nicht die Vorzüge in Abrede stellen, die es haben mag, den Liebsten zusammenzufassen."

„Ich habe nicht gesagt, daß man den Liebsten zusammenfassen soll; ich habe nur gesagt, daß man eine zusammenfassende Idee von ihm haben soll."

„Du kannst ja wohl schlecht eine zusammenfassende Idee von ihm haben, wenn du ihn nicht vorher zusammengefaßt hast. Aber ich sage dir noch einmal, ich möchte darüber nicht reden, denn ich weiß kaum, was es heißt, zusammenzufassen oder eine zusammenfassende Idee von irgend etwas zu haben, ob man es nun liebt oder nicht. Aber selbst wenn du ihn zusammenfaßt, laß mich dir etwas sagen; ob zusammengefaßt oder nicht, laß den Liebsten in Frieden; ganz gleich, wie du es hältst, laß ihn in Frieden. Ich weiß wohl, daß ich in gewisser Weise", fuhr die Frau fort, fest und ein wenig in Eile, gewärtig der Antwort, die ihre Nichte geben wollte und die im Raum stand, bei einer lächerlich heraldischen Haltung ihres Kopfs, „den Vorbehalt verteidige, was, nach unseren allgemeinen Erziehungsnormen, sich leicht zum Bösen wenden kann; denn diesen Normen zufolge soll der Nächste in jeder Hinsicht genauso behandelt werden wie das Ich, andernfalls klopft man schon an die Tür des Bösen. Jede allgemeine Norm ist eine Vereinfachung, und die Moral muß von einer beträchtlichen Nachlässigkeit und geradezu Verachtung gegenüber den innersten Gedanken ausgehen, was zumindest (wie der Engländer sagen würde, der vor Jahren in diesem Haus gewohnt hat) bedenklich ist. Aber jede Moral ist brutal, kann nicht die Einzelheiten in Betracht ziehen und wird immer versuchen, das Individuelle zurückzunehmen, denn um den einzelnen seinem Mitmenschen anzugleichen und zu verbrüdern, ist es notwendig, von dem abzusehen, was er nicht mit ihm gemein hat. Und ist nicht genau das seine Individualität? Ist es nicht, kurz gesagt, das einzige, was er hat? Ich sage nicht, das Wertvollste, sondern das einzig Eigene, das, da es in andauerndem Widerstreit zum Gesetz steht, ihm gestattet, es anzunehmen und der Vorschrift in einer Art heimlichem Verrat zu gehorchen und seine am meisten unveränderlichen Grundsätze alle Tage simonistisch zu verkaufen. O nein, es gibt keine Eigenarten der Persönlichkeit, die vollständig durch die Normen der Moral gelenkt werden könnten, das ist nur eine willkürliche Annahme, um einem unlösbaren und unerträglichen Gegensatz zu entgehen. In meinen Mußestunden habe ich immer wieder einige Autoren gelesen, vor allem einige aus dem Altertum, die darüber nachgedacht haben, welche verschiedenen Wege sich dem Menschen bieten, um zum Glück zu kommen; das ist schon an sich ein ärgerliches und krauses Wort, das nur, wenn man es immer wieder gebraucht, um es gewöhnlich zu machen, keinen Schaden mehr anrichtet, das ganz und gar dazu auffordert, ihm den Rücken zuzukehren, und das nur die Moralisten zu ertragen fähig sind. Die Moralisten sind wie die Gerber und die Färber, sie sind die ekelerregendsten Säuren und chemischen Farbstoffe gewohnt und unempfindlich gegen sie, haben ständig schmutzige Finger, um eine einwandfreie Ware zu verkaufen. Aber ich frage mich, wie man das Glück aus den Taten ableiten kann. Und wozu? Um die eine Tat zu loben und die andere zu tadeln? Und wozu kann ein solches Glück gut sein, wenn man, um es zu bewahren, weiterhin tätig bleiben muß? Nein, davon möchte ich lieber nicht sprechen, aber damit du nicht auf die Idee kommst, ich hätte mich darauf beschränkt – auf Grund eines Daseins, das mir zwar viele Befriedigungen gewährt hat, auf dem aber doch ein ursprünglicher Verdruß lastet –, all diese Lehren abzulehnen, die bei derartig wirksamen Normen enden, daß sie, wortwörtlich befolgt, die Glückseligkeit verschaffen, sage ich dir, daß ich an die geradezu biologische Verfassung des Glücks nicht glauben kann, bei der die Tat wie ein Same wirkt und eine Matrix befruchtet, die es aus sich selbst nicht zu erzeugen vermöchte; daß jeder von außen kommende Höhepunkt seine Kehrseite hat und daß für mich im Augenblick der Vollendung eine Art umstandslose Jungfräulichkeit wiederersteht; daß ich eine androgyne Auffassung des Schicksals teile; daß jedes Verhalten, das von einem ‚tu dies und tu das nicht' geleitet wird, sowohl zu Euphorie wie zu Melancholie führen kann und daß diese Harmonie mit sich selbst, die auch nicht vor Schmerzen schützt, bei einem selbst endet – auch wenn die Welt zugrunde geht – und daß folglich derjenige am ehesten in der Lage ist, sie zu erreichen, der – indem er sie zerstreut, sie unterdrückt, ihr nicht einen Augenblick Aufmerksamkeit gewährt und sie zum Erlöschen bringt – seine Unzufriedenheit zu verschweigen weiß."

JUNI

„Kann ich Ihnen behilflich sein?“ fragte er und beobachtete ihn über die Brille hinweg, die auf der Nasenspitze saß.

Der Kunde antwortete nicht, er war von kleiner Gestalt. Er hatte ein in Cellophanpapier gewickeltes Hemd aus einem Regal genommen und versuchte, das an den Innenrand des Kragens geheftete Preisschild zu lesen. Er ging zur Tür, um mehr Licht zu haben und den Preis lesen zu können, im Abstand seiner Armlänge; dann legte er es an seinen Platz zurück und nahm ein anderes heraus, ein himmelblaues mit weißen Längsstreifen. Er vermutete deshalb, daß der Mann, der ihm noch immer, im Halbschatten stehend, den Rücken zuwandte, es nicht besonders eilig habe, und beschloß, an seinen Platz hinter dem Ladentisch zurückzukehren, auch wenn er kaum noch hoffte, die Abrechnungen seiner Buchführung wiederaufnehmen zu können – oder eine kleinere Berechnung auf einem Stück Packpapier –, denn er wußte aus Erfahrung, daß der ungelegene Besuch seine Pläne für den ganzen Nachmittag vereitelt hatte. Als er den Blick wieder hob, hatte sich der Kunde von der Ecke des Ladens im Halbschatten, wo er fast nicht zu sehen war, zu der Stange begeben, an der einige Konfektionsanzüge hingen, die er vor Jahren erworben hatte und die, obwohl günstig im Preis, nicht besonders gut gegangen waren. Er hatte einen dreiteiligen, senffarbenen Anzug ausgewählt und ging erneut zur Tür, wo er ihn vor sich hochhielt, so weit sein Arm reichte, um ihn im Nachmittagslicht genau zu begutachten. Da erkannte er ihn, legte die Brille auf den Ladentisch, vergaß seine Buchführung und ging auf ihn zu, um ihn zu begrüßen und ihm die Hand zu geben.

„Abdón“, sagte er zu ihm, „Mensch, Abdón, wie lange bist

du denn wohl nicht mehr hier gewesen. Ich habe dich überhaupt nicht erkannt. Darf man erfahren, was dich in dieses Haus führt?"

Der andere antwortete nicht, er war zu sehr mit seiner Prüfung beschäftigt; er brachte den senffarbenen Anzug an seinen Platz zurück und holte einen anderen heraus, der eher olivfarben war mit orangenen Streifen und den er ebenfalls zur Tür trug, um ihn mit blinzelnden Augen von vorn und von hinten genau zu begutachten.

„Suchst du vielleicht einen Anzug? Diese Größe paßt dir nicht", machte er ihn aufmerksam. „Sag, was suchst du denn überhaupt? Es ist ja schon Jahre her, daß du hier mal vorbeigekommen bist, kein Mensch hat dich hier gesehen. Und wie geht es dort oben?"

Als er seine Prüfung beendet hatte, legte er den Anzug auf den Ladentisch, ohne ihn vom Bügel zu nehmen, und ging dann erneut zum Regal mit den Hemden, ohne ein Wort zu äußern. Da sagte er sich, daß er ihn nicht nur an seiner gelben Öljacke hätte erkennen müssen, die er über einen Stuhl gehängt hatte – jene Jacke mit einer langen Geschichte, eine regelrechte Fahne –, sondern an dem unverwechselbar mürrischen Wesen des kleinen und ungestümen Mannes, der noch, wenn er einem den Rücken zukehrte (oder vor allem, wenn er einem den Rücken zukehrte, wie die meisten Propheten und Seher), seine Anwesenheit mit aller Wucht auferlegte.

„Das ist nicht deine Größe, Abdón. Sag mir doch einfach, was du suchst, und dann suche ich dir etwas Entsprechendes heraus."

Der andere schien ihm gar nicht zuzuhören. Erneut suchte er zwischen den Hemden, aber er fand keins, das ihm gefiel. Er kehrte zum Ladentisch zurück, knöpfte das Sakko des olivfarbenen Anzugs auf, nahm es vom Bügel und betrachtete es eine Weile genau, indem er es an den Schultern hielt.

„Der ist dir zu groß. Wenn du einen Anzug suchst, dann komm mit dorthin, da kann ich dir etwas zeigen, was dir paßt.

Und der Preis ist wirklich interessant. Aber Mensch, Abdón, wie lange bist du nicht mehr hier herunter gekommen."

Der andere unterbrach ihn.

„Wie teuer ist dieser Anzug?" fragte er, während er weiter das Sakko musterte und abschätzte, nachdem er es wieder zugeknöpft hatte, offenbar zufrieden mit der Appretur.

„Laß sehen", antwortete Honorio, während er die Brille vom Ladentisch aufnahm, zog ein am Bügel befestigtes Preisschild hervor und zögerte ein wenig angesichts des darauf Geschriebenen. „Er ist ein bißchen teuer, aber das ist auch gar nicht deine Größe. Ich kann dir etwas zeigen, was dir viel besser paßt."

„Teuer? Warum teuer?" fragte Abdón.

Honorio schaute das Revers des Sakkos aus der Nähe an, mit augenblicklich erneuertem Interesse, vielleicht suchte er in seiner Erinnerung eine Erklärung für den auf dem Schild vermerkten Preis und für die schlechte Aufnahme, die das Stück seinerzeit gefunden hatte.

„So etwas wird heute nicht mehr hergestellt. Was heute kommt, ist nicht mehr dasselbe." Er schaute den Ärmel von ganz nah an und zog mit beiden Händen an dem Stoff. „Schau dir diese Stoffqualität an. So etwas wird heute gar nicht mehr hergestellt. Was heute kommt, ist etwas anderes, alltäglicher."

„Wenn es nicht mehr hergestellt wird, dann doch wohl, weil es nicht gut ist", beschied Abdón. „Wie lange hängt das Stück denn schon hier auf dem Bügel? Ganz bestimmt schon mehr als fünf Jahre."

Honorio steckte innerlich den Schlag ein, aber er wußte ihn auszuhalten und ließ sich nichts anmerken mit seinen Manieren eines ehrbaren Geschäftsmanns.

„Da irrst du dich, Abdón, da irrst du dich. Wenn es nicht mehr hergestellt wird, dann gerade deshalb, weil es zu gut ist. Dies ist ein Anzug für das ganze Leben, für Leute, die Qualität zu schätzen wissen. Und das interessiert die Hersteller heute nicht mehr, die arbeiten nur noch für den alltäglichen Bedarf. Begreifst du das nicht? Was heute hergestellt wird, soll nur wenig haltbar sein."

„Der hält das ganze Leben, wenn man ihn nicht trägt, wie es hier ja wohl der Fall ist. Wie lange hängt der hier?"

Das war die Frage, die ihm am meisten zusetzte, auf die er nicht zu antworten wußte und die er nicht beantworten durfte oder wollte, es sei denn mit einer halben Wahrheit, die den Fehlschlag eines Geschäftsvorgangs verdeckte, den er schon fast vergessen hatte.

„Das ist nun wirklich nicht das Wichtigste, worauf man achten muß. Aber glaub nicht, daß er schon so lange hier hängt. Die Schuld liegt bei den Kunden, die nichts verstehen und sich durch den Preis täuschen lassen. Sie nehmen nur das Billige, ohne auf die Qualität zu achten."

Ohne genau zu wissen, weshalb, begriff er doch, daß er bei Abdón eher als auf das Lob der Ware auf die wirtschaftlichen, händlerischen und moralischen Grundsätze zurückgreifen müsse, die sein Geschäft bestimmten und Gewähr für seine Ehrlichkeit leisteten.

„Die Leute denken nicht an morgen. Die beste Art, sein Geld wegzuwerfen ist, billig zu kaufen. Das Billige ist teuer. Die Leute wissen nicht, was sie tun."

„Ich weiß das auch nicht", sagte Abdón. „Und soweit ich sehe, du auch nicht, denn du weißt nicht einmal, was dieser Anzug kostet und wie lange er hier in der Ecke hängt."

„Nicht länger als ein paar Jahre, das kann ich versichern. Niemand hat ihn angerührt, er ist noch wie am ersten Tag. Schau dir doch mal diese Stoffqualität an." Er knitterte heftig das Ärmelende und ließ es dann wieder los, damit es ohne eine zerknitterte Stelle seine Form wieder annehmen konnte. „Was für eine Appretur das ist. Wenn du einen Anzug für das ganze Leben haben willst, nimm ihn mit. Aber du wirst einen Schneider brauchen, der ihn dir für deine Größe enger macht. Ich weiß nicht, ob der Aufwand sich lohnt, Abdón, das sage ich dir ganz ehrlich. Ich will meine Sachen verkaufen, aber ich kann einen Freund nicht betrügen. Doch wenn du unbedingt darauf bestehst, dann kann ich ihn dir zum Preis von damals lassen, wie am ersten Tag."

„Was heißt damals? Was für ein erster Tag?"

„Ich meine den ausgezeichneten Preis. Der auf dem Schild steht. Ich vergesse, daß alles teurer geworden ist, weil du es bist und weil er geändert werden muß und ich nicht weiß, wie teuer dich das kommen kann. Du siehst also, daß ich dich nicht betrügen will, ich möchte nur, daß du zufrieden von hier gehst. Tausendzweihundertsechzig, das ist geschenkt, bei einem solchen Stoff. Heute fändest du so etwas nicht unter tausendsechshundert oder zweitausend, wenn du es überhaupt noch finden würdest. Solche Stoffe werden gar nicht mehr hergestellt. So liegen die Dinge. Die Kunden verstehen das nicht."

„Ich verstehe das auch nicht", erwiderte Abdón, und mit einer leicht resignativen Geste schob er den Anzug auf dem Ladentisch ein wenig zur Seite, um zu verstehen zu geben, daß er auf ihn verzichte. „Das einzige, was ich verstehe, ist, daß ich wohl die Zeit verpaßt habe."

„Ich verstehe dich nicht, Abdón, ich verstehe nicht, was du meinst. Aber ich kann dir versichern, daß du das Geld nicht wegwirfst, wenn du diesen Anzug nimmst."

„Ich habe die Zeit verpaßt. Ich hätte den Anzug vor zwei Jahren für neunhundertzwanzig Peseten kaufen sollen."

„Warum denn für neunhundertzwanzig Peseten? Ehrlich, Abdón, ich verstehe dich nicht."

„Wenn du mir jetzt für tausendzweihundertsechzig verkaufst, was nach deinen eigenen Worten tausendsechshundert wert ist (und um nicht zweitausend zu sagen), dann hättest du mir damals doch wohl für neunhundertzwanzig verkaufen können, was damals tausendzweihundertsechzig wert war. Die Sache ist doch ganz klar, man muß nur den Betrag abziehen. Und das, ohne die Zinsen für diese dreihundertvierzig Peseten in Rechnung zu stellen, die gut und gerne mit einundachtzig Peseten zu Buche schlagen können, bei einfachen zwölf Prozent. Du wirst begreifen, daß es nicht gerecht ist, daß die Preiserhöhung zu meinen Lasten gehen soll, weil du deine Sachen nicht rechtzeitig verkaufen kannst. Deshalb ist es wohl besser, daß wir es für diesmal dabei belassen", sagte Abdón, und nachdem er sich mit einem Blick von ihm verabschiedet hatte, nahm er den Anzug am Haken des Bügels, um ihn an seinen Platz in der Ecke im Halbschatten zu hängen.

„Aber von welcher Preiserhöhung redest du denn da? So warte doch", sagte Honorio verwirrt, „wer hat denn hier überhaupt von Preiserhöhung gesprochen? Warte mal", wiederholte er flehentlich, während er sich auf einen der für die Kunden bestimmten Stühle neben dem Ladentisch setzte. Abdóns Argumentation hatte seine Gedanken dezimiert, und der vergebliche Versuch, ihr zu folgen, nahm ihm fast den Atem. Eine derart schnelle Berechnung ließ ihm keine Möglichkeit zu antworten, sei es, weil auf diese Weise das eventuelle Sophisma verborgen blieb, sei es, weil sie so in einen Bereich der Arithmetik verlegt wurde, den zu betreten ihm so schwerfiel und nachgerade unmöglich war. Und obendrein paßte sie zu dem größten Anlaß der Sorgen, die ihm als einzige den Schlaf rauben konnten und die er niemals irgend jemandem eingestehen würde. Er stützte den Ellbogen auf das Knie und griff sich mit der Hand an die Stirn; dann ließ er die Hand zwischen die geöffneten Beine fallen, verstört durch die phlegmatische Sicherheit Abdóns und entschlossen, einen anderen Weg einzuschlagen, um die Angelegenheit zu Ende zu bringen.

„Warte mal einen Augenblick", sagte er noch einmal nach einer langen Pause. „Wieviel bist du bereit, für den Anzug zu bezahlen?"

„Ich war bereit, das für ihn zu bezahlen, was er wert ist", erwiderte Abdón mit Nachdruck von der Stange im Schatten aus, „aber mir scheint, daß nicht einmal du, der es doch wissen müßte, mir sagen kannst, wieviel das ist.“

Er schien unüberwindlich. Alle seine Antworten, so fürchtete er, waren treffsicher, und offensichtlich beherrschte er zuverlässig das Feld der Zahlen, das Honorio solches Kopfzerbrechen verursachte. In Honorio hatte dieser Mann stets eine Mischung aus Achtung und Argwohn geweckt. Man hielt ihn für ziehmlich verrückt, aber niemand im Tal traute sich, ihm zu widersprechen, ihn zu verletzen oder nicht bewiesene Behauptungen gegen ihn vorzubringen. Er lebte wie ein Strolch, und trotzdem hatte er nicht nur Geld, sondern war sogar die erste Zuflucht des Notleidenden. Es hieß auch, daß er eines Tages eine recht beträchtliche Summe erhalten könnte, als Lohn dafür, daß er vor Jahren ganz uneigennützig ein Mädchen adoptiert hatte, dem irgendwann eine der größten Erbschaften der ganzen Gegend bestimmt sein würde. Er verlieh Geld, gelegentlich ohne Zinsen, und häufig lebte er inmitten von wüstem Gesindel, aber in seiner Umgebung herrschte immer Frieden; und obendrein hieß es, daß er neben oder wegen einer vornehmeren und wohlhabenderen Vergangenheit über eine ausgedehnte Bildung verfüge, studiert habe und über visionäre Kräfte verfüge; daß er ein Gespür für die Notlage umherirrender armer Seelen habe und Abhilfe anzugeben vermöchte, die nie schlecht anschlage. Im Augenblick schien er nicht ganz unbeteiligt an Honorios Sorgen, und selbst wenn er sie nicht bemerkt hätte, wäre ihm doch, das kam von weit her, seine uneingestandene Unfähigkeit aufgefallen, gewisse Operationen durchzuführen, die mit Geschäft und Handel verbunden waren.

„Glaub nicht, daß ich dich betrügen will“, gestand Honorio. „Ich habe dir nur den richtigen Preis abverlangt, der auf dem Preisschild steht, und keineswegs habe ich von einer Erhöhung gesprochen. Das hast du gesagt. Aber wenn dir der Anzug so gut gefällt, dann kann ich dir einen Nachlaß gewähren, obwohl du weißt, daß ich das sonst nicht tue.“

Das stimmte, er ging nie im Preis herunter. Er betrachtete sich selbst als einen seriösen Kaufmann, und auch wenn sein Geschäft in weitem Umkreis keine Konkurrenz hatte und er es sich hätte gestatten können, nach Belieben die Preise zu diktieren, nutzte er das doch nie aus. Aus demselben Grund gestattete er es sich auch nicht, im Preis herunterzugehen, und er war stolz darauf, das auch noch nie getan zu haben, das mochten Leute anderen Schlags machen.

„Willst du ihn für tausend mitnehmen?“ fragte er vorsichtig.

„Für tausend? Warum für tausend? Ist das vielleicht sein Preis?“

Augenblicklich begriff Honorio, daß er einen Fehler begangen hatte, den Abdón zu seinem Nutzen wenden konnte, aber er sah nicht nur keine Möglichkeit, ihn zu beseitigen, sondern er sah sich, geradezu gegen seinen Willen, unwiderstehlich getrieben, demselben Weg weiter zu folgen, auch wenn er ins Verderben führen würde:

„Für neunhundertzwanzig?“

„Für tausend? Für neunhundertzwanzig? Was denn nun? Glaubst du eigentlich, daß man so einen Handel abschließen kann, Honorio?“

„Ich habe neunhundertzwanzig gesagt, weil du selbst eben gesagt hast, daß du vor zwei Jahren bereit gewesen wärst, soviel für ihn zu bezahlen. Du kannst nicht abstreiten, daß du das gesagt hast, Abdón, ich mag es gar nicht, wenn man mich für einen Lügner hält. Du weißt ganz genau, daß dies ein seriöser Laden ist und daß ich sonst nie im Preis heruntergehe.“

„Ich habe doch nichts dergleichen gesagt, Honorio, du hast mich nicht verstanden. Ich habe dich nie für einen Lügner gehalten, wohl allerdings für etwas schwerfällig. Ich habe lediglich gesagt, daß ich, wenn ich ihn vor zwei Jahren für neunhundertzwanzig gekauft hätte, jetzt einen Anzug besäße, dessen Wert möglicherweise – und ich sage nicht, daß das sein tatsächlicher Wert ist, das sagst du – tausendzweihundertsechzig beträgt. Das habe ich gesagt, nicht mehr und nicht weniger, und ich mag es ebenfalls nicht, wenn man meinen Worten einen anderen Sinn beilegt als den, den sie haben."

„Jetzt hör mal, Abdón", sagte Honorio und setzte sich erneut auf den Stuhl für die Kunden, „du brauchst mir nicht umständlich auseinanderzulegen, was du getan hast und was nicht. Gib mir neunhundertzwanzig, nimm den Anzug mit, und die Angelegenheit ist abgeschlossen."

„Nichts da", versetzte Abdon, „auf gar keinen Fall. Du wirst wohl verstehen, daß ich jetzt nicht etwas für neunhundertzwanzig kaufe, was ich vor zwei Jahren für das Geld hätte kaufen können."

„Ich sehe nicht ein, warum nicht. Der Anzug ist derselbe, und das Geld wird ständig weniger wert."

„Richtig, das hieße, das Geld hinauszuwerfen. Selbst wenn man die Zinsen nicht in Rechnung stellen wollte – einundachtzig Peseten –, wäre das nur unter der Annahme richtig, daß der Wert des Anzugs neunhundertzwanzig beträgt und sonst alles gleichgeblieben wäre. Aber das Geld wird alle Tage weniger wert, wie du sagst, während der Anzug, nach deinen eigenen Worten, immer noch derselbe ist. Es ist also nicht gerecht, daß, wer Geld aufbewahrt, Geld verlieren soll, wohingegen der etwas verdient, der einen Anzug aufbewahrt. Begreifst du, daß das nicht gerecht ist?"

Honorio spürte, daß, was Abdón sagte, nicht richtig war, aber er begriff auch, daß er das niemals würde erklären und beweisen können, nicht einmal sich selbst, der er in einer Atmosphäre von verschwommen moralischen Grundsätzen lebte, die sich einer logischen Formulierung widersetzten.

„Jetzt hör mal, Abdón", sagte Honorio mit wachsender Ungeduld, nicht so sehr, um das Geschäft zum Abschluß zu bringen, als vielmehr, um ein Gespräch zu beenden, das ihm Schwindel verursachte und verhängnisvolle Folgen für sein

System der Buchführung und für seine wenigen, aber festen Überzeugungen über den Wert des Geldes haben konnte, „ich kann dich nicht zwingen, den Anzug zu kaufen, wenn du es nicht willst. Was du mit deinem Geld machst, ist deine Sache, jetzt und auch vor zwei Jahren, aber komm mir nicht mit Ansichten, an die doch niemand glaubt. Und behalte deine neunhundertzwanzig Peseten, für wenn du etwas findest, was dir paßt, und mach andern Leuten nicht ohne Not den Kopf heiß."

„Genau das werde ich tun. Deshalb kaufe ich den Anzug auch nicht für neunhundertzwanzig Peseten, genauso wie ich ihn nicht vor zwei Jahren gekauft habe. Wenn ich mich damals geirrt habe, indem ich ihn nicht gekauft habe, dann werde ich doch jetzt nicht so dumm sein und den Irrtum mit einem noch größeren ausmerzen. Das ist ganz leicht zu begreifen, und ich versuche keineswegs, irgendwem den Kopf heiß zu machen, und schon gar nicht dir. Ich kann mir nicht erklären, wie du eine so einfache Sache nicht begreifen kannst."

„Wieviel gibst du für den Anzug?"

„Da wir beide nicht herauszubekommen vermögen, was er wert ist, kann ich dir einen solchen Betrag für ihn geben, der uns beide zufriedenstellt. So müssen die Sachen unter ehrlichen Leuten abgewickelt werden. So daß niemand etwas verliert. Sei unbesorgt, ich habe dich immer für einen ehrlichen Menschen gehalten und tue das auch weiterhin. Eine andere Sache ist es aber, daß du nicht weißt, welchen Wert die Waren in deinem Laden haben."

Der andere verspürte einen Stich in der Seite und zunehmend Herzklopfen, was ihm Beklemmungen und einen trokkenen Mund verursachte. Nachdem er sich einige Augenblicke mit geschlossenen Augen und gesenktem Kopf erholt hatte, fragte er:

„Wieviel?"

„Soviel, wie ich dir geben kann und wie dich zufriedenstellt."

„Wieviel?" frage er noch einmal mit erstickter Stimme.

„Du möchtest diesen Anzug – oder was es ist – jetzt verkaufen, und wenn du ihn nicht verkaufst, ist es deine Schuld. So ist das Geschäft. Während ich darauf achten muß, mein Geld für den Lebensunterhalt zu bewahren, siehst du dich gezwungen, den Anzug gegen deinen Willen zu behalten, wer weiß, womöglich, weil du ihn zu einem Preis verkaufen willst, der ihm nicht zukommt. Da es also deine Schuld ist, daß du den Anzug nicht zu verkaufen gewußt hast, trägst du wohl auch die Verantwortung dafür, daß ich ihn in diesen zwei Jahren nicht gekauft habe. Folgerichtig muß der ökonomische Verlust auch zu deinen Lasten gehen. Das ist nur gerecht, die Sache liegt ganz klar, und ich begreife nicht, warum du sie nicht verstehst."

„Von welchem ökonomischen Verlust redest du denn da, Abdón?" fragte Honorio, indem er leicht den Kopf hob und die Augen ein wenig öffnete.

„Von den dreihundertvierzig Peseten, das ist doch eine klare Rechnung. Und das, ohne die einfachen Zinsen zu regulären zwölf Prozent zu veranschlagen. Damit wären es vierhunderteinundzwanzig weniger."

„Vierhunderteinundzwanzig weniger als was? Etwa als der ausgezeichnete Preis?"

„Als die neunhundertzwanzig, für die ich dir den Anzug vor zwei Jahren nicht abgekauft habe, durch ausschließlich deine Schuld."

„Das heißt wieviel?" Honorio wandte sich zum Ladentisch, richtete sich auf, nahm ein Stück Packpapier und führte mit großen und ungefügen Zahlen eine Berechnung durch, die er mehrfach überprüfen mußte.

„Fünfhundertachtzig?" fragte er bestürzt und ängstlich mit geradezu erstickter, ohnmächtiger Wut.

„Fünfhundert wären noch richtiger, damit auch die Zinseszinsen mit in Rechnung gestellt werden."

„Du bist verrückt, Abdón, du bist ja vollkommen verrückt,

wenn du glaubst, daß ich dir für fünfhundert geben kann, was mit tausendzweihundertsechzig ausgezeichnet ist. Da schenk ich es dir doch lieber."

„Ich möchte keine Geschenke, ganz gleich von wem. Niemand braucht mir etwas zu schenken, und ich bin es gewohnt, immer den richtigen Preis zu zahlen, das weißt du sehr gut. Das beste ist wohl, du verkaufst ihn mir für fünfhundertachtzig, und wir vergessen die Zinsen."

Honorio setzte sich wieder neben den Ladentisch, stützte den Ellbogen darauf und legte dann die Wange in die Handfläche. Der andere nahm an, daß er ihm ein wenig Zeit zum Überlegen lassen mußte, er wußte nicht, daß Honorios Verstand – unfähig, Rechnungen ohne Papier und Bleistift auszuführen – nichts analysierte, sondern lediglich dumpf und etwas einfältig auf eine geringe Erhöhung des Gebots von seiten Abdóns wartete, und das nicht so sehr um des Geldes willen als vielmehr um seiner Ehre willen. Nichts wäre ihm in dem Augenblick erwünschter gewesen, als daß ein anderer Kunde den Laden betreten hätte, um Abdón allein lassen zu können, damit er seine Aktion noch einmal überdächte, aber da weder das eine geschah, noch der andere, außerhalb seines Blickfelds, sein Angebot veränderte und auch keinen Kommentar hinzufügte, mußte er sich auf eine Geste erzwungenen Verzichts beschränken, indem er sich mit den Handflächen auf beide Knie schlug und sein Urteil verkündete:

„Gut, nimm ihn mit."

„Abgemacht", sagte Abdón und nahm aus einer geschwellten und an den Nähten aufgeplatzten Brieftasche, die er in der Gesäßtasche der Hose aufbewahrte und die voller Papiere, Kärtchen und sonstigem Kram steckte, umständlich einen Fünfhunderter- und einen Hunderterschein heraus, beide alt und zerknittert, die er auf den Ladentisch legte und dabei mit den Fingern glattstrich.

„Warum denn jetzt sechshundert?" fragte Honorio.

„Ich hoffe doch, daß du mir zwanzig zurückgibst."

„Waren wir nicht bei fünfhundert verblieben?"

„Gib mir auf fünfhundertachtzig heraus, und mach dir weiter keine Gedanken; so viel ist es ja gar nicht, und es lohnt wohl nicht, um solche Beträge zu streiten."

„Ich weiß auch nicht mehr, wie wir verblieben waren", mußte Honorio zugeben, indem er fast unwillig die Scheine nahm, in die Kasse legte und ihm vier Fünfpesetenstücke zurückgab, während Abdón erneut den Anzug von der Stange nahm und ihn auf den Ladentisch legte. Honorio schnitt gewandt mit einem Messer ein Stück Papier zum Einwickeln zurecht und legte zuerst das Sakko und dann die Hose zusammengefaltet darauf. Als er sich anschickte, das Papier über dem Anzug zusammenzufalten, legte Abdón noch das in Cellophanpapier gewickelte, himmelblaue Hemd mit den weißen Streifen darauf. Honorio durchfuhr ein Schauder.

„Warte", sagte Abdón, „ich bin noch nicht fertig."

Von hinten aus dem Laden brachte er nach einer oberflächlichen Suche, die Honorio endlos vorkam, eine granatrote Krawatte, zwei Paar Socken und ein halbes Dutzend Taschentücher.

„Jetzt kommst du mir doch nicht etwa mit... ", begann Honorio zu protestieren.

„Sag mir, wieviel das kostet", sagte Abdón schneidend.

Honorio löste von den Teilen, die Abdón ausgewählt hatte, jeweils das Preisschild und notierte den auf der Schachtel aufgedruckten Preis der Taschentücher. Auf einem Streifen Papier schrieb er die Zahlen untereinander, mit einem fast verbrauchten Bleistift, dessen Mine er mehrmals mit der Zungenspitze anfeuchtete. Er rechnete dreimal nach und zeigte Abdón etwas ängstlich das Ergebnis.

„Wieviel ist es?"

„Was hier steht. Prüf nach, ob die Rechnung stimmt."

„Sag mir, was da steht, ich habe meine Brille nicht dabei."

„Es sind vierhundertachtunddreißig", sagte der andere

nicht ohne Angst. „Schau, ob es stimmt. Das Hemd macht dreihundertfünfzehn."

„Gut, gut", unterbrach ihn Abdón. „Vierhundertachtunddreißig? Warum soll das nicht stimmen?"

Aus der Hosentasche zog er ein anderes dickes Bündel mit Scheinen hervor, darunter eine ziemliche Menge Tausender, und reichte ihm einen Fünfhunderter, sehr viel neuer als der vorherige.

„Gib mir raus", sagte er.

JUNI

„Ich weiß nicht, worauf du hinauswillst“, sagte ihre Freundin, während sie das Glas Sherry an die Lippen führte. Sie hatte es kaum zur Hälfte geleert in einer halben Stunde Plauderei, die sie nicht versiegen lassen oder zum Abschluß bringen wollte, denn sie fürchtete, Mercedes würde den Kellner um die Rechnung bitten, entschlossen, die Sitzung aufzuheben. Sie hatte an ihr diskret verhohlene Gesten der Ungeduld bemerkt – Blicke auf die übrigen Gäste und auf die Straße, durch das große Fenster, um die Uhrzeit zu erraten, ohne auf die Uhr schauen zu müssen –, aber sie war entschlossen, die Gelegenheit zu nutzen, um ihr Vertraulichkeiten zu entlokken und über die Teilhabe an ihren Geheimnissen eine gewisse Macht über sie zu bekommen. Aber seit einiger Zeit weigerte sie sich offen, auf ihre Befragung zu antworten, und wenn sie von ihren Fragen bedrängt wurde, verstand sie es immerzu, ihnen auszuweichen und so ihre Unabhängigkeit zu bewahren. So sah es Mercedes: Mehr noch denn als ein Beweis der Freundschaft und Solidarität gegenüber einer Person, die niemanden hatte, bei der sie sich aussprechen konnte, und die in ihrer Lage nur auf sich selbst zählen konnte, um das Dilemma aufzulösen, in dem sie sich befand, als einen Kampf, sich jenes Geheimnisses zu bemächtigen, das demjenigen große Vorteile gewähren konnte, der es hortete, unter der Bedingung, daß er niemanden daran teilhaben lasse. Denn durch eine derartige Teilhabe könnten sich die Vorteile in Unannehmlichkeiten verwandeln, die Anlässe für Stolz in Gegenstände der Verachtung und die Unabhängigkeit in ein tributpflichtiges Vasallentum gegenüber dem Nutznießer solcher Teilhabe.

Sie hatte mit Mercedes verschiedene Kunstgriffe ausprobiert, von denen keiner das geringste Ergebnis brachte. Anfänglich war sie sogar so weit gegangen, vorzuspiegeln – mit diesem System des *do ut des*, das die Frauen so häufig gebrauchen, um ihre Geheimnisse aufzuwerten oder ihren Freundinnen ihre zu entreißen, vor allem wenn sie zum Markt gehen –, sie sei auf dem laufenden über ihre Angelegenheiten, da sie Mitteilungen von einer dritten Person erhalten habe, deren Namen sie verbergen müsse, um ihn als Tauschobjekt benutzen zu können, aber schon bald sah sie sich gezwungen, die Strategie aufzugeben angesichts des geringen Interesses, das Mercedes zeigte, diesen Namen zu erfahren, und ihrer mangelnden Neigung, einen hohen Preis für diese überflüssige Information zu zahlen. Das überraschte sie außerdem und ärgerte sie, denn es bestätigte zunehmend den für ihre Eigenliebe einigermaßen kränkenden Verdacht, Mercedes messe dem nicht allzu große Bedeutung bei, daß gewisse Personen ihre Geheimnisse kennten, wohingegen sie sich äußerst widerspenstig zeigte, sie ihr anzuvertrauen, womit sie den Rangunterschied errichtete, der sie in die zweite, wenn nicht in die dritte Reihe stellte, wenn es um das Vorrecht ihrer intimen Freundschaft ging; wenn man dem noch hinzufügte, daß sie in der letzten Zeit die Freundschaft zu ihr verstärkt und andere ältere vernachlässigt hatte, und das so weit, daß sie ihr den größten Teil ihrer Mußestunden gegönnt hatte, konnte sie sehr wohl den Verdacht hegen, daß sie trotz solcher Entwicklung im Seelen- und Gefühlsleben von Mercedes nicht so viel Vertrauen verdiente wie irgendein anderer, der weniger eifrig war, weniger aufmerksam gegenüber ihren Alltagsproblemen, weniger ergeben in ihre Freundschaft und trotzdem vertrauenswürdiger. Solches Vorgehen führte außerdem überreichlich zu dem Argwohn, der teilweise aus ihrer ein wenig exzentrischen Persönlichkeit entstand – ziemlich unschicklich für ihr Alter – und den ihre mangelnde Erfahrung in Angelegenheiten weckte, die in enger Beziehung zu denen standen, deren Geheimnis Mercedes so streng bewahrte. Als zöge diese Erfahrung eine Grenzlinie zwischen zwei Klassen von Menschen, von denen eine über bestimmte Angelegenheiten auf dem laufenden sein konnte – und ganz gleich, ob sie fähig wäre, ihnen gegenüber die nötige Zurückhaltung zu wahren, die sie zu fordern schienen –, während die andere, so verständnisvoll und diskret sie auch sein mochte, nicht geeignet war, eine gewisse Art von Kenntnissen zu erhalten, auf die gleiche Weise, wie manche Glaubensartikel oder Gesetzesbestimmungen die Zahlungsunfähigkeit oder Unzurechnungsfähigkeit des einzelnen begründen, sofern er nicht ein bestimmtes Sakrament empfangen oder Alter erreicht hat. Eine derartige Unterscheidung ärgerte sie, und das um so mehr, als sie einen großen Teil ihrer Anstrengungen dazu aufgewandt hatte, Mercedes zu zeigen, daß ihre mangelnde Erfahrung keineswegs bedeutete, sie sei unfähig, ihr Dilemma zu verstehen, sondern ganz im Gegenteil ein Anzeichen für ihr wohlbewährtes Vermögen sei, Probleme aller Art, sogar solche, die außerhalb der Reichweite ihrer Sinne lagen, mit einer analytischen Methode anzugehen. Damit hatte sie einen Vorwurf ins Spiel bringen wollen, eine Erwiderung auf die unausgesprochene Geringschätzung, die das Schweigen von Mercedes einschloß: um ihr schließlich zu sagen, daß ihre so gepriesene Erfahrung – von einer starken Seele wie der ihren – nur als eine Erniedrigung ihrer Vernunft betrachtet werden konnte, insofern sie einigen unbeständigen Sinnen und einem schmeichelnden Gedächtnis die Herrschaft über ein Verhalten überließ, das doch vom unwandelbaren Mittelpunkt der Reflexion aus geleitet werden mußte, ganz gleich über welchen dunklen und schlammigen Boden der Leidenschaften sie ging. Sie hatte sich um jeden Preis auf die gleiche Stufe mit ihr stellen wollen und mehr noch sich über sie zu erheben versucht mit der üblichen Strategie jedes Predigers – als Inhaberin einer nicht verunreinigten Kraft –, aber bald schon mußte sie einhalten, mit zitternden Händen, angesichts des Verdachts, daß ihr Blick (und das, ohne ein Wort zu sagen), wenn sie noch weiter auf ihrem Argument bestände, Mercedes zum Gähnen bringen könnte. Wenn sie zwischen Tugend und Reiz zu wählen hat – dachte sie –, dann wird sie sich für letzteren entscheiden. Da – argwöhnte sie – ging das Böse um, eine unsichtbare Gestalt und viel geheimnisvoller als die Sünde. Ein beständig waches Böses, das seine Gründe all denen noch hinzufügte, die sie dazu führten, ihr Geheimnis zu wahren, das sie zwang, ihr Schweigen nicht zu brechen, das sie hinderte, sie als glaubwürdige Vertraute anzusehen, das sie stets mit Mißtrauen betrachten und all ihre Versuche unterbinden würde, ihre intime Freundschaft zu erlangen. Sie begriff das in einem Augenblick – mit einem Zittern an Händen und Knien, das glücklicherweise Mercedes nicht bemerkte, die den Blick zum Fenster gewandt hatte – und sah vor sich die Grube, die sie sich selbst gegraben hatte und in die sie fallen würde, wenn sie auf ihrem ziemlich naiven Vorgehen bestand. Sofort beschloß sie, es zu ändern, und nicht ohne Anstrengung hob sie ihre rechte Hand von ihrem Schoß und legte sie auf die von Mercedes.

Mercedes fuhr auf, als wäre ein Filet auf ihre Hand gefallen, eine lose Masse aus lüsternem und verdorbenem und nicht verfaultem Stoff, noch lebend, aber schon von ihrer Verbindung mit dem Universum gelöst, suchend nach ihrer Wiederherstellung in einem flüchtigen Kontakt, angeknüpft, um in der Perversion zu verharren. Eine Masse ohne Grenzen, mit feuchten Fasern und trockener Körnung und bloßen Nerven und einem schwachen und schier unmerklich verzweifelten Zucken an den Außenrändern ihrer Organe auf der Suche nach einem unwahrscheinlichen Überleben.

„Wie also?“ fragte sie und verstärkte den Druck auf ihre Hand, um den Kontakt enger zu machen und ihn mit dem noch überzeugenderen Tonfall ihrer Frage in Einklang zu bringen. Aber Mercedes, die etwas abwesend war, brauchte einige Zeit, um sich zu sammeln, und konnte erst antworten, nachdem sie einige besorgte Augenblicke lang den Blick ihrer

Freundin ausgehalten hatte, um durch ihre Augen hindurch das verborgene Zentrum zu erkunden, von dem solch plötzliches Interesse ausging.

„Wie wer?“ fragte sie ihrerseits, um sich Zeit zu lassen und einen Weg zu finden, die Antwort zu umgehen oder sie auf die verbindlichste Weise zu bilden.

Ihre Feundin war verblüfft. Sie hatte nicht nach einer Person gefragt, sondern nach einer Handlung oder einem Zustand, und erneut begriff sie, daß die Zeit drängte und die Unterhaltung nicht mehr viel weiter verlängert werden konnte und daß die Einführung jenes lästigen Vornamens sie für den Augenblick zwang, auf das Ziel zu verzichten, dem sie nachging, und es gegen ein anderes zu vertauschen, um nicht noch einmal die Absichten ihrer Neugier zu verraten.

„Wie ist er, meine ich“, fragte sie erneut, während sie den Druck ihrer Hand verringerte.

Mercedes seufzte nicht, sondern atmete tief aus und leerte ihre Lungen, während sie das Fenster ansah, entschlossen, sich dieser Belagerung zu entziehen. Trotzdem nahm sie sich noch ein wenig Zeit, um die Antwort zu überlegen, und nachdem sie das Bier, das sie schon nicht mehr mochte, bis auf den Grund ausgetrunken hatte, sagte sie:

„Er ist ein Spitzbube.“

Sie begriff, daß sie es für den Augenblick geschafft hatte, denn ihre Freundin zog sofort die Hand zurück. Aber sie wußte, daß sie hartnäckig wieder von neuem beginnen würde und vielleicht mit größerer Kühnheit, weshalb sie beschloß, sich zur Verteidigung zu rüsten.

„Ich verstehe dich nicht; nein, ich verstehe dich nicht“, sagte sie, traute sich aber nicht, fortzufahren, angesichts der Gleichgültigkeit und des Selbstbewußtseins, die Mercedes bekundete. Tatsächlich verstand sie es nicht; die ganze Unterhaltung hatte sich um jenes Subjekt gedreht, ohne es auch nur einmal anzudeuten, dessen Identität sie für den Augenblick weniger interessierte als die Art der Beziehungen, die es zu

Mercedes unterhielt; für sich selbst hatte sie den Weg der Nachforschung genau markiert, so daß sie in einer ersten Phase auf Eigennamen verzichten konnte, wenn sie sie nur über ihren Zustand ins Vertrauen zog und über die Art der Probleme, die sie zu lösen hatte. Das andere würde dann später kommen. Aber jene Äußerung machte eine gewisse Gemütsruhe deutlich, eine Lebensweise, die, obwohl sie sich mit dem Bösen einließ, ordentlich und geregelt war, und ein gewisses Phlegma, mit dem sie die aus ihrem Umgang mit ihm entstandenen Probleme als zweitrangig einschätzte. Und erneut öffnete sie damit den unerträglichen Abgrund, der sie von den Menschen trennte, die in der Sünde lebten. Wenn sie nur daran dachte, fühlte sie Schwindel, fast versagte ihr der Blick, und der Speichel blieb aus, ein nicht zu bremsendes Zittern schüttelte ihre Knie, und mit einer beträchtlichen Anstrengung erhob sie sich vom Tisch und ging bis zum Tresen, wo sie ein Glas Wasser verlangte – das sie in einem Zug bis zur Hälfte leerte –, um überhaupt weitersprechen zu können. Ein aufdringlicher, ziemlich schadhafter Spiegel konfrontierte sie mit ihrem Gesicht über einer Reihe Flaschen, im selben Augenblick, als der Schwindel sie überkam und ihr Geist von einem schwarzen Balken gekreuzt wurde wie ein unentzifferbares Wappen: nicht ein einziger anormaler Zug – sagte sie sich – in einem Gesicht, das von der Patina einer anachronistischen und abscheulichen Jungfräulichkeit bedeckt war –, einer plötzlich aus Mangel an Bewässerung verwelkten Blume, bis zur hyperbolischen Entäußerung in einem Lächeln verzerrt, das ein gehemmter und gefangener Blick nur mühsam akzeptierte, unfähig, seine Einschließung zu begreifen. Dann sah sie weit entfernt eine Menge, vermischt mit den Flecken und Malen der beschädigten Spiegelauflage, aus Nicht-Männern und Nicht-Frauen jenseits des Abgrunds, die durch ihr Geheimnis zusammengehörten und vom Agenten des Bösen zu einer Ferienreise versammelt worden waren, die ihr allesamt den Blick zuwandten, als wäre sie eine Gestalt im Portikus einer Kathedrale; Nicht-Männer und Nicht-Frauen, die von der verbotenen Frucht gekostet hatten, beseelt von der törichten, heidnischen und im voraus bezahlten Freude der Autobustouristen, die ohne Erstaunen die steinerne Figur einer abgeschafften Tugend anschauten, unfähig, ihren Thron aufzugeben oder ihrer Scham Ausdruck zu geben, während die Menge sich wieder von ihr abwandte.

Als sie zum Tisch zurückkehrte und sich erneut hingesetzt hatte, sah sie sie nicht sofort wieder als ihre Freundin, unerkennbar hinter dem Schleier ihres geheimen Bekenntnisses. »Sie liebt das Böse«, sagte sie zu sich, »und deshalb ist sie doppelt verrucht. Ich werde es dreifach sein. Schon morgen.«

„Ein Spitzbube, hast du gesagt?"

„Durch und durch Spitzbube", sagte Mercedes.

Plötzlich begriff sie, daß sie es sagen mußte; sie faßte sich, vergaß den Schwindel, überwand das Zittern und schleuderte ihr dann, fast unwillkürlich, mit lauter Stimme entgegen:

„Du bist verdorben. Du verachtest ihn und liebst ihn. Vollständig verdorben. Ich sehe es deutlich, jetzt sehe ich alles ganz deutlich."

„Du siehst alles ganz deutlich", sagte Mercedes und holte ihre Geldbörse aus der Tasche, um für sie beide zu bezahlen. Unter dem Vorwand, den Kellner zu rufen, drehte sie sich auf ihrem Stuhl, wandte ihr den Rücken zu und brach das Gespräch ab.

„Das hätte ich dir nicht sagen dürfen."

„Nein, das hättest du nicht sagen dürfen", sagte Mercedes, während sie von ihrem Stuhl aufstand und sich zur Theke begab, um zu bezahlen, „aber du hast es gesagt."

Sie biß sich auf die Unterlippe, aber die Reue dauerte nur kurz, und sie öffnete den Mund wieder leicht – wie durch eine Münze in Bewegung gesetzt –, als sie die Tasche von Mercedes auf dem Tisch bemerkte. Sie hatte sich bis zum äußersten Ende der Theke vom Tisch entfernt und stand an der Kasse, mit dem Bon in der Hand, und wartete auf die Kassiererin. Mit einem unauffälligen leichten Stoß drehte sie die Tasche, so daß ihre Öffnung ihr zugewandt war, und zog mit zwei Fingern eine Brieftasche aus granatrotem, ziemlich abgeschabtem Leder hervor, die sie bereits vom Sehen kannte und aus der der unverwechselbare Rand einer Photographie herausragte. Sie rückte den Stuhl an den Tisch heran, beugte den Körper nach vorn, richtete das Rückgrat auf und reckte den Arm, bis sie beide Hände verschränkt, wie gedankenlos und geistesabwesend, auf die Tasche legte, während sie den Rükken von Mercedes fest im Auge behielt und die Zeit abschätzte, mit der sie rechnen konnte, ehe die Kassiererin kam, und als diese sich auf den Hocker setzte und sich die Brille aufsetzte, um den Zettel zu lesen, zog sie die Brieftasche ganz heraus und öffnete sie mit der Linken, und mit geschickter Hand – einer, die sich beim Kartenspiel oder beim Häkeln oder an den Tasten geübt hatte, ein Organ, dessen Muskeln sich durch eine beständige und fast immer müßige Übung ausgebildet hatten und das eine vollständige Autonomie zu fordern schien, um ein von dem Körper, dem es angehörte, gänzlich verschiedenes Leben zu führen – blätterte sie einige Photographien durch, die in einem mit verkratztem Zelluloid überzogenen Fach steckten und von denen sie eine auswählte, die sie während der Zeit genau betrachtete, die Mercedes brauchte, um zu bezahlen und das Wechselgeld in Empfang zu nehmen.

Es war kein junger, aber auch kein reifer Mann. Vielleicht hielt er sich in einem unbestimmten und unwirksamen Alter, in Erwartung eines Glücks, mit dem er dann zur Reife schritte. Aber er hatte zu lange gewartet, unbekümmert um die Härten der Zeit und verrannt in eine eigensinnige Großsprecherei, die ihn hinderte, auch nur ein bißchen nachzugeben, die leichteste Versuchung, seine Zukunft falsch einzusetzen. Man hätte meinen können, daß er seinen Stolz – und ein paar andere, geringere Eigenschaften – wie einen Wettbetrag handhabte, für eine einzige Einlage bei der einzigen Gelegenheit, die ihm Achtung abnötigte. Von der Seite hatte er dem Photographen das Gesicht zugewandt und zeigte ein Lächeln mit geschlossenen Lippen, das sich nur in einer schwachen Falte der Wange abzeichnete, mit der er das Geheimnis seiner Seele andeutete, das er eifersüchtig hinter einer Maske aus beleidigter Männlichkeit, aus anerkannter viriler Solvenz hütete und die er nur jemandem öffnen würde (ein perverses Versprechen zukünftiger ehelicher Freuden), der ihn zu verstehen vermöchte. Er war ein Schönling – mit Schläfenecken und gestutztem Schnurrbart, ein bißchen herausgeputzt –, ein Dorfschönling mit perlendem Glanz, der es zweifellos geschafft hatte, Mercedes mit einer Mischung aus Anziehung und Scham zu verwirren. „Ein Spitzbube", hatte sie mit einer Spur Befriedigung gesagt, mit dem Tonfall wiederhergestellter und geflickter Überlegenheit des Mädchens aus besserem Hause, ihrer Art zu reden verhaftet und verführt mehr durch die Gefahr als durch die Bedrohung, denn für ihresgleichen – die seit fast einem Jahrhundert denselben Katechismus wiederholten – gehörte er nicht zum Feind, sondern bildete den unvermeidlichen und geringfügigen und gierigen Auswuchs ihrer gediegenen und natürlichen Gesellschaft, hervorgegangen aus einer nicht sichtbaren und kaum hörbaren Welt und nur darauf aus, sie zu verschlingen aus einer biologischen, von den menschlichen Geschicken unabhängigen Absicht.

Bevor sie sie wieder in das Zelluloidfach zurücksteckte, verstand sie die genaue Entsprechung zwischen dem Satz und der Photographie. Es konnte kein anderer sein. „Ein Spitzbube." Sie brauchte nicht auf weiteres zu warten und auch nicht mehr zu wissen, angespornt durch die kurze Frist, die ihr die Bezahlung ließ, geführt vom Verdacht und getragen von dieser Verschärfung der Sinne, die sich ergibt, wenn sie für einen klandestinen Willen tätig sind; ausgestattet auch mit der Gabe der Vorwegnahme, die ihr erlaubte, die Photographie, die sie suchte, fast blindlings aus einem halben Dutzend auszuwählen und mit einem einzigen und hühnerhaften Blick den in ihr verdichteten, schweigenden Text zu lesen, geschrieben in chiffrierten, aber unmittelbareren Zeichen als denen des Alphabets – ohne Silben und ohne Artikulation, wie die Siglen, die die Formel eines fürchterlichen, aber harmlos aussehenden, in einem Flakon eingeschlossenen Erzeugnisses zusammenfassen. Ein einfacher und ausdrucksstarker Text, aber nicht für jemand Bestimmten gedacht. Derselben Gabe, die ihr zu erraten gestattete, was Mercedes gelesen hatte, nämlich nur die eingeprägten Zeichen, wobei ihr jene verborgenen entgingen, die nur der bemerken würde, der sich nicht mit den ersten begnügte, die so offensichtlich waren, während sie die Photographie in ihr Fach zurücksteckte und das Gesicht wie beschlagen wurde durch die Transparenz des verkratzten Zelluloids, das die Maske auflöste und die Seele offenbarte: anstelle des Verlangens und des Ehrgeizes die Unterwerfung; der Mangel an Skrupeln verwandelte sich in Gehorsam gegenüber dem Stärkeren und die Großsprecherei in Schwäche; die Gewalt seiner Anträge verriet lediglich die Sanftmut, mit der er das Gesetz dessen annehmen würde, der ihn zu erobern verstände.

OKTOBER

„Ich möchte meinen, daß ich es in jenem Augenblick erriet, am Einfahrtstor zum Haus, als ich, ohne ihn zu sehen, begriff (mit dem Kern noch immer im Mund), daß er sich an der Biegung der Zufahrt versteckt hatte und daß er sich noch in meiner Reichweite befand, auf dieser Seite des Flusses; und als ich zur Brücke kam, gab es auf der ganzen Erde keinen unerschütterlicheren Menschen als mich, so unerschütterlich, daß ich mich, ohne zu wanken, auf ein Gelände begab, auf dem ich nichts sah, weil es dort nichts gab, verstehst du? Nichts. Nicht einmal diese Freundin der Kinderzeit (die übrigens auch ihre Widrigkeiten gekannt hat), die die erste sichere Zuflucht bildet und die erste Hilfe der Heldinnen aus den romantischen Erzählungen, die, wie ich, alles an einem einzigen Tag verlieren. Verstehst du? Alles."

„Ich habe großes Verständnis, Tante", bemerkte die Nichte mit einer Stimme, die sich im selben Maß gedämpft hatte wie die Helligkeit im Raum; sie bewegte sich nicht auf ihrem Stuhl, veränderte auch ihre Haltung nicht, nickte lediglich einige Male zustimmend mit dem Kopf, um, da niemand da war, der es an ihrer Stelle getan hätte, ihren Worten die Kraft einer Zustimmung zu geben.

„Das bezweifle ich, das bezweifle ich sehr. Das habe ich immer bezweifelt. Ich bin mir nie sicher über dein Verständnis gewesen noch über das von irgend jemandem. Darauf habe ich nicht gezählt, und ich bin ohne die Hilfe von Verständnis zurechtgekommen und in der Sicherheit, daß ich es auch nie brauchen und es nicht einmal als einen postumen, ziemlich unnützen Lohn wünschen würde. Ich gebe zu, ich war immer mißtrauisch; das ist der Preis, den die Selbstsicherheit bezahlen muß, um sich bis zu dem Punkt zu festigen, an dem nichts, nicht einmal der Verrat, ihre Standfestigkeit zu bezwingen vermöchte; und dann kann sie den Argwohn im ganz zarten Alter wie das Larvenstadium betrachten, in dem das Einzelwesen, in Ermangelung der Flügel, sich mit Watte und Stacheln umgeben mußte. Und weißt du, warum ich mißtrauisch gewesen bin? Ganz einfach, weil die Analogie viel Schaden anrichtet. Ich habe Angst vor der Analogie, und ich rate dir, daß du vorsichtig mit ihr umgehst und versuchst, mit einer möglichst geringen Zahl von Verwandtschaftsbeziehungen durchs Leben zu gehen. Als ich am Brückenpfeiler ankam (mit dem Kern noch immer im Mund), verfügte ich noch über eine Waffe, die, gut eingesetzt und benutzt, mir gestatten mußte, die allerersten Schwierigkeiten zu überwinden: Ich war allein und hatte niemanden (nicht einmal diese Freundin aus der Kinderzeit), ich schuldete niemandem irgend etwas, und vor allem hatte ich nicht einmal diese ferne und problematische Hilfe, die im allgemeinen nur dazu dient, die Knechtschaft der Not zu verlängern; die, wenn es ihr nicht zu helfen gelingt, dazu führt, eine andere zu suchen, die dann, noch ferner und problematischer, den Platz des einzigen Menschen mit Beschlag belegt, der sich zu deiner vollen Zufriedenheit um dich kümmern muß und kann: du selbst. Und wenn sie hilft, dann gewiß nicht, um dich aus deiner Verlegenheit zu ziehen, sondern eher noch, um dich hinterlistig und fügsam in die verächtliche Sekte der Freunde der Barmherzigkeit einzuführen. Ich hatte nichts und niemanden – nicht einmal diese gutherzige Freundin aus der Kinderzeit, die immer bereit ist, dich für ein paar Tage unter ihrem Dach aufzunehmen, im Tausch gegen eine heuchlerische und dann mit Schulden belastete Freundschaft –, und folglich konnte ich, wie ein Bergtier, mich voll und unbegrenzt für mich selbst verwenden. Wie oft sind nicht die Bande der Freundschaft, der Verwandtschaft und der Schulden, unter der Maske der Hilfestellung, nichts als Gurte und Geschirr, um ein Ich gut unterworfen zu halten, das, wenn es nur auf sich zählt, keiner Anleitung zu gehorchen hat und sich nicht den herrschenden Sitten anpassen muß und sich auch nach keiner anderen Regel richten muß als der eines Willens zur Herrschaft, der ontogenetisch aus dem Überlebenstrieb entstanden ist."

Die Frau machte eine Pause und wartete vielleicht darauf, daß ihre Nichte sie unterbrechen würde. Aber vielleicht erriet ihre Nichte ihre Absicht und unterbrach sie nicht.

„Das war nicht der geringste Grund, um einen dem seinen entgegengesetzten Weg einzuschlagen, am linken Flußufer und mit dem Olivenkern noch immer im Mund, jenseits der Steinbank. Denn vom ersten Augenblick an nach der Trennung mußte ich ihnen zu verstehen geben, daß ich ihn um nichts in der Welt verfolgen würde, daß ich niemals seinen Spuren folgen würde und daß, wenn es eines Tages zu einer Wiederbegegnung käme, dies durch das fast zufällige Zusammentreffen von zwei gegenläufigen Bahnen geschähe. Ja, genau in dem Augenblick hatte ich vermutlich die Vorahnung dessen, was kommen würde: eine ins Grenzenlose fallende Zeit der Einsamkeit, die nur an der Überzeugung zu messen wäre, daß er irgendeines Tages versuchen würde, zu mir zurückzukehren, und daß er es, auf Grund seiner Ängstlichkeit oder der Größe seines Vergehens, nicht machen würde, ohne vollkommen vom guten Ausgang des Unternehmens überzeugt zu sein. Denn das Vergehen lag bei ihm, nicht bei seinem Vater, und das habe ich ihm gesagt. Wie die Dinge also lagen – und auch das begriff ich in dem Augenblick, bevor ich zur Brücke kam –, war der schwierigste Weg der am meisten versprechende, zwar auch der längste, aber der einzige, der zu dem Punkt führen konnte, zu dem ich unausweichlich gelangen mußte, das heißt, ich mußte zunächst meine Unabhängigkeit erlangen und dann die Herrschaft über jene, die mich gedemütigt hatten. Sogar über die anderen, die denen, die mich gedemütigt hatten, vorangegangen waren, die namenlosen – und vielleicht strengen, starken und tugendhaften, von einer niederträchtigen, feindlichen und verkommenen Bevölkerung umgebenen – Urheber dieser widerlichen Tradition. Es war kein Wunsch nach Rache, du darfst meine Worte nicht für etwas nehmen, was sie nicht sind. Wenn ich sie beherrschen wollte, dann nicht, um sie meinerseits zu demütigen und die Beleidigung mit einer anderen Beleidigung zu tilgen, sondern um für immer Schluß zu machen mit solcher Demütigung und Beschämung, um all dieses Erbelend in dieser Gegend auszumerzen. Deshalb also mußte ich so schnell wie möglich ihr Gebiet verlassen, und wenn ich auch in den niedrigsten und erbärmlichsten Stellungen dienen müßte, gezwungen, an einem fernen Ort zu überleben, weitab von ihrem Einfluß. Aber ich wußte, daß das noch nicht das Härteste wäre; mehr noch, fast möchte ich sagen, daß ich damals diese Wegstrecke als die einfachste ansah – denn nichts ist leichter, als geradewegs fortzugehen, wenn man keine Bindungen hat und nur ein paar fast unbedeutende Bedenken –, und die Zeit hat mir das dann auch gezeigt. Denn wenn ich jenen Weg ohne jegliches Schwanken gewählt hatte, dann, weil ich mir, als Krönung meiner Anstrengung, eine Art Lohn ausgesetzt hatte, dessen Gewährung außerhalb der Reichweite meiner Fähigkeiten lag, und wie sollte ich unter solchen Umständen nicht das erreichen, was innerhalb meiner Möglichkeiten lag, wenn ich mein Ziel jenseits von ihnen gesteckt hatte? Ich rede nicht von einer spirituellen Unterscheidung wie der, die der Glaube verspricht ..."

„Was meinst du denn damit, Tante?" fragte da die Nichte.

„Ich meine damit eine Ordnung – oder, wenn du willst, einen Raum –, die sehr schwierig zu bestimmen ist und deshalb die Menschheit durch viele Stunden des Nachdenkens beschäftigt hat, mit einem mehr als ungewissen, um nicht zu sagen zweifelhaften Ergebnis."

„Mir scheint, ich weiß, was du meinst, Tante" versetzte die Nichte.

„Das bezweifle ich. Das bezweifle ich sehr. Ich glaube

dagegen, daß du davon gehört hast, aber du hast niemals eine klare Vorstellung davon gehabt, was diese Ordnung bedeutet."

„Ach was!" entgegnete die Nichte.

„Das sagt ja nichts Abfälliges über dich; es gibt keinen Grund, daß du dich deswegen beschämt fühlst, wenn du bedenkst, daß lediglich einige wenige Auserwählte sich rühmen können, so weit gekommen zu sein, daß sie diese Ordnung begreifen."

„Du irrst dich, Tante", versetzte die Nichte starrsinnig und nutzte den Schatten, der sie umgab, um einen festen, ein wenig verletzenden Ton anzuschlagen, gleicherweise gegen ihre Tante wie gegen den Halbschatten, der ihr möglicherweise nicht so zusagte.

„Es bedeutet mir wenig, ob ich mich irre oder nicht", sagte die Frau.

„Du irrst dich, ich wiederhole es, denn da ich diesbezüglich sehr klare Vorstellungen habe, habe ich kaum je auf das gehört, was die Männer sagen, um meine Überzeugungen unversehrt zu halten, und das selbst um den Preis, mich nicht ihren Aufreizungen zu beugen."

„Spirituellen Aufreizungen?"

„Nicht immer, Tante. Nicht immer. Mir ist aufgefallen, daß die desinteressiertesten Ermahnungen oft die unzüchtigsten sind, und vor geraumer Zeit schon habe ich gelernt, zwischen Wahrheit und Irrtum zu unterscheiden. Deshalb, unter anderem, sage ich, daß du dich irrst."

„Ich habe im Gegenteil vor geraumer Zeit darauf verzichtet, sie zu unterscheiden, denn sie können sich allzusehr jeweils in der Maske des anderen zeigen. Und was das andere angeht, so sage ich dir, daß ich immer meiner Ausgeglichenheit den Vorrang vor meiner Vernunft gegeben habe, und deshalb hat es mir nie groß etwas bedeutet, mich zu irren; damit meine ich, daß der Angriff auf die Logik mir immer weniger schwerwiegend erschienen ist als der Richtungswechsel einer Verhaltensleitlinie, zu der zwar die Logik als eine der Disziplinen gehört, die sie bilden, die aber keineswegs gestatten kann, daß sie (die Logik) sich zu ihrem führenden Prinzip aufwirft, und das auf Kosten des Einflusses der anderen Kräfte, die ein ebensolches Recht haben wie sie, die Angelegenheiten der Seele zu regeln. Um ein Beispiel zu nennen, so war es nicht gerade die Logik, die mir nahelegte, es sei zweckmäßig – in jenem entscheidenden Augenblick, am linken Flußufer und mit dem Kern noch immer im Mund –, ihn seinen Weg gehen zu lassen, nicht die Brücke zu überqueren und den anderen Weg zu nehmen, über den Markstein hinaus, und seinen Schritten entgegengesetzt. Die Logik reicht stets nicht sehr weit, sie hält sich ausschließlich an die Richtigkeit des Satzes, den sie vor Augen hat, und sie gestattet sich nur, ihre Urteile Abschnitt für Abschnitt zu bilden, ohne auf den Text als ganzen zu achten – den sie als ganzen nur verstehen kann, wenn sie ihre Einzelfeststellungen insgesamt wiederholt – und, schlimmer noch, unfähig, den Endzweck eines Gedankens zu erahnen, dessen Absicht nicht ausdrücklich in allen und jeder einzelnen seiner Behauptungen deutlich wäre. Wenn ich also meine Regung, umzukehren angesichts der Brücke und meiner Entscheidung, einen anderen Weg einzuschlagen, jenseits der Steinbank, dem entgegengesetzt, den er genommen hatte – ohne weiter darüber nachzudenken, getrieben von der Verwirrung, die ihn nach den Ereignissen der vorangegangenen Nacht überfallen hatte, und angespornt nur von dem Wunsch, eine derartige Verkommenheit hinter sich zu lassen, mit der Vorstellung, wieder zu Sinn und Verstand und zu einer richtigen Lebensweise zu kommen, fern von jener verdorbenen Atmosphäre –, als unangebracht – und ohne Zusammenhang mit all den unmittelbar vorangegangenen – zurückwies, wie konnte ich da den trüben Horizont des Wohlgefallens erahnen, auf den, unwissend, die gerade zurückerlangte zölibatäre Entschlossenheit wies, das Vermögen zur Sünde auf sich zu nehmen, das nicht vorzeitig durch die Unzulänglichkeit der schon begangenen abgebaut würde?"

„Wenn du von Sünde sprichst, Tante", sagte die Nichte vorwitzig, „meinst du dann die Gleichgültigkeit gegenüber den anderen?"

„Was kann dir denn das wohl bedeuten?" fragte die Frau ihrerseits einigermaßen verärgert durch die ungebührlichen Unterbrechungen ihrer Nichte und stärker noch entrüstet wegen der Abschweifungen, die sie zu machen sich gezwungen sah, indem sie die Linie aufgeben mußte, nach der sie ihre Rede vorgezeichnet hatte, wenn sie ihre Fragen vollständig beantworten wollte, als wegen der Miene dreisten Desinteresses, mit der sie diese Vertraulichkeiten aufnahm, die sie selbst sehr wohl als ihr innerstes Geheimnis betrachten konnte und folglich als ihr schätzenswertestes Vermächtnis für jemanden, der es als solches zu schätzen vermöchte:

„Was bedeutet es dir, frage ich mich, was für Sünden ich gegen den Nächsten vielleicht begangen haben kann, wenn ich doch dich niemals um Absolution bitten werde und wenn andererseits sie niemals den Ertrag des Vermächtnisses bilden werden, das du erhältst?"

Die Frau verließ ihren Platz vor dem Balkon und setzte sich, indem sie den Schal über ihre Schultern zog, wieder an ihren Schreibtisch. Als sie dort die Lampe anzündete und der Lichtstrahl unter dem Schirm hervor über ihre Waden fiel, durchfuhr die Nichte ein unwillkürliches Schaudern, und sie zog sich in ihrer Haltung zusammen, hob die Schultern und reckte den Hals nach vorn, in einer Regung der Neugierde und vorbeugenden Verteidigung, wie der des Patienten, der nach einer vorgängigen harmlosen Befragung mit Bestürzung sieht, wie der Doktor aus dem Glasschrank mit den Instrumenten einen Haken ungewöhnlichen Ausmaßes holt.

„Das habe ich nicht gemeint, Tante", sagte die Nichte mit kaum wahrnehmbarer Stimme.

„Es ist für mich ohne Bedeutung, was du gemeint hast",

sagte die Frau und setzte sich auf ihrem Stuhl zurecht, wieder zufriedengestellt, weil sie ihre Nichte in die Position einer gehorsamen Zuhörerin verwiesen hatte.

„Es sollte mir auch nichts bedeuten", fügte sie hinzu, „was du eventuell machst, denn du bist ebenso Herrin deiner Taten wie ich der meinen. Und die sollten mir nur in dem Maß etwas bedeuten, in dem sie mich betreffen, denn ich möchte nicht, daß der Höhepunkt des Vorhabens, das ich so lange Zeit ausgearbeitet und gehegt habe, auf Grund deiner unbedachten Hast in sich zusammenfällt. Und es sollte mir nicht deinetwegen nichts bedeuten, versteh das, denn du kannst schließlich mit deinen Sachen machen, was du willst, sondern meinetwegen, und wenn du etwas von dem begriffen hast, was ich dir gesagt habe, dann wird es dich keine große Anstrengung kosten, einzusehen, in welcher Lage ich mich befinde. Es ist wahr, ich stehe kurz davor, den Schlußpunkt unter dieses Vorhaben zu setzen, dem sozusagen nur noch die Unterschrift fehlt, die es beglaubigt und legalisiert, und dann werde ich mich endlich dazu entschließen, den Boten zu empfangen und anzuhören, damit er mir die Mission übermitteln kann, die ihn hierher bringt, und alle Vorbehalte beiseite schieben, die ich immer gehegt hatte, ehe ich einen solchen Schritt tun wollte. Solche Vorbehalte hätten keinen Sinn gehabt, wenn ich mich von Anfang an hätte unversöhnlich zeigen wollen; ich hätte ihn ja auch – gleich beim ersten Mal – hochkant hinauswerfen können und ihm, falls er auf seinem Gesuch bestanden hätte, mit der gleichen festen Beständigkeit und Bestimmtheit erwidern können, bis daß er jegliche Hoffnung verloren hätte, sein Ziel zu erreichen, von mir empfangen zu werden, und so die Angelegenheit einschlafen lassen können, indem das Interesse versiegt wäre, weil es keine Mittel mehr gegeben hätte, es aufrechtzuerhalten und erneut nach jedem weiteren Versuch zu beleben. Aber zu keinem Zeitpunkt habe ich eine derart entschiedene Haltung eingenommen, in erster Linie, weil ich selbst nicht davon überzeugt war, daß ich die Angelegenheit endgültig erledigen müßte – vielmehr sie für unbestimmte Zeit aufschieben, bis zu dem Augenblick, wo ich ohne weiteres begreifen würde, daß ich einen Entschluß in der einen oder anderen Richtung fassen müßte –, und dann auch, was soll ich dir sagen, konnte ich nur mit größtem Kummer mitansehen, daß womöglich ein Streitfall ausgesetzt worden wäre wegen Nichterscheinens beider Parteien und ohne daß die Gerechtigkeit durch einen ausdrücklichen Urteilsspruch verkündet worden wäre, und das mit derart neuen Merkmalen, daß damit Rechtsnormen gesetzt würden, natürlich zugunsten meines Standpunkts. Mit alldem meine ich, daß ich seit je überzeugt war, daß die Zeit für mich arbeitete, daß die Tage der barbarischen Sitte, der man mich in der Nacht meiner Verehelichung unterworfen hatte, gezählt waren, daß die einer solchen Tradition verbundene Welt, Ausbund der abscheulichen Gesinnungen einer verdorbenen Zivilisation, die indes, um sich für lebendig zu halten, einige ihrer schändlichsten Riten, niemand wußte warum, bewahrte, zum Abschluß gekommen war und sich auf eine andere Epoche öffnete, zu deren Ausbildung ich beigetragen hatte. Nein; ich habe gesagt, ‚niemand wußte warum', und das stimmt nicht; alle wußten sehr wohl warum, und deshalb hatten sie generationenlang geschwiegen, allerdings nach außen hin die Verhaltensweisen der modernen Gesinnungen angenommen, während sie im Innern an ihren atavistischen Bräuchen festhielten; denn auch wenn sie die Ursprünge und den Sinn jener Tradition nicht gekannt hätten, so hätten sie sie trotzdem hartnäckig gegen die Formen des modernen Lebens abgesetzt und sie nach Maßgabe ihrer Glaubensüberzeugungen weiterhin befolgt. Ich weiß schon, was du jetzt sagen willst ...“

„Das weißt du nicht, Tante“, unterbrach die Nichte. „Du behauptest, es zu wissen, aber du weißt es nicht.“

„Ich weiß es ganz genau.“

„Das weißt du nicht, Tante. Und wenn du noch so sehr

beteuerst, daß du es weißt, bin ich überzeugt, daß du es gar nicht wissen kannst."

„Nun, ich sage dir, daß ich es wissen kann, und ich weiß es auch."

„Und ich sage dir, daß du es nicht wissen kannst, aus dem ganz einfachen Grund, daß nicht einmal ich selbst es weiß. Mehr noch, es war überhaupt nicht meine Absicht, etwas zu sagen."

„Schon gut, dann sage ich dir, was du gesagt hättest, wenn du gewußt hättest, was du hättest sagen sollen. Du hättest gesagt, daß jene Gebräuche, deren Ursprung und Bedeutung sich in der Nacht der Vergangenheit verlieren, sehr wohl zu unschuldigen Riten kristallisieren und sich ohne jegliche Veränderung zu gegebener günstiger Gelegenheit wiederholen können, bar aller weiterreichenden Konnotation und lediglich als bloßer Restbestand, kaum mehr als periodische Vergnügungen und Festlichkeiten im ausführlichen Katalog der allgemeinen Sitten und Gebräuche. Denn wenn es sie nur deshalb gibt, weil die Tradition überlebt hat, und sie sonst durch nichts weiter unterhalten werden, warum sollen sie sich dann ändern? Nein, sie mußten sich nicht ändern, keineswegs, und das war es, was mich am meisten ärgern konnte, wenn ich versuchte, es vom Stand der Unschuld aus zu begreifen. Aber war denn ein anderer möglich, sag, war ein anderer möglich?"

„Das war es nicht, was ich hätte sagen müssen, Tante, und du hast dich wieder geirrt. Laß uns das lieber auf später verschieben, was ich hätte sagen müssen, und was die Sitten angeht, Tante, und die Traditionen, so sage ich dir, daß es sie vorzüglich deshalb gibt und sie ihr erstes Ziel darin haben, die Leidenschaft herabzusetzen. Und weiter, damit die herabgesetzte, aber in die Tradition eingebundene Leidenschaft sich ebenso stark fühlt wie die nicht herabgesetzte, aber auch nicht in die Tradition und Sitten eingebundene", sagte die Nichte, ohne den Ausdruck zu verändern und indem sie die Stimme an die Decke richtete, an einen Gesprächspartner in der Höhe, der mit seinem Schweigen ihre Behauptung bestätigen würde.

„Wie war das?“ fragte die Frau, aufgebracht durch eine plötzliche Ungeduld, und während sie von ihrem Stuhl aufstand und sich mit beiden Händen auf die Platte des Schreibtisches stützte, richtete sie einen unvorsichtigen und forschenden Blick auf die Nichte. „Wie hast du gesagt? Tu mir den Gefallen und wiederhol es.“

„Ich meinte, Tante“, sagte sie mit gemessenen und abgeschmeckten Worten, ohne die geringste Scheu und indem sie die Genugtuung bekundete, die es ihr bereitete, die Gesprächsführung zu übernehmen, die ihre Tante ihr mit der Frage zugestanden hatte, „ich meinte nur, daß dieses Leben eine Zwickmühle ist und daß der Prediger recht hat.“

„Der Prediger? Wie? Wo?“ fragte die Frau mit wachsender Ungeduld.

„Kapitel elf, Vers sechs.“

Die Frau ging zum Wandschrank, öffnete die Tür des Oberteils und zog ein schwarz eingebundenes Buch mit beschädigtem Rücken hervor. Sie legte es unter den Lichtschein der Lampe, und nachdem sie im Inhaltsverzeichnis nachgesehen hatte, suchte sie die gewünschte Seite, las den Vers mehrere Male – der Bewegung ihrer Augen nach zu urteilen – und schloß es dann wieder, als sie – der schweigenden Bewegung ihrer Lippen nach zu urteilen – ihn auswendig gelernt hatte. Sie stellte das Buch wieder in die Lücke, schloß die Tür und lehnte dann mit geschlossenen Augen und leicht geöffnetem Mund den Rücken an den Schrank, mit einer etwas bühnenhaften Geste, in allzu großer Übereinstimmung mit den vorangegangenen.

„. . . oder ob beide zugleich geraten“, wiederholte die Frau, aber nicht leise für sich.

„Wer weiß das schon“, sagte die Nichte, indem sie beide Füße über den Bretterfußboden rieb, wie ein Kind, ein Verhalten, das nur als Ausdruck einer unkontrollierten Zufriedenheit erklärbar war.

„Oder ob beide zugleich geraten", wiederholte die Frau mit kaum wahrnehmbarer Stimme und ging verhaltenen Schrittes mit gesenktem Kopf die kurze Strecke vom Schrank zum Tisch, als würde sie tatsächlich in ihrem Innern eine Frage von höchster Reichweite erörtern.

Und dann sagte sie:

„Ich habe nie volles Vertrauen in das Gesetz des Widerspruchs gehabt, aber ich habe immer gedacht, daß, wenn die eine Seite gut ist, die andere doch wohl schlecht sein muß. Und mehr noch: Beide konnten gleicherweise schlecht sein, eine Annahme, die mich bei der Verfolgung meiner Pläne ermutigen konnte, genauso wie die Überzeugung, daß ich den besten Weg gewählt hatte, um mit jener widerlichen Tradition Schluß zu machen und ihn dabei zu zwingen, mir die Schuld zu erstatten, die er meinem Selbstgefühl gegenüber eingegangen war. Denn wenn Methode und Ziel gleicherweise annehmbar sind, worin kann dann der Irrtum bestehen oder vielmehr der Zweifel? Es sei denn, ein ontologischer Einwand widersetzt sich dem, das heißt, die bloße Tatsache, daß sie Methode und Ziel sind, die Tatsache, daß sie, in einem Wort, es sind oder vorgeben, es zu sein in einer Wirklichkeit (beachte, daß ich Wirklichkeit gesagt habe), die jeglicher Bindungen und Interessen an Methode und Ziel entbehrt und sie auch gar nicht braucht. Also ..."

Es überkam sie offenbar ein Augenblick der Ohnmacht, und ihr Geist war kurze Zeit überschattet vom Durchzug einer wandernden Wolke, überfallen von dem durch einen augenblicklichen Verlust des Gedächtnisses hervorgerufenen Unbehagen, das, ohne Einfluß auf den Gang eines Gedankens, ihn doch zwingt, auf das nicht bewältigte Hindernis zu achten, das zurückgeblieben ist und auf das es in einem weniger geschäftigen Augenblick zurückkommen muß, um es auszuräumen, wenn es jenem weiter folgen will mit der unerläßlichen Festigkeit, die nur die volle Beherrschung der Fähigkeiten bereitstellt. Die Frau verschränkte ihre Hände auf dem Schreibtisch und heftete den Blick auf die Stirn ihrer Nichte, die den Kopf zurücklehnte, den Saum ihres Rocks über ihre Knie zog und die Arme vor ihrer Brust kreuzte, gesammelt und in sich zurückgezogen.

„Wenn es mir gelungen ist, alle in meiner Umgebung, fern oder nah, wissen zu lassen, daß niemand über mich lachen kann, dann nicht deshalb, damit zum Zeitpunkt, wo ich mein Vorhaben fast zu Ende gebracht habe, jene, die mir weiterhin übelwollen, eine späte Rache üben können, indem sie dich verhöhnen. Deshalb habe ich dich hergebeten, und deshalb habe ich mich entschlossen, dir anzuvertrauen, was ich noch niemals jemandem gesagt habe, selbst um den Preis, wie ich befürchte, dein Mißtrauen zu wecken und womöglich noch mehr; denn ich vermute bereits, was der Lohn für meine Anstrengungen sein mag, dir die Augen zu öffnen, und nichts ist in deiner Lage erklärlicher, als eine aus Trotz und Beschränktheit genährte Erwiderung. Gut, die Entwicklung meines Vorhabens führt leider, gegen meinen Willen und gegen meine Erwartungen, über die Opferung einiger deiner gegenwärtigen Illusionen (und achte auf das Wort, es sind nicht mehr als Illusionen), und wenn es den Ausgang hat, den ich voraussage, dann ist es das Wahrscheinlichste, daß du ihn meiner List und Tücke zuschreibst, meinem unbezwingbaren Bedürfnis, dir das vorzuenthalten, was ich nie erlangen konnte, und in deiner Person die traurige und dämmerige Geschichte meiner Entsagung zu wiederholen."

„Und ist es denn nicht so, Tante?" fragte plötzlich die Nichte, während sie die Füße ungewöhnlich lebhaft am Boden rieb, die Arme löste und sich auch die Hände rieb. „Ist es denn nicht so?"

Die Frau verlor dabei nicht ihre Haltung; mit römischem Stolz nahm sie die Worte ihrer Nichte überhaupt nicht zur Kenntnis, räusperte sich lediglich einmal kurz, wie der von einer rücksichtslosen Reaktion des Publikums überraschte Schauspieler, der eine unwahrnehmbare Pause macht, um seine Redeweise wiederaufzunehmen und dem Saal den Eindruck zurückzugeben, daß er nichts bemerkt habe – und daß deshalb auch nichts geschehen sei –, was den Gang der Darstellung verändern könnte.

„Ich verstehe, daß dieses Opfer schwer zu ertragen sein kann, vor allem am Anfang, aber ich vertraue auch darauf, daß du dank der Erziehung, die du in diesem Haus erhalten hast, dich über die Enttäuschung hinwegzusetzen vermagst und, wenn die erste Krise überwunden ist, die nötige Gemütsruhe zurückerlangst, um zu begreifen, daß dieser Mann eher als dein Glück mein Unglück will."

„Der Wille der Männer, Tante, besteht aus einer Vielfalt von Absichten, einige passen zusammen, andere widerstreiten einander. Und so wirkt ihr Verhalten oft unbegreiflich, vor allem für diejenigen, die nur einen einzigen Beweggrund annehmen."

„Der Wille der Männer...", gestand die Frau widerstrebend zu, und in einer Anstrengung, ihren Gleichmut beizubehalten und nicht den Behauptungen ihrer Nichte heftig zu begegnen, und das nicht so sehr wegen ihres Inhalts, sondern um ihr etwas zu erwidern for the sake of argument, fügte sie dann hinzu: „und der der Frauen auch."

„Die Frauen weniger", sagte die Nichte mit einem diskret triumphierenden Blick zur Decke, „denn die Frauen sind an ihr Geschlecht gebunden."

„So wollen es die Männer; genau so wollen es die Männer, und das ist die Falle, die dieser Mann dir stellen will."

„Die Männer haben kein Geschlecht, Tante", sagte die Nichte.

„Und ob sie eins haben", sagte die Frau, etwas ruhiger.

„Glaub das nicht; sie haben keins. Es scheint nur so, als hätten sie eins, aber in Wirklichkeit haben sie keines. Es ist wie mit den Weißen, die keine Farbe haben."

„Und ob sie eins haben", wiederholte die Frau.

„Sie haben keins, Tante, nein, sie haben keins. Du irrst dich schon wieder. Einzig die Neger haben Farbe, und einzig die Frauen haben ein Geschlecht; die Männer tun nur so, als hätten sie eins, damit sie den Frauen etwas entgegenhalten können. Aber wenn die Frauen kein Geschlecht hätten, dann könnten auch die Männer darauf verzichten. Dagegen können die Frauen nicht auf ihr Geschlecht verzichten, obwohl sie auf die Männer verzichten können. Voilà la différence."

„Ich will dir nicht glauben; ich kann es wohl, aber ich will nicht", sagte die Frau, „und beiläufig werde ich dir noch einmal beweisen, daß der Wille Geboten gehorcht, die nicht mit Worten zu bestimmen sind und die weit über den Anordnungen der Vernunft stehen. Die Vernunft ist listig und stolz, das weißt du sehr wohl, und um nicht ihre Unterwerfung unter Kräfte anzuerkennen, die sie nicht begreift und auch nicht kontrolliert, prahlt sie mit ihrer Herrschaft über diese kleinen Leidenschaften, die sie sortiert und unter Kontrolle hat. Sie ist wie der Strohmann des großen Herrn, der selbst niemals in der Öffentlichkeit erscheint und dem er so blind gehorcht, wie er es braucht, daß ihm seine Untergebenen gehorchen, die nicht wissen, daß über ihm noch eine andere unbekannte Hierarchie existiert. In meiner Jugend habe ich von einem satirischen Schriftsteller – der heute leider durch die Schuld der Kommentatoren zu einem Klassiker geworden ist – gelernt, daß definieren mißtrauen heißt. Gut, mein Vertrauen in dieses Gebiet ist so groß, daß ich, um den Preis, nicht dauernd der Versuchung nachzugeben, es mit dem Schicksal zu identifizieren – und mit diesem Wort jegliches grüblerische Bemühen darum zum Abschluß zu bringen –, es lieber niemals definiert habe. So kann ich es immer in meinem Innern fühlen, kann den Druck wahrnehmen, den es von seiner dunklen Mitte aus auf alle Organe meines Körpers ausübt, wenn ich einen Entschluß fasse, und anstatt darüber eine Art Eschatologie zu erarbeiten, nachdem ich es von mir entfernt und seine Identifizierung, seine Obhut und seine Wachsamkeit den Agenten der Vernunft übertragen habe, gehorche ich ihm lieber mit der inbrünstigen Haltung der Gläubigen des Altertums. Denn im Grunde strebt die Vernunft danach, alles zu rauben, was zur Seele gehört, und fordert dann als Lösegeld eine stattliche Anzahl Formeln, die ihren Wissenstrieb befriedigen und die Macht dessen zunichte machen, was niemals zum Reich des Wissens gehören kann. Und wenn du nicht verstehst, was ich dir sage, und nicht weißt, wovon ich spreche, und dich nicht auf meine Höhe begeben willst, dann wird es wohl besser sein, daß du das Haus verläßt", sagte die Frau und senkte den Blick.

Die Nichte dagegen hob ihr Gesicht noch etwas weiter zur Decke, bis es fast vertikal zu ihrem Rumpf stand, und atmete tief aus.

„Ach was, Tante", sagte die Nichte, „nichts ist leichter. Nichts ist leichter, als auf deiner Höhe zu sein, ich müßte nur auf meine Ansprüche als Frau verzichten. Und nichts ist leichter, als dieses Haus zu verlassen, dann würde dich der Neid über die Macht meines Geschlechts zerfressen."

„Ich habe dich immer auf die Gefahren der Analogie aufmerksam gemacht. Glaub nicht, weil die Frauen im allgemeinen sich der Macht ihres Geschlechts erfreuen, daß auch du sie hättest."

„Ich habe sie, Tante, und zwar sehr gut entwickelt. Stark, entwickelt und heftig und vor allem aufreizend. Zumindestens mich reizt sie sehr. Ich fühle sie jeden Augenblick, sogar im Schlaf, und deshalb weiß ich, daß ich Frau bin; ich weiß, daß der Gottgefällige mir entrinnen wird, denn ich bin bitterer als der Tod, und ich fange den Mann in der Sünde und nur in der Sünde."

„Genau darauf will ich hinaus. Nicht die Sünde, die du begehst, wird dich von mir entfernen und dich zwingen, dieses Haus zu verlassen. Sondern im Gegenteil die Sünde, die dieser Mann an dir begehen möchte und die ich dann nicht verzeihen kann, wie ich auch die nicht verziehen konnte, die sie an mir begingen."

„Sei unbesorgt, Tante. Ich werde es schon so einzurichten wissen, daß ich die Sünde begehe und zu keinem Zeitpunkt unschuldig bin. Mein Geschlecht sagt es mir, so wie es auch der Prediger sagt."

„Wo?" fragte die Frau.

„Kapitel sieben, Vers sechsundzwanzig."

Die Frau stand wieder auf und holte das Buch aus dem Schrank, öffnete es und las im Licht der Lampe, mit der unbequemen Empfindung – allein wegen der Zufriedenheit ihrer Gegnerin –, ihren Einsatz verloren zu haben. Sie schloß es bedachtsam und stellte es an seinen Platz zurück, vermied den Blick ihrer Nichte, um nicht auf ihre gebogenen Brauen zu achten, blieb alle zwei Schritte stehen, um Zeit zu gewinnen, ihre Gedanken wieder zu ordnen und den Start für ihre nächste Tirade vorzubereiten, mit der offenbaren Absicht, nicht erneut unterbrochen zu werden. Aber bevor sie zu dem Stuhl kam, erreichten sie die Worte ihrer Nichte, die sie stehend anhörte, mit geschlossenen Augen, wie ein Strafurteil.

„Zu mir gehört das Böse, die Sünde. Mein Geschlecht zwingt mich dazu, denn alle Tugenden, deine eingeschlossen, sind männlich. Und weil ich im Unterschied zu dir den Mann nicht kopieren, sondern lieben und erniedrigen will, sehe ich keine Alternative, als Schaden anzurichten."

Schließlich setzte die Frau sich und erklärte:

„Ich sage dir noch einmal, wenn du nicht auf meiner Höhe bist, dann wird es wohl besser sein, daß du dieses Haus verläßt, mit dem Mann oder ohne ihn. Das ist eine autoritäre und unangenehme Weise zu reden, das gebe ich zu, aber eine nötige. Du denkst sicherlich an den Widerspruch, in den ein Mensch gerät, der so viel Aufhebens von seiner Unabhängigkeit macht und dann in dieselben Formeln verfällt, die das Bedürfnis nach Respekt seit je durchgesetzt hat. Gut, das stimmt: Die Formel ist dieselbe, und ich verhalte mich genauso wie irgendein Mensch, der auf sein Ansehen und seinen guten Namen bedacht ist, der hitzig sein eigenes Verfahren verteidigt und mit Ungeduld und Strenge versucht, seinen Nachkommen die Überzeugungen zu übermitteln, die er hegt, und die Disziplin, die er befolgt hat. Das Verfahren und die Technik sind dieselben, aber der Endzweck hat gewechselt, wechselte in dem Augenblick, als ich an der anderen Seite der Brücke entschied, ihn seinem Schicksal zu überlassen. Ich sage dir das keineswegs deshalb, damit du mein Werk weiterführst, und auch nicht, damit du das bewahrst, was ich erreicht habe. Jetzt, wo ich sie erreicht habe, weiß ich, wie wenig die Macht befriedigt, wenn man sie nicht in den Dienst einer unerreichbaren Idee stellt. Der Niedergang erschreckt mich nicht, und es würde mir auch nichts ausmachen, wieder im Elend zu leben, wenn ich es dafür schaffen würde, das zu beenden, was ich unternommen habe, das halte dir gut vor Augen, denn ich bin überzeugt, daß, wenn mein Werk einmal abgeschlossen ist, es dann so unumstößlich und mindestens so langlebig ist wie jene barbarische Tradition, die mit meiner Mißachtung zum Abschluß kommen mußte. Aber ich muß es beenden, denn unabgeschlossen ist es nichts, und deshalb kann ich nicht zulassen und nicht dulden, daß eine gewisse Nachlässigkeit deines Verhaltens meine Bemühung vereitelt. Du wirst sagen, daß ich allzuviel Bedeutung in die Liebelei eines Mädchens lege ..."

„Eines Mädchens, das wie eine Frau fühlt", unterbrach die Nichte, ohne ihre Stellung zu ändern.

„... aber ich muß dir sagen, daß es meine Pflicht ist, wie die des berühmten Hauptmann Binder, alles ernst zu nehmen. Andererseits bin ich überzeugt, daß das Ende sehr nah ist. Von allen Amats ist einer übriggeblieben – er –, der meine Ruhe stören kann, und ich kann meine Mission nicht für beendet erklären, bis daß er hier erscheint, nicht um Vergebung zu erbitten – denn für die Verstorbenen gibt es keine

Vergebung –, sondern um anzuerkennen: ‚Unser Geschlecht und unsere Zeit sind zum Abschluß gekommen; nun bist du dran.‘ Und deshalb werde ich nicht zulassen, versteh das ein für allemal, daß ein hergelaufener Abenteurer in mein Vorhaben eingreift und versucht, indem er deine Begierden ausnutzt, die Ordnung wiederherzustellen, die ich verletzt habe. Eine zufällige Fügung der Umstände hat deine Angelegenheiten mit meinen vermischt, und die Nähe des Boten, dessen ängstliche Schritte ich auf der Treppe bemerkt zu haben glaube, bildet die beste Bestätigung für meine Vorahnung. Nach dem, was ich erfahren habe, und nicht, weil du es mir gesagt hättest, wartest du auf einen Menschen und ich auf einen anderen. Aber deiner weiß genau, was er von dir erwartet, wohingegen meiner nur die ungewissesten Vermutungen über das Ergebnis seiner Mission anstellen kann, nach den vielen Jahren schmerzlicher Ungewißheit, bereit, die Gesetze, mit denen er erzogen wurde, zu begraben und die schwere Last seiner Scham abzulegen. Aber es darf nicht geschehen, daß er auf Grund einer kleinen Verzögerung zu spät kommt und durch die Schuld deiner abwegigen Schwärmereien – und endgültig – denselben Stand der Dinge vorfindet, den er verlassen hatte, und in deinem Fall eine Wiederholung des meinen sieht. Wenn du also etwas anzettelst, was nicht zu meinen Plänen paßt, dann sag es mir besser. Oder, im Gegenteil, mach, wozu du Lust hast, und wenn du es so für passend hältst, verlaß dieses Haus und folge diesem hergelaufenen Abenteurer. Aber versuch nur nicht, das sage ich dir ganz klar und deutlich, in mein Gebiet einzufallen oder den Besuch des Manns gewaltsam zu stören, der hier in Kürze eintreten wird.“

AUGUST

„Und das ist alles?“ fragte der andere, versunken in die Lektüre veralteter Zeitungen, als er nach einem längeren Schweigen bemerkte, daß er seit einiger Zeit nicht gesprochen hatte. Aber der schien entrückt und bedrückt durch den Bericht, der – so konnte man meinen – ihm selbst großen Eindruck gemacht hatte. „Das ist alles?“ fragte er noch einmal.

„Das ist alles. Findest du es wenig?“

„Nein. Ich finde es weder wenig noch viel. Und das Abendessen? Was ist mit dem Abendessen?“

„Das ist gleich fertig. Ich muß es nur warm machen. Aber erst möchte ich wissen, wie du es gefunden hast.“

„Was?“ fragte er zerstreut, während er sich einer Seite zuwandte, die er schon mehrmals gelesen hatte.

„Was ich dir erzählt habe.“

„Das fand ich gut.“ Er schaute einige weitere Seiten durch und legte den Haufen Blätter neben sich. „Ein bißchen lang vielleicht. Ich hätte es besser erzählt und kürzer. Ich weiß nicht, warum du einer Geschichte solche Bedeutung beilegst, die alle Tage passiert. Außerdem sind ein paar Einzelheiten nicht ganz klargeworden.“

„Zum Beispiel?“ fragte der Kleinere, offenkundig interessiert an den Beobachtungen des anderen.

„Zum Beispiel das mit dem Jungen. Das ist überhaupt nicht klargeworden. Und das Abendessen?“

„Ich habe dir doch gesagt, es ist in einem Augenblick fertig. Aber ich habe ja überhaupt nicht von einem Jungen gesprochen. Allenfalls von einem Mädchen, und das auch nur nebenbei.“

„Ob Junge oder Mädchen, das ist doch gleich. Was soll das

schon? Das zeigt ja nur, daß du es schlecht erzählt hast. Wenn du es gut erzählt hättest, dann gäbe es gar keinen Zweifel, ob es sich um ein Mädchen handelte oder um einen Jungen, aber für den Fall ist es gleich. Und wenn wir ganz zweifelsfrei wüßten, daß es sich um ein Mädchen handelte oder eher um einen Jungen, dann wären wir um diese Zeit beim Abendessen", sagte er vorwurfsvoll, während er sich wieder den Zeitungen zuwandte.

„Ich habe dir doch gesagt, daß es sofort fertig ist", sagte der Kleine, mit Namen Abdón, ohne dabei Anstalten zu machen aufzustehen. „Du hast mir nicht die gebührende Aufmerksamkeit geschenkt, das ist es. Du verpaßt alles, du wirst wissen, was du tust. Wenn du mir aufmerksam zugehört hättest, dann hättest du jetzt nicht den geringsten Zweifel über das Geschlecht des Kinds."

„Was war es denn nun? Ein Junge oder ein Mädchen?"

„Ein Mädchen. Ich habe es dir mehrmals gesagt: ein Mädchen."

„Und warum redest du dann von einem Jungen? Merkst du nicht, daß du es nicht einmal erzählen kannst? Geh und mach das Abendessen warm, und dann sprechen wir weiter."

„Ich habe es gut erzählt, wie es erzählt werden muß, aber du hast mir nicht zugehört, weil du lieber Zeitung liest, eine zwei Jahre alte Zeitung. Du wirst wissen, was du tust. Aber komm mir dann nicht damit, ich hätte es dir nicht gesagt."

„Ich warte auf das Abendessen", versetzte der andere unerschütterlich, die Aufmerksamkeit erneut auf die Zeitungsseiten gerichtet, die er gelesen hatte, während er gegen seinen Willen dem Bericht Abdóns zuhörte.

„Komm mir dann nicht mit Geschichten."

„Drohungen?" fragte der andere, indem er leicht den Kopf neigte und ihn aus dem Augenwinkel ansah.

„Drohungen, ja Drohungen", versetzte Abdón.

„Der Himmel ist voll davon. Das ist das einzige, was der Himmel kann: drohen. Aber die Erde ist immer noch die

Erde, trotz all den Drohungen des Himmels. Das gleiche kann man auch von mir sagen."

„Ich sage dir lediglich, daß du behutsam vorgehen sollst, daß du dir keine Scherereien machst. Wir haben schon genug."

„Und das Abendessen?"

Abdón erhob sich unwillig und stieg die drei Stufen hinauf, aber bevor er in die Hütte ging, wandte er sich noch einmal seinem neuen Gefährten zu:

„Bis jetzt hatte ich das noch niemandem erzählt."

„Das war schlecht. Entweder hattest du keinen Grund, es niemals erzählt zu haben, oder du hattest auch keinen Grund, es gerade mir zu erzählen."

„Mir schien, daß ich dir vertrauen könnte. Ich hatte den Eindruck, daß ich dir vertrauen könnte, daß du gute Absichten hättest."

„Meine Absichten? Gute Absichten? Was ist das denn?"

„Aber du wirst es doch jedenfalls für dich behalten, oder?"

„Nicht", sagte der andere, „wenn du nicht sofort das Abendessen bringst."

„Sei unbesorgt, ich bringe es sofort."

Nach kaum einer Viertelstunde trug Abdón eine Kasserolle mit einem Küchentuch an beiden Griffen heraus und stellte sie auf die vorletzte Stufe; daneben legte er zwei Löffel. Beim nächsten Gang brachte er eine Flasche Wein, zwei Gläser, von denen eins voll Wasser war, und einen halben Laib Brot.

„Was gibt es?"

„Dicke Bohnen vom Lazarusfeld mit Blutwurst und Ohr."

„Aufgewärmt?"

„Gestern gekocht."

Der andere nahm den Deckel von der Kasserolle und schnupperte an deren Rand. Dann brach er ein dickes Stück Brot ab und tauchte es in die Brühe, und nachdem er mit der Zungenspitze die Temperatur gemessen hatte, steckte er es ganz in den Mund. Er hatte es noch nicht ganz hinuntergeschluckt, als er einen Schluck Wein direkt aus der Flasche nahm.

„Schweinefraß“, sagte er, noch mit vollem Mund.

Abdón probierte einen Löffel voll und sagte:

„Es ist nicht schlecht, es ist nicht schlecht.“

Während des Abendessens sprachen sie kaum; Abdón achtete auf den Rhythmus des anderen, denn er schaffte es kaum, einen Löffel voll in der Zeit zum Mund zu führen wie der andere drei. Als er ihn um Brot bat, brach der andere ihm unwillig ein Stück ab, kaum ein Viertel dessen, was er für sich selbst zurückhielt, und als in der Kasserolle weder Bohnen noch Blutwurst, noch Ohr war, stellte er sie zwischen seine Knie, um bequem das Brot eintunken zu können. Abdón stieg eine Stufe hinunter, setzte sich unterhalb von ihm hin und tunkte ebenfalls ein.

„Es ist, als wäre sie meine Tochter.“

Der andere schien überrascht.

„Himmeldonnerwetter, was bedeutet das denn?“ sagte er und fügte verärgert hinzu: „Du läßt mir gar keinen Platz für den Fuß.“

Abdón machte sich kleiner und versuchte, sein Brotstück in die Kasserolle zu tauchen. Mit vollem Mund sagte er:

„Und wer weiß, ob sie es nicht ist.“

Der andere sah ihn von der Seite an, während er das restliche Brot in zwei Stücke teilte, eins für sich behielt und das andere in die Kasserolle tauchte, auf deren Grund er es dreimal hin und her wälzte und so den Rest der Flüssigkeit aufsaugte.

„Für den Gerechten gibt es keinen Lohn“, sagte er.

Abdón hob die leere Kasserolle von der Stufe auf und nahm die Gläser und wollte dabei etwas sagen, aber der andere kam ihm zuvor:

„Der Gerechte muß wissen, daß das Leben aus ihm einen Sünder macht. Er kann nichts anderes erwarten. Wir müssen uns darauf vorbereiten, zu leiden und Leiden zuzufügen, Abdón.“

„Vor allem zu leiden."

„Vor allem, Leiden zuzufügen. Das steht eher in unserer Hand. Nur wir Sünder haben ein Recht auf das Leben. Wer das nicht so versteht, der irrt sich. Oder schlimmer noch, der täuscht sich. Nur ein Lump täuscht niemanden. Rück ein wenig zur Seite, mir schläft ja der Fuß ein."

Abdón rückte zur Seite.

„Du möchtest also auch niemanden täuschen? Alle Welt, die ich kenne, möchte niemals irgend jemanden getäuscht haben, und doch haben sie alle nichts anderes gemacht als zu täuschen. Der einzige, an den ich mich erinnere, der niemanden zu täuschen wußte, der wußte das nicht einmal, und so ist es ihm auch ergangen."

„Was gibt es zum Nachtisch?"

„Und deshalb wollte er lieber sterben, das ist die Wahrheit. Er wollte lieber sterben, weil er begriff, daß er lebend niemandem etwas Gutes tat."

„Aber von wem, zum Teufel, sprichst du eigentlich? Wer wollte lieber sterben?"

„Ich habe es dir mehrmals gesagt, aber du kapierst ja überhaupt nichts. Und dabei hätte er weiterleben können, aber er wollte lieber sterben. Er muß wohl vor Leid gestorben sein. Sie war ja noch ein Mädchen."

„Hatten wir uns nicht geeinigt, daß es sich um einen Jungen handelte? Oder doch um ein Mädchen?"

„Du kapierst es nicht, es bedeutet dir einfach nichts, was ich dir erzähle, ich weiß gar nicht, warum ich meine Zeit mit dir verliere", sagte Abdón, während er mit den letzten Resten des Abendessens die drei Stufen hinaufstieg. „Ich weiß nicht, in welchem Unglücksaugenblick mir eingefallen ist, dir etwas zu erzählen, wieso es mir in den Sinn kommen konnte, du wärst der Mann, auf den ich gewartet hatte."

„Nun komm, Mensch, stell dich mal nicht so an", sagte der andere etwas versöhnlicher. „Es ist ja kaum zu glauben, daß du, ein Mann mit Geschmack, dich wegen solcher Geringfügigkeiten aufregst. Es ist doch nicht meine Schuld, wenn du die Dinge nicht ordentlich erzählst. Erzähl es mir noch einmal, und alles ist erledigt. Du erzählst es mir, während wir den Nachtisch essen."

„Nein", sagte Abdón etwas kindisch, aber doch bestimmt, „einmal ist genug."

„Wo ist er?"

„Wer?"

„Der Nachtisch?"

„Neben dem Spülbecken, ein Päckchen Dörrobst", sagte Abdón ein wenig melancholisch und spürte dabei einen Reflex im Kiefer. „Ich habe ihm bei seinem Tod versprochen, daß ich ihr helfen würde." Eine Leere öffnete sich plötzlich in seinem Bewußtsein; eine Leere oder ein Wirbel aus vergangenen und vergeistigten und tonlosen, störenden Teilchen, ziellos, aber doch gerichtet; ein verlorener Satz und ein vergessenes Gesicht und in einem Augenblick eine abgebrochene und wiederholt verworfene Szene, die an dem Punkt, wo sie in dem Film der Erinnerung offenbar zu werden beginnt, sich auflöste und die Spur eines unheilbaren Verlusts hinterließ, eine weiterbestehende Vergangenheit, die nicht im Körper liegt und die im lichtlosen Raum umherwandelt und nach einem Augenblick verwirrten Aufglühens erneut im Halbschatten begraben wird, ohne andere Stofflichkeit als die einer nicht formulierbaren Hypothese. Der andere erschien in der Tür, ein Stück Dörrobst kauend; er stieg die Stufen herab und reichte ihm das Päckchen.

„Der, der dann seiner Frau folgte, ich erinnere mich schon", sagte er, wieder mit versöhnlichem Ton, während er das Päckchen schüttelte und ihm anbot, um ihn aus seiner Entrückung zu holen.

„Niemand ist da einer Frau gefolgt. Und außerdem ist er nicht hierhergekommen", sagte Abdón unwillig und nahm ebenfalls ein Stück Dörrobst aus dem Päckchen. Aber als er das Obst zum Mund führte, spürte er wiederum den Reflex im Kiefer, und derselbe Strom aus Funken und beweglichen und unbestimmbaren Silhouetten – Bilder eines haltlos von der Spule rasenden Films – riß ihn zurück in seine Jugend, aber mit allzu großer Geschwindigkeit, um auch nur einen einzelnen Umriß zu erkennen.

„Und ich lebte damals nicht hier", fügte er hinzu.

„Hast du nicht gesagt, daß die beiden hierher gekommen sind?" fragte der andere in dem Augenblick, als er sich einige Stückchen Dörrobst in den Mund steckte.

„Das habe ich zu keinem Augenblick sagen können. Auch wenn vielleicht mein Gedächtnis nachläßt, einen solchen Unsinn habe ich bestimmt nicht sagen können. Ich habe damals weit von hier gelebt. Ziemlich weit. Und außerdem ist er ihr gar nicht gefolgt. Ganz und gar nicht. Allenfalls wäre es umgekehrt."

„Dann ist sie ihm also gefolgt? War es nicht so?"

„Auch nicht", sagte Abdón. „Keiner von beiden ist dem andern gefolgt. Außerdem habe ich nicht hier gelebt. Keiner der beiden folgte dem andern. Weder er ihr noch sie ihm. Du hast überhaupt nichts kapiert. Wenn sie sich gefolgt wären, dann wäre es eine ganz andere Geschichte, und dann wäre ich sicherlich nicht hier. Und du auch nicht. Wenn sie sich gefolgt wären, dann wären sie sich zweifellos auch begegnet, denn sie wären sich fast schon begegnet, ohne sich gefolgt zu sein. Und wenn sie sich fast schon begegnet wären, ohne sich gefolgt zu sein, wie hätten sie sich dann wohl nicht begegnen sollen, wenn sie sich gefolgt wären? Und sie sind sich ja gerade deshalb nicht gefolgt, weil sie sich nicht begegnen wollten, denn wenn sie sich hätten begegnen wollen, dann wären sie sich ja wohl zweifellos gefolgt. Und mehr noch, sie wären sich begegnet, wenn nur einer von ihnen dem anderen gefolgt wäre, auch wenn der alles mögliche getan hätte, um das zu verhindern. Und es ist gleich, ob es er oder sie gewesen wäre, denn wenn auch nur einer von ihnen den anderen hätte treffen wollen – gesetzt, daß sie überhaupt noch ein Interesse haben konnte, ihn zu treffen –, auch wenn der andere alles mögliche getan hätte, um das zu verhindern, wären sie sich am Ende doch begegnet, und das nicht, weil es vielleicht leichter ist, jemanden zu treffen, den man auch treffen will, als jemanden nicht zu treffen, den man auch gar nicht treffen will, ich bezweifle, daß das so ist, denn wenn jemand einen anderen treffen will und seine ganze Zeit für den Versuch einsetzt, ihn zu treffen, dann wird er ihm schließlich auch begegnen, so sehr der andere sich auch anstrengen mag, das zu verhindern, wie die jüngste Geschichte Spaniens zeigt und vielleicht auch die Deutschlands."

„Ich sehe nicht, warum", sagte der andere, während er sich ein paar Stücke Dörrobst in den Mund steckte. „Wenn du sagst, daß es genauso leicht ist, sich zu begegnen wie sich nicht zu begegnen, dann sehe ich nicht, warum sie sich am Ende begegnen müssen."

„Verdammt", sagte Abdón, zum erstenmal in einem gewissen Verlust der Beherrschung, „du verstehst aber auch überhaupt nichts. Ich weiß gar nicht, was du hier machst, ich weiß nicht, warum ich meine Zeit mit dir verliere, und ich weiß nicht, wie es mir wohl in den Sinn gekommen ist, daß du mir helfen könntest, mein Versprechen zu erfüllen."

„Komm, nimm ein Stück", sagte der andere und rappelte mit den wenigen verbliebenen Früchten auf dem Grund des Päckchens.

Wieder spürte Abdón einen Ruck im Kiefer, und ehe ein Gespenst der Vergangenheit vorbeizog, kam er zu sich und schüttelte den erhobenen, steil aufgerichteten rechten Zeigefinger vor der Nase des anderen und erklärte:

„Weil eine positive Tat immer stärker ist als eine negative, das wissen doch sogar die Kinder. Deshalb erreichen die Mörder, die Lehrer in der Schule und die Geschäftsleute im allgemeinen ihre Ziele. Denn etwas zu tun ist beständiger als nicht zuzulassen, daß etwas getan wird. Deshalb ist die Tugend nützlich, wie du gehört haben wirst."

„So etwas habe ich noch nie gehört", sagte der andere, während er die Verpackung des Dörrobsts zu einem Ball knüllte und ihn weit von sich warf, über ein Gestrüpp hinaus. „Immer wenn man mir von Tugend spricht, denke ich an Prothesen und Perücken", fügte er hinzu. „Meine Sache ist das Laster."

„Meine auch", gestand Abdón zu. „Gerade deshalb, weil die Tugend nützlich ist. Denn wäre sie nicht nützlich, dann wäre sie keine Tugend. Das heißt, sie ist Tugend, weil sie nützlich ist, nicht umgekehrt, denn wenn das Laster nützlich wäre, dann würde es wie eine Tugend gepredigt. Die Moral ist immer doppelt und trügerisch, und sie setzt ein Substantiv dort, wo sie ein Adjektiv setzen muß, und umgekehrt. Tatsächlich muß die Moral sagen: Der Nutzen ist tugendhaft, aber um den Anschein zu wahren, sagt sie es umgekehrt. Deshalb kehre ich das, was gesagt wird, immer um, und richte mich dann danach. Das ist nicht das Entgegengesetzte, sondern das Umgekehrte. Das Umgekehrte verschafft mir viel Ruhe, denn es macht sichtbar, wie die Dinge gemacht sind. Sie sind umgekehrt gemacht, damit man sie dann von der richtigen Seite sieht. Und die richtige Seite täuscht, sie täuscht immer. Deshalb hasse ich die Dinge, wie sie sind; und habe mein ganzes Leben lang versucht, auf die Umkehrungen zu achten. So mußte ich, anstatt hinzugehen, zurückgehen, immer mußte ich zurückgehen, und das ist auch viel bequemer und sicherer, bekannter. Dagegen überrascht der Erfolg am Ende immer. Die Neureichen, ja, die Neureichen, die sind fast immer neuer als reich, und je reicher sie werden, um so neuer, und sie können nie zurückgehen, weil sie nie ankommen. Gut, ich bin schon zum Ende gekommen, deshalb muß ich nur noch zurückkehren und wieder anfangen, mit Wohlbekanntem. Ich muß also zurückgehen und nun genau die Umkehrungen durchmachen. Das ist das Gute an der Umkehrung, man muß sie abschwächen."

„Das ist es, abschwächen", sagte der andere mit derart

geringem Interesse an der ganzen Unterhaltung, daß er sich erneut den losen Blättern einiger veralteter Zeitungen zuwandte.

„Zurückkehren, um abzuschwächen", sagte Abdón.

„Im Zurückkehren abschwächen", sagte der andere mit dem gleichen Desinteresse, und während er die Zeitungsseite las, fuhr er mit dem Nagel des kleinen Fingers durch die Fugen zwischen seinen Zähnen und spuckte dann kleine Speisereste auf den Boden.

„Im Zurückkehren das Abschwächen beginnen", sagte Abdón.

Er verfiel in eine lange Pause, die der andere ausnutzte, um in die Küche zu gehen und aus dem Wandschrank über dem Spülbecken eine halbvolle Flasche Castillaza zu nehmen und sich das Glas etwa ein Drittel voll zu gießen, aus dem er dann kleine Schlucke trank, als er wieder in der Tür erschien. Ohne sich auf die Stufe zu setzen, sagte er:

„Es geht kein Lüftchen."

„Deshalb habe ich so oft darauf bestanden", fuhr Abdón fort, „weil ich wußte, daß ich auf eine weitere Umkehrung treffen mußte. Deshalb fiel es mir schwer, das Versprechen zu erfüllen, vor allem zu Anfang, als ich mich darauf einließ, sie aufzunehmen, weil ihr Vater gestorben war."

„Wer war gestorben? Wovon sprichst du denn?"

„Merkst du, daß du überhaupt nichts kapiert hast? Du hast die ganze Zeit, als ich es dir erzählt habe, an etwas anderes gedacht, und jetzt muß ich es dir noch einmal erzählen, von Anfang bis Ende."

Der andere nahm einen ziemlichen Schluck Schnaps und räusperte sich. Er brummelte etwas vor sich hin, was Abdón nicht richtig verstand, irgend etwas über den Castillaza und die Luft, die so ruhig war in der Nacht, als eine Art Protest, um den Vorschlag Abdóns zu umgehen, der vielleicht begriff, daß er nicht genauso vorgehen konnte wie vorher und daß er sich für ein anderes Verfahren entscheiden mußte, um sein

Interesse von den Zeitungen abzulenken und es auf seine Worte zu richten.

„Denn ich begriff, daß sie mich nicht unbedingt nicht anhören wollte, sondern daß sie das nicht erfahren wollte, was ich ihr zu sagen hatte. Was mehr oder weniger das war, was er mich gezwungen hatte zu versprechen, auf seinem Totenbett sozusagen. Also, warum hörte sie mich dann nicht an? Es ist nicht so, daß sie mich nicht hätte anhören wollen, sie wollte nur das nicht hören, das ist etwas anderes. Und wenn ich der einzige war, der es ihr sagen konnte, dann war ich der einzige, den sie nicht anhören wollte oder konnte, wohingegen sie jeden anderen anhören konnte. Begreifst du es jetzt?"

„Selbstverständlich", versetzte der andere. „Warum sollte ich es wohl nicht verstehen? Für wen hältst du mich eigentlich? Warte einen Augenblick", sagte er und ging zurück in die Küche, um das Glas nachzufüllen.

„Und nicht nur das", fuhr Abdón fort, „und nicht nur das. Denn sie wollte es auch nicht anhören wollen, und deshalb brauchte sie es, daß es ihr jemand sagen wollte, um ihm sagen zu können: Ich will das nicht hören, und dieser Jemand konnte nur ich sein, denn ich war der einzige, der es wußte, zumindest so lange, bis ich es jemand anderem erzählt hätte, der dann seinerseits hingehen könnte, es ihr zu erzählen, auch in dem Wissen, daß sie ihn nicht anhören würde, weil sie es nicht hören wollte. Und das war das Problem, das schwerste Problem; denn wenn jemand anderes kam, den sie nicht kannte, wie sie auch mich nicht kannte, um ihr zu erzählen, was sie nicht hören wollte, aber ohne zu wissen, was er ihr erzählen würde, konnte sie ihn sehr wohl anhören und dann nicht nur das hören, was sie nicht hören wollte, sondern für immer die Möglichkeit verlieren, ihn nicht anhören zu wollen, was, wie ich dir gesagt habe, das letzte ist, was sie verlieren wollte, um es weiterhin nicht hören wollen zu können. Hast du das begriffen?"

„Selbstverständlich habe ich das begriffen“, versetzte der andere. „Für wen hältst du mich eigentlich?“ fügte er dann noch ein wenig beleidigt und herausfordernd hinzu.

„Ich hätte ihr auch eine Lüge erzählen können.“

„Wem?“

„Ihr selbstverständlich. Oder jedem Beliebigen, der es dann ihr erzählt hätte. Ich hätte ihm eine Lüge erzählen können, damit er sie ihr dann erzählt hätte, und so hätte sie dann eine ganz andere Sache hören können als die, die sie nicht hören wollte.“

„Selbstverständlich. Warum hast du ihr dann nicht eine Lüge erzählt?“

„Was für eine Lüge sollte ich ihr denn erzählen? Daß er am Leben sei? Entweder erzählte ich ihr, daß er tot sei – was die Wahrheit war, die sie nicht hören wollte –, oder ich erzählte ihr, daß er am Leben sei. Aber wenn ich ihr erzählt hätte, daß er am Leben sei, was hätte ich damit gewonnen, und was würde ich dann mit dem Mädchen machen? Mir war es gleich, ob sie erfahren würde, daß er tot ist, oder nicht, denn ich weiß, wie grausam sie zu ihm war und wie grausam sie sein Leben lang zu ihm gewesen wäre, wenn er am Leben geblieben wäre, aber für mich war es bedeutsam wegen des Mädchens, denn auf seinem Totenbett, sozusagen, habe ich ihm versprochen, daß ich für sie sorgen und ihr eine Erziehung geben würde oder sie ihrer Mutter übergeben würde, denn nach dem Gesetz war sie ihre Mutter, die für sie sorgen, sie erziehen und ihr ihren Namen geben konnte, ich meine seinen Namen, denn sie war die einzige, die eine Tochter mit seinem Namen haben konnte, nach dem Gesetz und soweit ich weiß. Ich hätte ihr natürlich nicht all das gesagt, was er uns über sie gesagt hat, wie grausam sie war, wie sie über Jahre hin sich weigerte, die Beleidigung zu verzeihen, die sie in der Nacht ihrer Hochzeit erfahren hatte und die, ihm zufolge, gar nicht eine derartige Beleidigung gewesen ist, sondern kaum mehr als ein Scherz, ein geschmackloser Scherz, der von weit her kam und den die Familie wiederholte, um die neue Gattin jedes Manns zu empfangen; um sie zu empfangen und ihr deutlich zu machen, daß sie von dem Augenblick an die Herrin des Hauses war, die Mutter von allen, und auf die gleiche Weise, wie die Gattin des Königs an die Stelle der Königinmutter tritt, soweit ich weiß. Nein, ich hätte ihr nicht alles gesagt, was er gesagt hatte, als er nach einem Jahr Herumvagabundierens durch das ganze Tal, wie ein Aussätziger, in unser Lager kam, verzehrt vom Fieber, und drei Tage lang delirierte, seinen Vater, seine Familie anklagend und sich selbst, wegen all des Leids, das sie ihr angetan hatten. Aber als er wieder gesund war, delirierte er nicht mehr und wußte nicht einmal, daß er deliriert hatte und seinen Vater und seine Familie wegen all des Leids angeklagt hatte, das sie Generationen von unschuldigen Frauen angetan hatten, die niemals die Sünde ihrer Hochzeitsnacht bekannten, weil sie dafür einen Lohn erhielten, der sehr viel größer war als alle Strafen der Hölle und für den man sehr wohl alle Strafen der Hölle auf sich nehmen konnte. Er wollte nur vergessen und ein bescheidenes Leben führen, ohne sich jemals wieder an seine Familie zu erinnern, zusammen mit der Frau, die ihm zweifellos das Leben gerettet hat, ihn pflegte, ihm die Sünde vergab, die er und alle seine Vorfahren an Generationen von unschuldigen und heuchlerischen Frauen begangen hatten, und ihm schließlich eine Tochter schenkte, die sie das eigene Leben kostete und, wie sich später zeigte, ihn auch das seine. Außerdem, wenn ich ihr erzählt hätte, daß er am Leben sei, hätte es auch geschehen können, daß sie das nicht hätte hören wollen, und dann wären wir auf demselben Stand gewesen, und es wäre noch erschwerend hinzugekommen, daß ich eine Lüge erzählt hätte, die ich dann genauso oft hätte wiederholen müssen – ich meine, den Versuch wiederholen müssen, sie ihr zu sagen – wie die Wahrheit, die sie nicht hören wollte. Folglich war es gleich, ob es Wahrheit oder Lüge war, was ich ihr in gewissen Abständen sagen wollte, und deshalb die Wahrheit, deshalb wollte ich ihr lieber die Wahrheit sagen."

„Daß er tot ist."

„Genau, daß er tot ist."

„Tot und gestorben."

„Genau, tot und gestorben", sagte Abdón. „Und daß er eine Tochter hinterlassen hatte, als er starb, die keine Mutter hatte, und daß sie die Mutter sein müßte, denn sie trug seinen Namen, und nur eine Tochter von ihr konnte seinen Namen tragen."

„Aber du bist nie soweit gekommen, es ihr zu sagen", sagte der andere.

„Nein, ich bin nie soweit gekommen, es ihr zu sagen, denn, wie ich dir gesagt habe, sie wollte es nie hören. Das steht für mich fest. Und sie wollte es niemals hören, weil sie es immer nicht hören wollen wollte; und schließlich wollte sie nur nicht aufhören können, es nicht hören zu wollen."

„Und jetzt willst du, daß ich es ihr sage."

„Wenn der Zeitpunkt gekommen ist, möchte ich, daß du es ihr sagst, zu deinem Besten und zum Besten aller. Aber erst, wenn der Zeitpunkt gekommen ist. Wenn du es ihr als ihr Sohn sagen kannst."

„Als ihr Sohn?"

„Ja, als ihr Sohn. Als ihr Schwiegersohn."

„Himmeldonnerwetter, was soll das denn bedeuten?"

JUNI

Sie waren noch nicht einen Häuserblock weit gekommen, als Mercedes ganz plötzlich stehenblieb und „Entschuldige einen Augenblick“ sagte, sich umwandte, sich dann noch einmal umdrehte und mit schnellem Schritt die Straße überquerte. Mitten auf der Straße rief sie etwas und fing zu laufen an, bis sie ein Männchen erreicht hatte, das seinerseits stehenblieb, sich umwandte und die Hand an die Mütze führte, um sie zu begrüßen.

Mercedes mußte sich bücken, um ihm einen Kuß auf jede Wange zu geben. Es war ein kleiner Mann, von bescheidenem Aussehen, granitfarben gekleidet, mit rundem, faltigem Gesicht, mit einem mißgestalteten Fuß; unter dem Arm trug er ein in Papier eingewickeltes Paket.

Sie sprachen lebhaft, und erst nach einiger Zeit hob Mercedes eine Hand und zeigte vom gegenüberliegenden Bürgersteig aus auf ihre wartende Freundin.

Nach einer Weile der Unterhaltung führte das Männchen erneut die Hand an die Mütze, um sich zu verabschieden, aber Mercedes packte ihn am Arm und nötigte ihn, in die seiner zuvor eingeschlagenen entgegengesetzte Richtung mitzugehen, ungeachtet seiner Proteste. Sie überquerten die Straße und kamen bis zu ihr, aber Mercedes stellte ihn ihr nicht vor. Als sie zu der Stelle kamen, wo der Wagen geparkt war, hielt ihn Mercedes an einzusteigen, öffnete den Wagen auf der Fahrerseite, klappte den Sitz nach vorn und forderte ihn auf, auf dem Rücksitz Platz zu nehmen, auf dem er, trotz seiner kleinen Gestalt, mit der Mütze gegen das Dach stieß, denn er saß stocksteif und hielt das in Papier eingewickelte Paket mit beiden Händen fest.

„Es macht gar keine Umstände, Abdón“, hatte Mercedes

gesagt. Sie überquerten die Brücke und nahmen die Straße nach Burgo Mediano, dieselbe, auf der sie gekommen waren, aber als sie zu der Kreuzung kamen, fuhren sie, statt auf den Weg zum Gut abzubiegen, geradeaus weiter. Auf Grund der Sonne, die durch das Wagenfenster einfiel, der späten Stunde und des Weins, den sie zum Essen getrunken hatte, schlief ihre Freundin ein und erwachte erst wieder, als der Wagen über einen Weg holperte, den sie nicht kannte, gesäumt von kleinen Eichen und Wällen aus übereinandergeschichteten Steinen.

„Hier kannst du anhalten, Mädchen“, sagte Abdón, als sie an ein Stück flaches Land kamen, vor einem ländlichen Brettersteg, jenseits dessen der Weg für Fahrzeuge unpassierbar war.

„Warte bitte einen Augenblick auf uns“, sagte Mercedes, während sie aus dem Wagen stieg und den Sitz nach vorn klappte, damit Abdón aussteigen konnte, der sich dann förmlich von ihr verabschiedete, indem er zwei Finger an den Schirm seiner Mütze legte. Sie überquerten den Brettersteg und gingen in das Eichenwäldchen hinein.

Da sie nicht wieder einzuschlafen vermochte und es müde war zu warten, beschloß sie auszusteigen und Mercedes zu suchen, angetrieben von dem Mißtrauen, das alle ihre Verhaltensweisen und Handlungen, selbst die unschuldigsten, in ihr erregten. Der Weg führte einen kleinen, von Bäumen bloßen Hang hinauf, von wo aus sie die Hütte sah, am Ende einer Ebene, mit der Rückseite zu den Bergen, und dann die beiden Gestalten, auf ewig zum Stillstand gekommen, vier Pinselstriche eines flämischen Gemäldes.

Ein einzelner Mann saß auf einer der Stufen des Eingangs zur Hütte und las eine Zeitung, die er zur Seite legte, als Mercedes näher kam. Er stand nicht auf, und da durchfuhr sie eine Ahnung: die der Komplizenschaft des Manns mit Mercedes hinter dem Rücken des anderen.

Mercedes setzte ihren Fuß auf die erste Stufe und verbarg

so durch die Neigung ihres Körpers den sitzenden Mann. Sie konnte nicht geradezu näher herangehen, ohne gesehen zu werden, und entschied sich, den Hügel bis zu einer Gruppe von Wacholderbüschen hinaufzusteigen, die eine bessere Sicht auf die Hütte versprach.

Mercedes hatte sich auf die erste Stufe gesetzt. Der Mann hob die Arme zum Himmel und warf den Oberkörper zurück; daraufhin brach sie in Lachen aus – diese Töne, ohne Verbindung zu ihrem Ursprung, wenn sie ein sonniges Feld überqueren, dieser Verweis auf eine andere Welt, älter und liebenswerter für den, der sie von fern erspäht – und beugte sich in der Taille nach vorn. Als sie sich wieder aufrichtete, nahm sie ihren Haarschopf in beide Hände, und nachdem sie damit gespielt hatte, ließ sie ihn wieder los, während der Mann aufstand und wiederum die Arme zum Himmel erhob.

Sie konnte seine Gesichtszüge nicht erkennen, aber sie erriet sie, wußte, daß sie sie schon vorher einmal gesehen hatte. Sie wußte, daß sie einem gewissen, nicht klassifizierten Register entsprachen, daß ein einziges Detail, das jeden Augenblick sichtbar werden konnte, das Porträt vervollständigen würde. Und automatisch dachte sie an die Photographie und erinnerte sich an das Wort Spitzbube. Als der Alte in der Tür der Hütte erschien, stand Mercedes auf und streckte die Hand aus, um ein Paket entgegenzunehmen, das jener ihr reichte. Der andere Mann setzte sich wieder und breitete die Zeitung über die Treppe aus. Aber Mercedes setzte dreist ihren Fuß auf die Zeitung, und der Mann erhob wieder die Arme zum Himmel, mit einem Ausruf, der von Lachen begleitet war, Lachen und Stimmen, die aus einem vergangenen Jahrhundert oder Jahrtausend stammten, als der nächste Augenblick keinen Grund hatte zu kommen – wie in einer flämischen Landschaft –, als die Gegenwart sich über sich schloß, um die Herrlichkeit und den Frieden der Erde weiter auszudehnen.

Sie sagte ihr auf dem Rückweg, daß er ein alter Freund der

Familie sei, eine Art Einsiedler, der fast das ganze Jahr über allein lebe und von kaum mehr als den Kräutern des Bergs; und daß er ihr ein Paket Teeblätter geschenkt habe, die wild auf dem Gipfel von El Monje wuchsen und die er sammelte, wenn der Schnee getaut war. Ein Tee, der alles heile, sagte sie ihr, selbst Liebeskummer.

Einige Tage danach nahm sie ein Taxi, das sie bis zu derselben Anhöhe brachte, zu dem Brettersteg, dank den Wegzeichen, die sie sich auf dem Rückweg gemerkt hatte. Niemand befand sich am Eingang der Hütte, die wie immer offenstand.

Die Hütte verströmte einen leicht muffigen und verwahrlosten Geruch, der von den nackten Wänden und dem rissigen Terrazzo-Boden ausging, von dem morschen Holz und etwas nasser, Lauge verdunstender Wäsche.

„Was wollen Sie?" fragte eine Stimme am Ende des Flurs.

Was wollte sie? Fast alle Türen, die zum Flur gingen, standen halb offen und zeigten die nackten Wände der Zimmer, nur in dem am Ende waren ein Sparherd und ein Spülbecken zu sehen. Eine alte, nie befriedigte Forderung, die ihr immer angedeutet hatte, daß es etwas gab, das sie nicht versucht hatte und das ihr Leben verändern würde, hielt sie an, weiter durch den Flur zu gehen und dem Ruf der Stimme zu folgen, während gleichzeitig eine noch unbekannte Angst, die ganz von selbst aus ihrem Innern aufgetaucht und der Haltung verbunden war, die ihr von Kindheit an eingeprägt worden war, um den Bedrohungen zu begegnen, die der tugendhaften Frau auflauerten, ihr gebot, jenen Ort auf der Stelle zu verlassen und (mit dem Taxi) in die Welt der Ordnung und Gelassenheit zurückzukehren. Da dachte sie, daß sie kurz davor stehe, in den Abgrund zu fallen, und mit starkem Herzklopfen und tonlos ging sie durch den Flur auf die Küche zu.

„Wer ist da? Was wollen Sie?"

Die Stimme erklang hinter ihrem Rücken. Es war nicht die Stimme eines Spitzbuben, dachte sie als einziges, sondern die von einem Souverän des Bösen, der sie mit Hilfe einer seiner vielen Vorspiegelungen in seinen ungeheuersten Bezirk lockte. Und sie kehrte zurück durch den Gang und stellte sich wieder vor den Eingang der Hütte, im hellen Licht eines Juninachmittags, in dem ein Taxi auf sie wartete, das sie in ihre Welt der züchtigen Ordnung zurückbringen würde, und zu ihrer Linken ein kurzer Gang im Halbschatten, der in den Herrschaftsbezirk des Wolfs führte.

Sie wählte den Weg zur Linken, aus reiner Unwissenheit, aus einer leichtgläubigen Achtung vor dem Unbekannten, aus Neid; geführt nicht von der Verlockung des Abenteuers, sondern angereizt, die drei Schritte zu tun, die es zu erahnen gestatten, um es dann zu verwerfen; nicht verächtlich gegenüber ihrem Schicksal – wie bei dem, der das Abenteuer liebt –, sondern aufmerksam auf es.

Erneut forderte sie die Stimme auf, ein einziger Einsilber. Im Halbdunkel – die Fensterscheibe war mit Papier bedeckt, das mit Isolierband angeklebt war – las ein verkommener und halbnackter Mann auf einer Pritsche Zeitschriften und zerfledderte Zeitungen, während er mit Uhrwerksrhythmus Sonnenblumenkerne aß, die er aus einer Tüte am Bettrand nahm und deren Schalen er auf die Matratze und den Boden spuckte.

„Was gibt es?“ fragte er, ohne den Blick von seiner Lektüre abzuwenden und ohne mit dem Kauen aufzuhören.

Er war im Unterhemd, ohne Hose, und erst als er an ihrer schwachen, stockenden und kaum hörbaren Antwort merkte, daß es sich um eine Frau handelte, ließ er das Zeitungsblatt auf seinen Bauch und seine Beine fallen, und seine Hand verhielt über der Tüte mit den Kernen, wie bei einem abgelaufenen Automaten. Aber er richtete sich nicht auf, und da ahnte sie, daß dort wohl die Gefahr lag, nicht aber das Böse. Es waren nicht seine Gesichtszüge. Es loderte nicht. Er war nicht anziehend und nicht abstoßend; er schien nicht eine einzige Minute seines Lebens darauf verwandt zu haben, sein ihm gegebenes

Naturell zu pflegen, sondern wie ein Straßenhund seine ganze Zeit – eine Zeit ohne Merkmale, ohne Namen und ohne Taten – damit zugebracht zu haben, ein Lumpendasein hinter sich herzuziehen, und, wie ein Straßenhund, nicht bereit zu sein, einen seiner wenigen Augenblicke der Ruhe zu vertun, nicht einmal für einen guten Bissen.

Sie verspürte nicht mehr Furcht als Scham, und als sie in die Enttäuschung fiel, dachte sie nur an den Betrag für das Taxi, an den Rückweg zu den guten Sitten über die Abkürzung des Geizes. Sie erfand eine Ausrede und sagte ihm, sie komme auf der Suche nach Kräutern, die gut gegen Schlaflosigkeit seien und die ihr eine Freundin empfohlen habe (deren Namen sie nannte, in einem vorletzten Versuch, sein – ja, was zu wekken: das Animalische in ihm?), die aber nicht für sie seien, sondern für eine Tante von ihr, die an Schlaflosigkeit leide.

„Er ist jetzt nicht hier, und ich weiß nicht, wo er sie aufbewahrt", sagte der unrasierte Mann zu ihr und nahm das Zeitungsblatt wieder auf und griff auch wieder zu den Kernen in der Tüte am Fuß des Betts.

Sie sagte ihm das mit dem Taxi; sie unternahm eine letzte Anstrengung, die Anwesenheit des Bösen zu erraten und eine stillschweigende, spontane und bösartige Einwilligung in die Versuchung zu wecken, aber sie tat nicht einmal einen Schritt nach vorn, verhielt in der Mitte des Gangs, und der unrasierte Mann im Unterhemd erhob sich nicht von seinem Bett. Er sagte ihr nur, sie solle ihre Anschrift hinterlassen, dann könne sein Freund ihr die Kräuter bei einem seiner häufigen Besuche im Ort mitbringen.

OKTOBER

Die Frau machte eine Pause; sie zog ein handbeschriebenes Blatt Papier in den Lichtstrahl und setzte die Brille auf, um es zu lesen, anscheinend getrieben von dem Wunsch, ein Vergessen zu beheben, aber sie legte es sofort wieder zur Seite, mit dieser Regung, die sich enttäuscht zeigt über die ausbleibende Überraschung und zugleich erleichtert über das kurze Zwischenspiel und beides mit dem Aufruf, sich anzustrengen und die Arbeit wiederaufzunehmen, verbindet.

„Du wirst verstehen“, sagte sie, „daß ich nicht wohlgemut mit ansehen kann – wenn ich es vermocht habe, ihm damals nicht zu folgen –, daß du dich von einem ihrer Anhänger verfolgen läßt.“

„Anhänger?“

„Und wenn ich ihm nicht folgte, dann nicht, weil ich keine Lust dazu gehabt hätte, das versichere ich dir. Dieselbe oder noch größere als die, die du vielleicht hast, mit einem der ihren durchzubrennen. Daran zweifle ich nicht im geringsten, daß er einer von ihnen ist, angewiesen und womöglich bezahlt, daß er an dir die gleiche Schändlichkeit zu wiederholen versucht, die sie an mir begehen wollten. Und für die er der am wenigsten Verantwortliche war, wie er mir zu sagen versuchte, als er mich inständig drängte, das Haus zu verlassen und ihm auf dem Weg an der anderen Seite des Flusses zu folgen. Aber ich hielt mich rechtzeitig zurück, auf der anderen Seite des Flusses, am Markstein, der die Grenze ihrer Ländereien bezeichnete. Denn es ging nicht darum, zu laufen, zu bitten und mich zu bestärken. Und noch weniger darum, zu vergessen und über das hinwegzugehen, was in den vergangenen vierundzwanzig Stunden geschehen war. Im Gegenteil, ich mußte die Schändlichkeit noch vergrößern, wenn ich ein für allemal mit der Tradition, die sie trug, Schluß machen wollte. Aber wie konnte ich sie öffentlich machen, ohne dabei selbst der allertiefsten Erniedrigung zu verfallen? Welchen Sinn hatte es, zu sagen, ‚es ist nicht wahr', ‚es ist nicht so schlimm', ‚es ist nichts geschehen', wenn es doch wahr war, und wie wahr, wenn es an meinem eigenen Körper geschehen war und, mehr noch, geschehen mußte, denn das war ihr Gesetz? Mit welcher Kraft und mit welchen Überzeugungen hätte ich hinter ihm herlaufen können, über den Grenzstein hinaus, um ihm zu sagen ‚Ich vergebe dir', wenn ich nicht nur nicht an seine Verfehlung glaubte, sondern wußte, daß er mit allem Nachdruck den Weg der Vergebung zurückgewiesen hätte, der uns von der Herrschaft und dem Gesetz der seinen abbringen würde, um mich bei ihm einzuschmeicheln? Wie hätte er das zulassen können, wenn es bedeutet hätte, alles zu verlieren, was für ihn Sinn und Lebensgrund war, mich eingeschlossen, die Person, in der er die Stärke und die Geistesgegenwart und den Opfermut erahnt zu haben geglaubt hatte, die nötig waren, die schwere Prüfung zu ertragen, die ihm erlauben würde, all das zu bewahren und zu verändern? Wie sollte er es verändern, wenn ich ihn drängte, auf all das zu verzichten? Denn, wie ich dir schon gesagt habe, wenn auch der Vorfall, der unsere Flucht verursacht hat, für beide derselbe war, so waren doch die Gründe für jeden von uns höchst verschieden. Ich war die zweite, denn wenn er es hätte ertragen können, dann hätte ich ihn unterstützt, und zusammen hätten wir es geschafft, die Wut und den Groll beiderseits zu besiegen. Aber er verließ das Haus, unverzüglich und rennend, und ließ mich allein im Sturm zurück, ohne eine andere Wahl, als dasselbe zu tun und Genugtuung für mich zu suchen. Nicht so er, der rennend fortlief, angewidert und schier verrückt, und eine Zuflucht suchte, wo er, wenn schon nicht vergessen, so doch ausruhen und sich von einer solchen Verletzung erholen konnte. In einem Augenblick war er (in seinen Augen) von seinem Vater getäuscht und verdrängt, von seiner Frau verraten und von allen seinen Angehörigen erniedrig worden, die sich, wie eine Welle, mit einem einzigen anwachsenden Brausen – ein tiefes Brüllen, das von fern kommt und dann in tausend kreischende Klänge zerbricht – vom Tisch erhoben, um jenes unentschlossene Geschöpf des Schaums mit der Kraft eines Wellenschlags einzufangen. Das Geschöpf, das vor die Alternative gestellt war, zwischen zwei Parteien zu wählen, und das in einem Augenblick mit beiden bricht und seinem eigenen Weg folgt. Ich hatte meinen Teil der Schuld, einen großen Teil Schuld, der meiner Unerfahrenheit zuzuschreiben war und dem Rausch, in dem ich in die Ehe geführt worden war, und ich hätte schon sehr dumm sein müssen, um zu erwarten, daß meine Handlungen denselben Wert behalten hätten nach dem vollständigen Bankrott der Gesellschaft. Für ihn? Eine Katastrophe solchen Ausmaßes konnte nicht dadurch wiedergutgemacht werden, daß man nach Maßgabe von Vernunftgründen die Verantwortlichkeiten zuwies; als hätte man die Schuld verwalten und anteilmäßig zuweisen können, indem man die einen diesetwegen und die anderen deswegen anklagte und hier und da die Entschädigung für die verschiedenen Verfehlungen suchte und derart so weit wie möglich den, wenn auch gespannten, paradiesischen Zustand vor der Hochzeit durch eine Auflistung unserer jeweiligen Schwächen wiederherstellen und uns einen Verweis für unsere sagenhaften Laster und eine Lektion über den am besten einzuschlagenden Weg erteilen wollte. Nein, es war nicht nur ein Schlag, es waren drei, und einer so tödlich wie der andere; drei Tode, die – während er über den Weg am linken Flußufer fuhr, in dem Wagen, der eilends in Richtung auf die Berge rumpelte – ihn auf den Gedanken einer vierten Auferstehung in einem von den drei anderen Gebieten der Seele gleich weit entfernten Limbus brachten, wo er sich von dem Boden lösen konnte, auf dem er geboren war, von dem Vater, der ihm mit Blut seine allertiefsten Überzeugungen einimpfte, von der

Freundschaft, die ihm die Augen für erlesene Möglichkeiten und schöpferische Antriebe öffnete, von der Frau, die das Geschwätz über die Liebe lächerlich machte und ihr heiteres, nicht in Worte gefaßtes Chaos wiederherstellte. Er mußte sehr weit fliehen, an einen sehr abgelegenen Ort, wo er sich wieder fassen könnte ... ach. Sich wieder fassen? Was sage ich da? Was hätte er denn wieder fassen sollen? Wo, wie und mit wem hätte er die drei verlorenen Gebiete zurückgewinnen können? Und wozu, um weiterhin er zu sein? Und was blieb von ihm, wenn nicht eine Anzahl Zellen, die sich fest an eine Organisation klammerten, die satzungsgemäß auf Fortschritt und Wohlergehen ausgerichtet und heimlich dem Verbrechen und dem Schmuggel geweiht war? Hätte er doch den Schatz eines Racheschwurs mitgenommen, die Absicht, eine Wiedergutmachung zu erlangen für all die Verletzungen, die er mit der allereinfachsten Beleidigung empfangen hatte, einem zu Beginn eines Festes auf den Boden geworfenen Tuch oder Taschentuch, vielleicht demselben, das Emilia vom Boden aufhob, befleckt mit meinem Blut, und das für immer auf dem Boden hätte liegen bleiben müssen; nein; wenn man einmal zweifelt – sagte sein Käufer –, bleibt der Zustand der Seele unwiderruflich fest. Aber wenn er gar nicht zur Vergeltung entschlossen war, mit welchem Recht und wozu sollte ich sie dann suchen? Was konnte ich machen! In dem Haus bleiben mit seinem Vater? Vielleicht ging mir in jener Nacht der Verwirrung und des Rausches für einen Augenblick diese Idee durch den Kopf, die Frucht meiner Irrtümer, aber am Morgen war sie verworfen, und ich wußte ohne den geringsten Zweifel, wer mein Gatte war; mehr noch, wen von allen Männern der Welt ich zum Gatten gewählt hätte, wenn ich zu wählen gehabt hätte. Was also, außer dem Blut, würde ich meinen ausgeplünderten Truhen mit etwas Derartigem zurückerstatten? Aber der entgegengesetzte Weg war auch angezeigt, durch den anderen – ebenso wie der erste lähmenden – Zweifel, der nicht weniger als sechs Wochen erforderte, um ausgeräumt zu werden. Und ich konnte weder sechs noch zwei, noch eine Woche, ja, nicht eine Stunde warten, solange ich den Wagen sah, der an der Biegung des Wegs am linken Ufer wartete. Er sah nicht so aus, als wollte er umkehren. Der dreifache Schlag war zu stark gewesen, als daß er versucht hätte, sich von ihm zu erholen, indem er sich stillschweigend entfernt und für ein paar Wochen zurückgezogen hätte, um wieder zur Besinnung zu kommen und die Bilanz zu ziehen, die bestenfalls die Rechnungen des Buchs ausgleichen würde, das für ihn endgültig geschlossen war, und das nicht nur wegen der Größe des Saldos, das sage ich dir, sondern auch, weil er, da er in dem Klima von Übergriffen und Unterdrükkung aufgewachsen und erzogen worden war, das seine Familie unnachgiebig aufrechterhielt, seitdem sie sich in den höheren Lagen der Berge angesiedelt hatte, schon immer den Plan hatte – einen der wenigen Gedanken, den ich unseren spärlichen Begegnungen während der Verlobungszeit entnahm –, es abzuschaffen und eine Zeit nachbarschaftlicher Eintracht zu suchen, für die, zum ersten Mal in ihrer Geschichte, ein Amat bereit war, einen Preis zu zahlen. Er war der erst Amat, soweit bekannt, der bereit war zu bezahlen. Für mich, verstehst du? Für mich zu bezahlen."

„Das werde ich nie nötig haben, Tante", unterbrach die Nichte. „Der Mann, der mich lieben ..."

„Dummkopf", unterbrach ihrerseits die Frau energisch, „du nimmst ja alles dem Buchstaben nach."

„Genau, dem Geist des Buchstabens nach", sagte die Nichte, um sich mit dem Erstbesten, was ihr in den Sinn kam, von dem Schlag zu erholen.

„Er war der erste Amat, der bereit war zu bezahlen, bereit, der erste zu sein, der einen Betrag von dem zurückerstattete, was seine Vorfahren nur anzuhäufen verstanden hatten, und im Tausch gegen einen Teil von dem, was seine Vorfahren nur geringzuschätzen gewußt hatten. Man kann nicht sagen, daß die Dinge sich verändert hätten, tatsächlich hatte sich nichts verändert, mit Ausnahme der Leitung der öffentlichen Angelegenheiten, die in nichts die öffentlichen Angelegenheiten und das Wohlergehen der alten Familien betraf; wie dieser unveränderte Himmel, an dem nur eine Wetterfahne die Richtung gewechselt und sich in einer Nacht scheinbarer Windstille um hundertachtzig Grad gedreht hat und nun, nach Wochen von Landwindstille, auf den Ozean weist und Winde aus Übersee anzeigt – sie müssen unbedingt stürmisch sein –, die den Ort in den nächsten Stunden beherrschen werden. Er war der erste Amat, der bereit war zu bezahlen, der erste, der den Windwechsel bemerkte hatte, der erste, der über die Grenzen ihrer Ländereien hinausgekommen war und gelernt hatte, daß es in der Welt noch etwas mehr gab als die grobschlächtigen und barbarischen Gesetze des Clans. Und er bezahlte, und wie er bezahlte, den höchsten Preis, der aber nicht ausreichend war, damit Nemesis auf den Ertrag seiner Güter und die Herrschaft über seine Ländereien verzichtet hätte. Es half nichts; er trug umgekehrt nur dazu bei, daß sie späterhin für immer auf ihre Interessen verzichtete und sie in den Händen einer Tradition beließ, die ihre Sitten herrschaftlich ausübte, wilder und stolzer noch angesichts der Niederlage und der Abtrünnigkeit des einzigen, der zum Streiter für ihre Gesinnungen geboren war und sich entschieden hatte, sie zu bekämpfen. Warum, sag mir, sollte ich das Amt der Rächerin ausüben, der Vorbotin der Gerechtigkeit, des Herolds der neuen Vorstellungen? Wozu und für wen? Zumindest das war mir vom ersten Augenblick an klar, allein am rechten (oder vielleicht auch am linken) Ufer des Flusses, als ich sah, wie mein Schicksal entschwand, im Rhythmus des Wagens, der im Trab seiner Pferde über den Weg am anderen Ufer fuhr. Oft habe ich gedacht, wie sehr das Schicksal einem Baum ähnelt, der gleicherweise durch die Axt des Holzfällers wie durch die Kraft des Winds verstümmelt ist und dessen Gestalt sich ebenso durch die Amputation eines oder mehrerer seiner Äste wie durch das Nachwachsen von anderen

verwandelt, dabei aber doch seine Einheit bewahrt, das Wurzelsystem, mit dem er sich ernährt, und das Blattwerk, das sozusagen seinen letzten Seinsgrund bildet. Es entschwand ein Schicksal, das einzig gewisse, das einzige, auf das ich vorbereitet war, wie ich es auf meinen Körper war, während ich düster spürte, daß aus seinem beschnittenen Stumpf ein anderer, trügerischer hervorzusprießen sich anschickte, empfangen im Schmerz und erkennbar nur in dieser Hülle aus mütterlicher Milde, die seine Züge nicht zu gewahren, sondern ihn nur vorzuformen gestattet durch laufendes und immer dasselbe Erraten des Wunsches, das aus diesem Geisteszustand hervorgeht, dem dohada, für den es nur im Sanskrit ein Wort gibt. Und ich versichere dir, daß nichts mir leichter gewesen wäre, als die Rolle der Rache zu übernehmen – Rache zu nehmen und die Rolle zu übernehmen, könnte ich sagen –, denn es hätte mir genügt, um sie alle zugrunde zu richten und mit dieser abscheulichen Familie Schluß zu machen, die Aufgabe der Fortpflanzung, die sie mir aufgetragen hatten, auszuführen und mich, wenn Vater und Sohn einmal verschwunden wären, zum Mittelpunkt zu machen, zum leeren Hort, den eines Tages der Erbe und Verteidiger seiner Sippe einnehmen würde. Das war allzu leicht, du kannst mir glauben: Es genügte, daß ich dablieb und auch den Vorsitz des Banketts übernahm und dann in meinem Körper ihre Nachkommenschaft sich entwickeln ließ, um sie einen nach dem anderen zu überwinden und sogar den Patriarchen zu zwingen, der immerzu die Achtung vor den Familientraditionen predigte und sich zum geradlinigen Erben einer rauhen Feudalreinheit erklärte – und den man tragen mußte wegen seiner progressiven Paralyse –, sich vor mir zu beugen und mir seinen grobschlächtigen Bauernthron anzubieten. Ich war fast soweit, mich umzudrehen, auf der linken Seite (oder vielleicht auch auf der rechten) der Brücke, um ihnen allen gegenüberzutreten, sie zu zwingen, sich wieder hinzusetzen, und den Vorsitz eines Banketts von Entgeisterten zu übernehmen, ohne Bräutigam und ohne Brautführer, als wäre nichts geschehen. Aber keineswegs, ich entschied mich für das Schwierigste, ich war allzu stark und allzu jung und, wenn du es genau wissen willst, geschickter, ehrgeiziger als sie alle, vorausschauender auch und weiterblickend. Ich konnte mich nicht mit ihrem Bauernreich begnügen, dessen größter Anreiz und kostbarster Wertgegenstand ebendieser Cœur de Lion war, der sich freiwillig (kann man eine derart ablehnende Wut überhaupt Willen nennen?) seines Erbes entledigt hatte, der nach Osten ins Exil ging auf der Suche nach einem edlen Feind, mit dem man sauber kämpfen könnte, auf immer verbittert und gezeichnet vom Entsetzen vor der Vaterschaft, der Ehe, der Familie und der Freundschaft. Der Vorteil einer Rache ist, daß sie, da sie Ziel und Zweck in sich hat, keine Rechtfertigung und keine Erinnerung braucht und nicht einmal durch das Gedächtnis der Schmach genährt werden muß; man nimmt sie als Norm an, und fertig; wie der Zweifel festigt sie die seelische Verfassung; sie gibt zu allem Anlaß und veredelt noch die Niedertracht; sie färbt das Verhalten mit kräftigen Farben und vergrößert die Fähigkeiten und die Mängel; die Unterscheidungen, die sie trifft, sind einfach und bestimmt, und nach ihrer Maßgabe erläßt sie ihre Gesetze, ohne feinsinnige Analysen und psychologische Komplikationen nötig zu haben. Sie moralisiert auch, und das eigene Verhalten ist unbedingt ausgenommen vom Sündenfall; und da sie keine andere Befriedigung zuläßt als die des Vollzugs, gewährt sie jedem Rächer den großen Vorteil, sich nicht geschmäcklerisch bei den kleinen Vergnügungen aufzuhalten, die der gewählte Weg bietet, da er immer von einem viel größeren Lohn angespornt wird; nach Cannae gibt es für ihn kein anderes Capua als Rom. Ich bin nicht von dort über den Weg am linken Flußufer fortgegangen, mit der Absicht, meine Rache vorzubereiten und durchzuführen, und doch war das Ergebnis so, als hätte ich es gemacht, derart war der erlittene Verlust und derart meine Entschlossenheit. Sie war doppelt: Ich wollte fort von ihnen, um mich ihrer Güter bemächtigen zu können, die mir ja rechtmäßig gehörten, die mir aber in die Hände kommen mußten, ohne daß ich dieses Recht ausübte; und ich wollte nicht wieder Umgang mit ihnen haben, außer mit einem. Die Analogie; ich habe dich schon darauf hingewiesen, daß du sehr vorsichtig mit der Analogie sein mußt, die fast so verderblich ist – und so banal – wie die Zauberei, denn sie kann höchst ungewöhnliche und völlig grundlose Ergebnisse erzielen aus einer geringfügigen Verwandtschaft oder aus einer ungewollten und partiellen Ähnlichkeit. Wenn ich dir gestehe, daß ich damals den schwierigsten Weg gewählt habe, dann nicht, um damit zu prahlen, und noch viel weniger, um mich damit auf der höchsten Höhe des Muts einzustufen. Und auch nicht, um mit gutem Beispiel voranzugehen. Ich sage es dir, damit du, in der Situation, in der du dich befindest, die Lehre anwendest und dich immer dafür entscheidest, den schwierigsten Weg einzuschlagen."

„Geschwätz", sagte da die Nichte, „komm mir doch nicht mit solchem Quatsch, Tante."

„Ich habe nicht die Schwierigkeiten jeglicher Art gemeint, die du zu besiegen haben wirst, um dein Ziel zu erreichen. Das habe ich nicht gemeint. Ich meinte eher das Ziel, das du, dem wenigen nach, was ich weiß, weit unter deinen Möglichkeiten gesteckt hast. Durchbrennen mit dem ersten Mann, der einen beachtet, wohin führt denn das? Ich wußte im voraus, daß die Unabhängigkeit und die Stärke viele Opfer fordern würden, aber auch, daß das größte von allen geringe Bedeutung hätte im Vergleich mit dem, was ich verloren hatte. Daher meine Kraft und daher meine Entschlossenheit; ich konnte nichts mehr verlieren, nur noch gewinnen. Da ich für den Augenblick alles weibliche Trachten beiseite geschoben hatte – das Heim, den Gatten, die Familie und all diese Belanglosigkeiten –, konnte es mir nicht allzu schwerfallen, von einem beliebigen Zustand zum unmittelbar höheren überzugehen, auch wenn ich bei jedem Sprung alles mit dem ersten Verbundene aufgeben müßte. Das ist der größte Vorteil – vielleicht der einzige – des männlichen Egoismus, den zu praktizieren – das sage ich dir – man eine Veranlagung und eine Schlichtheit der Absicht braucht, die im Widerstreit zu jeder der Vergnügungen stehen, mit denen uns unsere allzu friedfertige Erziehung bildet und begrenzt. Oder deine eher, denn meine – die wenige, die ich aus anderem Mund erhielt – war sehr verschieden von der, die du genossen hast, denn schon von Kindheit an haben sie mich nur eine Sache gelehrt: wie ich mich durchschlagen könne. Und wenn ich in Rechnung stellte, wer und wie ich war, dann brauchte ich nicht einmal sehr viel Phantasie, um mich durchzuschlagen, denn ich wußte außerdem, wohin ich kommen mußte. Ich will dir sagen, was das einzige war, was ich brauchte: daß jemand – möglichst mächtig – glaubte, mich zu brauchen. So daß der Folgende dann nur noch mächtiger sein mußte als der Vorherige, und die Reihe mußte bei mir enden. So einfach. Groll und Unzufriedenheit, Kraft und Vorläufigkeit, das war alles, was ich wollte; niemand wäre künftig fähig, mir vollständige Befriedigung zu verschaffen, wohingegen ich ... konnte ich mir vielleicht nicht jede Art von Zurückweisungen gestatten?"

„Und der Körper, Tante? Und die Freuden des Geistes? Und dieses Einschmiegen in das Universum, zu dem das Ich nur findet, wenn es seine eigene Resonanz wahrnimmt?" fragte ihre Nichte und fügte nach einer kurzen Pause hinzu: „Und wo, wenn nicht in dem Gefährten der Mühsal, liegt der größte Resonanzraum?"

„Genau ..., genau ...", antwortete die Frau mehrere Male, während sie an dem Bügel ihrer Brille kaute und die Decke im Halbdunkel betrachtete. „Genau. Das ist die Schwierigkeit, von der ich gesprochen habe und die du nicht so leicht verstehen wirst."

„Ich verstehe fast alles, Tante, sogar deine Ausschreitungen."

„Vielleicht handelt es sich nicht um Ausschreitungen, sondern um Mängel. Um einen einzigen, monströsen, überall und immer gegenwärtigen Mangel. Das ist die Schwierigkeit, von der ich spreche und die, da nie gelöst, alles in Vorteile verwandelt. Es ist nicht mehr und nicht weniger als diese Art von Täuschung, die, je weiter sie ins Glück führt, um so bedrückender wird, unumkehrbarer. Es ist nichts anderes als die Belanglosigkeit eines Erfolgs, der – während er viele anregende Fehlschläge verwirft – den nicht berührt, der ihn teilen und genießen muß. Der nicht die Zustimmung, die Anerkennung und die Glückwünsche des einzigen erhält, der diese gewähren kann. Des einzigen, der ihn genießen könnte und müßte, weil ich ihn ausschließlich ihm gewidmet habe, womöglich vergebens. Ich stelle mir vor, daß der Lohn für ein frommes Leben mit einer Art Aureole aus Ungewißheit umgeben sein muß, die nur der Tod und die himmlische Herrlichkeit ausräumen können, und das ist der Hauptgrund, was soll ich dir sagen, der mich antreibt, mich zu weigern, die Botschaft zu empfangen, die jener Mann mir übergeben möchte. Das heißt, mein ganzer Existenzgrund liegt darin, daß diese Botschaft positiv ist, und ich könnte es nicht dulden, daß sie einen unbestimmten Inhalt hätte, und ich sage erst gar nicht: einen negativen. Zwischen der Enttäuschung und dem Widersinn ziehe ich, wie die Dinge liegen, tausendmal letzteren vor; er paßt besser zu meiner Vergangenheit. Verstehst du? Viele Jahre sind darüber vergangen, daß ich auf die Bestätigung warte, die – dessen bin ich ganz sicher – dieser Mann in der Tasche trägt, und ich bin nicht bereit, all den im Lauf der Jahre angehäuften Reichtum durch einen Augenblick der Ungeduld zu zerstören. Ich weiß sehr gut, daß das Warten mir nicht zuviel wird, und ich werde mich erst zu dem endgültigen Schritt entschließen, seine Botschaft zu empfangen und ihm meine Antwort zu übergeben, wenn ein Beweis, ich weiß nicht, welcher Art, aber von unfehlbarem Charakter, all die angehäuften Vorahnungen krönt, die meine Lage mit den Zeichen einer Ankündigung schmücken. Bei diesem langen Warten habe ich nichts gelernt; nur zu warten; das Warten ist ein weiterer Erstarrungszustand, wie die Rache, und es gestattet lediglich, die Ursachen unversehrt zu erhalten, die es erzeugten, ohne eine weitere hinzuzufügen, ein Bastardkind oder eins der Reflexion. Darauf wollte ich hinaus; die Reflexion ist auch ein Bastard, dieser Bankert, der der Blindheit untergeschoben worden ist, die damals den Grund für mein gegenwärtiges Leben gelegt hat. Und wenn mein Warten nur einer einzigen Ursache folgt, dann kann auch die Botschaft nur eine sein, und eine wird dann auch meine Antwort sein. Ich bin nicht vorbereitet (denn ich wollte mein Warten nicht mit einer geistigen Vorbereitung auf die Enttäuschung versüßen, das wäre der schmählichste – da tiefste – Verrat an der Abmachung gewesen), eine andere zu empfangen, und ich wüßte auch nicht, was ich tun sollte – und das nicht so sehr im Augenblick der Übergabe, sondern für die Zukunft –, wenn es nicht die wäre, die ich erwarte. Es ist auch möglich, daß ich eines Tages das Territorium der Verzweiflung betrete, aber darüber habe ich bis jetzt nicht nachdenken wollen. Wenn es kommen muß, dann soll es kommen. Aber das wird nicht so bald passieren, denn meine Uhr ist noch längst nicht abgelaufen, und ich habe nicht das Gefühl, daß es in meinem Organismus ein Rädchen gibt, das schwächer ist als die anderen und das, wenn es zerbricht, mein gleichmütiges Tick-Tack anhalten wird. Aber da mein Einsatz derart ist, muß ich – zumindest in der Vernunft, wenn schon nicht im Geist – alle Möglichkeiten zulassen und akzeptieren, daß das momentane Gleichgewicht beim Warten in einem unvorhergesehenen Augenblick zusammenbrechen und mir eine ganz andere Vorgehensweise auferlegen kann. Nein, ich glaube das nicht, aber es ist möglich. Ich will dir sagen, daß ich mich manchmal nach hoffnungsloser Verzweiflung sehne; es ist eine ziemlich pharisäerhafte und wenig echte Sehnsucht – wie das Verlangen des Heiligen nach dem Paradies –, denn da ich sie ja nicht vorher kennengelernt habe, kann ich überhaupt nicht beurteilen, was es bedeutet, ein Leben außerhalb jeder Hoffnung zu führen. Ich weiß nur, daß ich damit, und mit einem Schlag, all das erhielte, was mir jetzt erspart ist und was nicht wenig ist; daß mein andauernder Kummer aufhören würde und meine Grübeleien beendet wären; und wer kann schon behaupten, daß unter allen Umständen die Ungewißheit der endgültigen Verdammung vorzuziehen ist? An dem Tag, an dem ich mich entscheiden werde, alle Hoffnung aufzugeben, werde ich zweifellos auch wissen, welcher Gefahr ich mich aussetze, aber werde ich mich auch im folgenden Augenblick noch mit den Ergebnissen abfinden können, die ich durch einen unwiderruflichen Akt erzielt habe, der dann mein Rechnungsbuch für immer schließen wird? Da ich, wie ich dir vorhin gesagt habe, ein Leben geführt habe, bei dem ich nur auf den stets wachsenden Gewinn geachtet habe, werde ich da überhaupt mit einem Endsaldo zurechtkommen, auch wenn er mein ganzes Streben mit einbezieht, oder habe ich im Gegenteil in all diesen Jahren, ohne es gewollt zu haben, einen verächtlichen Geschäftsgeist entwickelt, der nach und nach die Leitung meiner Unruhe übernehmen wird, auf die gleiche Weise, wie sie jetzt durch die Verfolgung des Ziels eingenommen wird, das ich mir gesteckt habe und das ich noch nicht erreicht habe? Und was soll ich von einer möglichen Enttäuschung sagen, von diesem augenscheinlichen Trug, akzeptiert nur als Köder, der mich in diese Lage locken und mich zwingen sollte, einer Bahn zu folgen, deren Wesen in der Unzufriedenheit besteht? Das ist ein Teil der Schwierigkeit, das sage ich dir; nur der Teil, der in meinen Herrschaftsbereich fällt. Der andere geht ihn an, dessen Freiheit um jeden Preis bewahrt werden mußte, im Einklang mit den Bedingungen meines Vorhabens. Und an diesem Punkt muß ich mich fragen, ob ich, nicht so sehr bei dem Vorhaben, sondern bei seiner Ausführung, die geeignetste Vorgehensweise gewählt habe, um seine Freiheit zu bewahren. Ich fürchte, nein. Ich fürchte sehr, daß meine – jedesmal wiederholte – Entscheidung, den Boten abzuweisen und ihm nicht eine klare und ausdrückliche Antwort zu geben, im Geist desjenigen, der ihn beauftragt und geschickt hat, den Wunsch geweckt hat, auf seiner Absicht zu bestehen, von mir die erwartete Antwort zu erhalten, anstatt sie nach so vielen fehlgeschlagenen Versuchen aufzugeben. Soweit ich sehe – und der Beweis besteht in der periodischen Wiederholung der Sendung –, ist er ebenso an die Botschaft gebunden wie ich selbst, und so wie ich mich einer vollständigen Souveränität in allen meinen Handlungen erfreue, ausgenommen diese eine, die in einer gegenseitigen Übereinstimmung enden muß (was diese Handlungen mit einer Polarität belastet, die im Widerstreit mit der angenommenen Autonomie liegt), so sehe ich auch ihn (genauso wie mich), wie eine dieser geometrischen Fiktionen, die nur dazu erfunden worden sind – so möchte man meinen –, die Forderungen der Wissenschaft bis an die Grenze des Absurden zu treiben, wie etwa der Kreis, dem ein Punkt fehlt, oder die Gerade, die sich im Unendlichen krümmt, von wo aus man das Feld einer weitläufigeren und unbekannten Theorie erahnt, als absoluten Herrn seiner selbst, ausgenommen an dem Punkt, an dem er mit mir in Kontakt tritt, niemals vollständig auf Grund der Unbestimmtheit meiner Antwort auf seine Botschaft. Wenn ihm also, um sein Wesen vollständig zu machen (ein Wesen, vergiß das nicht, das mit den alten gesellschaftlichen Normen übereinstimmt), meine Antwort fehlt – wie mir seine Botschaft fehlt, damit ich dann ganz ich werden kann –, dann kann ich in der Tat nicht annehmen, das Verfahren seiner vollständigen Freiheit eingeleitet zu haben, es sei denn, er dächte, daß diese Freiheit im Widerspruch zur Gesamtheit seines Daseins stände, denn wenn er dann vollkommen wäre – wie die Gerade bis ins Unendliche oder der Kreis, der aus allen und jedem einzelnen seiner Punkte besteht –, dann hätte er schwerlich noch die Freiheit, etwas anderes zu sein. Aber wenn die Vollkommenheit lediglich im

Raum der Sprache im Widerspruch zur Freiheit steht, tut das dann nicht um so mehr die Unvollkommenheit, die eine doppelte Determination mit sich bringt, das Begehren, die endgültige und vollkommene Form zu erreichen, und die endgültige und vollkommene Form selbst? Und man darf nicht vergessen, daß es nicht so sehr das Verlangen nach Freiheit war als die Widerspenstigkeit gegenüber den ererbten Normen, die Gesetze der Geometrie, sozusagen, was uns getrieben hat, uns zu trennen, auf beiden Seiten der Brücke, auf der Suche nach einer neuen Disziplin, die nicht die Probleme der alten Wissenschaft lösen sollte, sondern voranschreiten sollte zur Konzeption anderer, unbekannter. So darf ich also annehmen, daß seine Freiheit, *in extremis*, darin wurzelt, daß meine Antwort fehlt, auch wenn er sich, um sie zu bewahren, gezwungen sieht – wie auch ich mich sehe, die andere Seite dieser gewundenen Symmetrieachse, die sich immer zwischen zwei Personen bildet, die sich brauchen –, all seinen Handlungen eine Determination zu geben, die mit einer Freiheit poetischer Art unvereinbar ist. Ich habe poetisch gesagt, vergiß das nicht, und ich nehme das nicht zurück. Ich will dir sagen, daß ich von diesem Punkt aus seit langer Zeit fast alle anhängigen Fragen gelöst habe, sogar die abstraktesten, eingeschlossen die, die mit der Parallelität oder Ähnlichkeit (und das heißt nicht Analogie) unserer Handlungen zu tun haben, in der Annahme, sie seien von einer selben Art zu denken bestimmt, das heißt von einer gemeinsamen Vernunft, will sagen der Vernunft. Deshalb habe ich dich auf die Probleme der Analogie hingewiesen, damit du ihr mißtraust, wie ich es auch immer getan habe."

„Sei unbesorgt, Tante, ich werde ihr mißtrauen, sobald ich sie sehe", antwortete die Nichte, „aber nicht vorher. Bis jetzt sehe ich nur Unterschiede, vor allem bei den Männern."

„Daran tust du gut", sagte die Frau. „In allem, was die Vorsicht angeht, ist es ratsam, sich eher an die Sinne als an die Regeln zu halten. Nein; ich bin von unserer Analogie als von einem unbestreitbaren Datum ausgegangen, und die Zeit hat nur die Unrichtigkeit der Hypothese bewiesen. Eine sehr fruchtbare Unrichtigkeit, wie es fast jeder Irrtum ist. Es ist möglich, daß alle Gedanken, die ich ausgehend von diesem Datum gefaßt habe, eines Tages zusammenbrechen, aber unterdessen habe ich mir gestattet voranzuschreiten (gut, ich bin kein bißchen vorangeschritten, aber ich habe ausgehalten), ohne jemals wieder auf die anfängliche Prämisse zurückkommen zu müssen. Ich weiß nicht, ob in diesem Augenblick unsere Denkweise analog ist und ob das, was seine Botschaft enthält, genau dem entspricht, was ich hoffe, daß sie enthält. Ist dem nicht so, ist das Spiel in dem Augenblick zu Ende, da ich mich entschließe, ihn zu empfangen, und meine ganze Theorie – und meine Hoffnung – bricht dann zusammen. Vorhin habe ich dir gesagt, daß ein Beweis unfehlbaren Charakters die Ankunft des Boten begleiten und mich endlich veranlassen wird, die so oft aufgeschobene Entscheidung zu treffen. Ich habe seine zögernden Schritte schon auf der Treppe bemerkt, aber das meine ich nicht. Doch den besten Beweis bildest du, indem du, mit deinem unzeitigen Wunsch, von einem Mann verfolgt zu werden, die Disziplin aufgeben willst, die dir in diesem Haus eingeprägt wurde. Das hat mir die Augen geöffnet, es hat mir gezeigt – falls das nötig gewesen wäre –, daß man kein Schicksal teilen kann, daß keines irgendeinen Eingriff akzeptiert, daß es sich mit nichts vermischt, daß es sich nicht zähmen läßt, daß es nicht mit lauter Stimme spricht und sich, wie Hekate, nicht während des Tags sehen läßt. Es ist das einzig wahrhaft Eigene und deshalb sehr eifersüchtig darauf bedacht, dieses Eigentum nicht zu teilen. Deshalb tust du gut daran, fortzugehen, wenn dieser Mann kommt, dich zu holen, was ich bezweifle. Hast du schon einmal auf den Flug dieses Vogelschwarms geachtet, der am Herbsthimmel kreuz und quer hin und her fliegt, mit seinen Wendungen nach oben und nach unten, nach links und nach rechts, und der von der Erde aus wie von der Freude am

Vergnügen beseelt erscheint, der aber in Wirklichkeit einer strengen und geheimen Disziplin entspricht, der alle seine Glieder gehorchen, um sich auf den kurz bevorstehenden und langen Zug vorzubereiten? Hast du bemerkt, wie eine geschlossene Formation, mit einem plötzlichen Blinzeln, in einem Augenblick vom Himmel verschwunden sein kann, nur dadurch, daß sie ihre Flügel in den Winkel zum Licht bringen, der bis zur Unsichtbarkeit perspektivisch verkürzt, und kurz darauf an anderer Stelle wiederauftaucht, als wäre es ein anderer Schwarm oder als hätte er in dem Intervall der Unsichtbarkeit die eigentümliche Fähigkeit, die Kontinuität des Raums zu durchbrechen und mit diesem Kunstgriff eine Flugbahn einzuleiten, die unmöglich von der Erde aus verfolgt werden kann, vielleicht, um deren Bedrohungen zu entgehen, vielleicht aber auch nur, um mit dem plumpen irdischen Auge zu spielen? So ist mein Augenblick, dieser ganze Augenblick: in einem Nu kann alles, was ich die ganze Zeit über aus der Ferne beobachtet habe, mit einem Blinzeln aus meinem Blickfeld verschwinden, und wer versichert mir, daß es auch wieder auftaucht und wo?“

AUGUST

»Es war die Tradition, was soll ich dir sagen, die Tradition.
»Eine Tradition, die viele Jahre zurückreichte, vielleicht Jahr-
»hunderte, die ganze Zeit, die diese Familien am Fuß der
»Berge lebten, seit dem Zeitalter der Mauren; und nicht nur
»die Amats, die ich niemals gesehen habe, sondern noch viele
»andere, die Muranos und die Mazóns und die Mayors und
»die de Valdeodios, die grobschlächtige Aristokratie der Gin-
»sterzone. Eine Tradition, der sie alle, die einen auf diese
»Weise, die anderen auf eine andere, gehorchten, weil sie
»höchstwahrscheinlich noch von den Goten stammte oder
»von wer weiß was für einem Stamm aus dem Nordwesten,
»regiert nach dem Gesetz des Häuptlings, des Herrn über
»Leben und Tod, wie es heißt. Und der die Frauen Achtung
»erweisen mußten, ob sie es wollten oder nicht, und warum
»sollten die Frauen ihr nicht Achtung erweisen? frage ich
»mich. Haben die Männer ihr nicht auch Achtung erwiesen?
»Ich will dir eins sagen: Die Frauen müssen weniger Dinge
»achten als die Männer, aber sie achten sie im allgemeinen
»längere Zeit, das ist es. Und wenn sie sie nicht achten, dann
»achten sie sie auch für längere Zeit nicht mehr, und daher
»kommen fast alle Probleme zwischen Männern und Frauen.
»Die Probleme der Übellaunigkeit und des Mords, meine ich,
»denn der größte Teil der Übellaunigkeit in diesem Land geht
»von den Frauen aus und von einigen Männern, die, wenn sie
»sich verweiblichen, auch in Übellaunigkeit verfallen. Und
»dann bekommen sie schwache Nerven. Es war die beste
»Form, die Familie vereint zu halten, sagten sie. Aber wenn
»man die Familie vereint hält, ist der Mord nicht mehr weit,
»aber das ist eine andere Geschichte. Denn es geschah nicht
»gerade selten, daß in jener Welt von höchst vereinten Fami-

»lien – der Amats und der Mayors und der de Valdeodios – »alle Jahre ein paar Neffen fielen, wenn nicht gar ein Erstge- »borener. Eines Morgens fand man ihn in einem Straßengra- »ben, mit einem Loch im Kopf. Deshalb mußte man vorsich- »tig sein, sehr vorsichtig, um das Haus und die Familie zu »bewahren, die stets in Gefahr standen zu verschwinden. »Hinter einer Kurve irgendeines der vielen Wege, die es dort »gibt. Die Wege waren sehr gefährlich; sie sind nötig, aber sie »sind immer gefährlich; und die Zäune auch, genauso nötig »wie die Wege oder nötiger noch, und auch sehr gefährlich. »Nötiger, wenn das geht, als die Wege, aber gefährlicher. »Denn ohne Zäune gibt es keine Beschwerden und keine »Kriege, und ohne Kriege gibt es keinen Frieden. Es ist, wie »ich dir schon gesagt habe, genau umgekehrt, wie die Leute »glauben. Folglich mußten die Frauen, die, wie du wissen »solltest – falls du es noch nicht weißt –, immer die Träger der »Familie gewesen sind, die Normen akzeptieren und achten. »Von den Frauen möchte ich lieber nicht sprechen, denn ich »weiß wenig über sie, das heißt, ich weiß genügend, um zu »wissen, daß es nicht nötig ist, viel über sie zu wissen. Wer »meint, viel über sie zu wissen, den legen sie herein; sie legen »ihn ständig herein, denn sie sind wie die Schwindler, die nur »die beschwindeln, die sich für besonders gerissen halten und »glauben, sie wüßten sehr viel vom Spiel und würden als erste »mit dem Schwindeln anfangen; dagegen können sie den »ehrlichen Mann nicht beschwindeln, weil der gar nicht erst »mitspielt. Aber ich will dir eins sagen: Die Frauen beklagen »sich, sie müßten mehr gehorchen und achten als die Männer, »aber das ist gar nicht wahr. In Wahrheit müssen sie nur den »Ehemann achten, aber da sie ihn immerzu achten müssen, »scheint es, als achteten sie mehr, was aber gar nicht der Fall »ist; sie müssen nämlich nicht all die Dinge achten, die der »Mann achten muß, und da der sie ja bereits alle achtet, gibt es »für die Frau keinerlei Grund, sich Sorgen darüber zu ma- »chen, sie auch noch zu achten, nicht einmal die Obrigkeit,

»hör gut zu, denn davon hält sie wenig. Dagegen muß der »Mann all die Obrigkeiten achten, die, außer daß es sehr viele »sind, alle verschieden sind und alle verschiedene Gesetze »vorschreiben, die nichts miteinander gemeinsam haben, au- »ßer daß man sie achten muß. Es ist dasselbe mit der Gewalt, »der Habgier und der Ungerechtigkeit; die Frau muß nur die »des Ehemanns ertragen, dagegen muß der Ehemann die der »Obrigkeiten ertragen. Und die Frau weiß gar nicht, was das »für welche sind. Das interessiert sie gar nicht; sie zieht es vor, »daß die gesamte Obrigkeit im Ehemann besteht, und so hält »sie sich alles vom Hals, und so kann sie sich die ganze Zeit »über den Ehemann beklagen, und genau das will sie. Denn »wenn man nur eine Obrigkeit achten und nur einer Norm »gehorchen muß, ist das Klagen sehr leicht. Dagegen ist es »ziemlich schwer und fast unmöglich, sich über all die Obrig- »keiten zu beklagen und allen Gesetzen nicht zu gehorchen. »Wenn man allen Gesetzen nicht gehorchen wollte, bliebe gar »keine Zeit mehr, irgend etwas zu tun; wenn man etwas tun »will im Leben, muß man gehorchen, aber die Frau will gar »nichts tun, sie will sich nur beklagen, und das ist eben sehr »leicht, wenn man sich nur über einen Menschen beklagen »muß, aber auf die Dauer kommt dabei nicht viel heraus; es »führt nur zur Übellaunigkeit und, was noch schlimmer ist, »zu einer ständigen Übellaunigkeit, die dann nicht einmal »mehr Anfälle von Übellaunigkeit gestattet. Denn nichts regt »das Leben so sehr an wie Anfälle von Übellaunigkeit, vor »allem, wenn sie keinen Rechtsgrund haben, ja, das ist gut »gesagt, Rechtsgrund, so muß man es ausdrücken. Zwischen »Klagen und Nichtgehorchen ziehe ich das Nichtgehorchen »vor, das sage ich dir, auch wenn es sehr zeitraubend ist. Doch »von allen Klagen ist die abstoßendste die kollektive, denn »man muß die Politik meiden. Man muß die Politik meiden. »Ich gehöre zu denen, die glauben, daß hinter der Politik »immer die Frau steht, und das passiert in anderen Berufen »nicht, zum Beispiel im Bergbau. Und auch nicht im Eisen-

»handel und ganz allgemein im Handel, vor allem im Groß-
»handel. In den kleinen Dingen schon. Es gibt Dinge, bei
»denen möchte die Frau gar nicht eingreifen – und das nicht
»nur, weil sie ausschließlich Männersache sind –, aber in die
»Politik greift sie ständig ein. Die Frau ist eine Täuschung;
»eine Täuschung der Natur, die sich nicht so hätte entwickeln
»können, wie sie sich entwickelt hat, wenn sie nicht zwei
»Seiten hätte. Ich sage nicht nur zwei Geschlechter, und es
»handelt sich auch nicht um Gut und Böse, sondern um etwas
»Komplizierteres. Wenn sie nicht zwei Seiten hätte, wäre alles
»Wahrheit, und das kann nicht sein, das wäre unerträglich.
»Und mehr noch als unerträglich, unfruchtbar. Denn die
»Mannigfaltigkeit (nicht die Fruchtbarkeit) braucht zwei Sei-
»ten, und damit, ob du es willst oder nicht, beginnt die
»Täuschung. Dann ist eine mehr als die andere, und eine von
»ihnen muß täuschen. Zwangsläufig. Der Unterschied und
»die Täuschung sind tatsächlich ein und dieselbe Sache. Mir
»scheint das sehr klar, und ich begreife nicht, warum du das
»nicht verstehst.«

Der andere, der auf der obersten Stufe saß, hatte ihn wohl nicht gehört, denn er las fortwährend in einigen veralteten Zeitungen. Er hatte das Kinn auf die Brust geneigt und las die Zeitung zwischen seinen Beinen, das Blatt war über die untere Stufe gelegt. Abdón beugte sich zu ihm und stieß ihm, ohne seinen Platz zu verlassen, mit dem Ellbogen in die Seite. Der andere fuhr auf, hob den Blick und sah um sich wie ein Auferstandener.

„Sakrament noch mal, was ist denn los?“ fragte er.

„Ich sage dir, daß die Frau eine Täuschung ist.“

„Ja, sie ist eine Täuschung“, stimmte der andere bei und senkte sein Kinn wieder auf die Brust, legte das Blatt, das er gelesen hatte, zur Seite und nahm eine Illustrierte, die, ihrem Zustand nach zu urteilen, sehr veraltet sein mußte.

„Jede Täuschung täuscht sich“, verkündete Abdón feierlich. „Es ist unmöglich, der eigenen Falle zu entgehen. Verlorene Jahre, nachlassende Fähigkeiten. Keinerlei Vorteil. Nicht einmal Vergebung: aber auch nicht Schuld, denke ich. Aber das war das einzige, was er wollte. Verrücktheit und Undankbarkeit. Ein Beispiel von Undankbarkeit, hörst du mir überhaupt zu?"

„Von Undankbarkeit", sagte der andere, ohne mit dem Lesen aufzuhören.

»Die Sitte verhinderte die Vereinigung der großen Fami-»lien, die gegenseitig voller Mißgunst waren, um zu vermei-»den, daß Macht, Geld und Besitz in einer Hand angehäuft »würden durch ein unglückliches Erbe, eine abgebrochene »Familienfolge oder irgendeine Übertretung, aus was weiß »ich für einem Grund. Es war eine ziemlich geschickte Form, »das Gleichgewicht der Vermögen in dieser Bergwelt zu er-»halten, eine Form, die bis weit in die zweite Hälfte des »vergangenen Jahrhunderts Bestand hatte, als – zur gleichen »Zeit wie die Eisenbahn – ein neues Kapital auftauchte, das in »anderen Ländern – in Amerika im allgemeinen oder in den »Industriegebieten – erwirtschaftet worden war und das kei-»nerlei Grund sah, den traditionellen Normen zu gehorchen »und sich an den gegenseitigen Respekt zwischen den Grund-»besitzern und an die Regeln des Gleichgewichts zwischen »den Aristokraten der Ginsterzone zu halten. Ein neueres, »beweglicheres und ehrgeizigeres Kapital, das sich nicht in »dieser Gegend niederließ, um die bestehenden Grenzen und »Gemarkungen zu respektieren (denn im Grunde ist alles ein »Problem von Grenzen und Gemarkungen), und vor dessen »Freveln, Ausschreitungen und Ungebührlichkeiten die alte »Aristokratie der Ginsterzone lange die Augen verschloß, »geblendet von dem neuen Stil der Geschäfte und den neuen »Erzeugnissen, die die neuen Reichen aus den neuen Ländern »einführten. Ach, ich stamme aus einer angesehenen Familie, »die untergegangen ist wegen dieser Neuerungen, zum Bei-»spiel durch die Eisenbahn, die die Ländereien in zwei Strei-»fen teilte, die nur durch einige Übergänge zu ebener Erde

»und ohne Bahnwärter miteinander verbunden waren (die »aber weniger gefährlich waren als die mit Bahnwärter und an »denen man lesen konnte: »Unbezugter Übergang, Vorsicht »vor dem Bahnwärter«) und die man nur unter ernstlicher »Lebensgefahr überqueren konnte; eine Eisenbahn, die das »Vieh an den Übergängen tötete oder es für immer durch ihr »Dampfgebrüll vertrieb. Deshalb verachtete meine Familie all »das Neue, genauso wie eine Vorfahrin von mir, Medea mit »Namen, eine Frau von hitzigem Gemüt, eine schlechte Ver»liererin, die mir ein Kleidungsstück vermacht hat. Ich dage»gen bin immer ein gelassener Verlierer gewesen. Das ist das »einzige, dessen ich mich rühme, denn ich glaube, daß es »letzten Endes die beste Gabe ist, die man haben kann: Ein »gelassener Verlierer zu sein ist ein höchst schätzenswertes »Vermächtnis. Denn wenn man schließlich alles einmal ver»lieren muß, dann gibt es zweifellos keine bessere Vorberei»tung als die, die uns lehrt zu verlieren, ohne allzu große »Würde, aber mit Anstand. Das wohl, mit Anstand und ohne »große Umstände, hörst du mir zu?«

„Wie? Was?" fragte der andere, ohne aufzuhören, in einer zerfledderten farbigen Illustrierten zu lesen.

„Ich habe mit Anstand gesagt."

„Ja genau, mit Anstand."

»Um Gottes willen, das ist doch nicht so schwer zu begrei»fen. Und so schlimm war es auch wieder nicht, das sage ich »dir. Ich weiß nicht, warum sie es so tragisch genommen »haben, die beiden, er und sie, so schlimm war es doch gar »nicht. Mit ihr hatte ich keinen Umgang, aber die Leute haben »furchtbare Sachen erzählt. Deshalb haben die großen Fami»lien die Frauen für ihre Söhne bei weit entfernten Sippen »gesucht oder in einfachen und ehrbaren Familien, die keine »Probleme boten. Im allgemeinen Nachbarn von niedererem »Rang, die dem Haus durch Knechtschaftsverhältnisse ver»bunden waren, kleine Grundbesitzer, Viehzüchter und Ak»kerbauer, eins mit dem umliegenden Land durch das Gesetz

»des Bodens und des Pflugs. Leute mit Grundsätzen, sehr »derb. Mit einfachen und unerschütterlichen Grundsätzen. »Und mit großem Respekt vor den Herrschaften. Leute, die »sich niemals trauten, die Grenzen ihrer Besitztümer zu über- »schreiten. Darin besteht das Geheimnis, in den Grenzen, »den Gemarkungen, den Zäunen und den Marksteinen, den »Zeichen des Besitztums, des Friedens, des Verbots und der »Macht der Geschlechterfolgen. Aber die Eisenbahn hat alles »umgewälzt, sie hat nicht eine Grenze respektiert, hat die »Zäune reihenweise abgerissen und hat neue Leute mitge- »bracht, Frauen auch, Frauen, die keine Angst vor den Loko- »motiven hatten, die das Brüllen und Pfeifen des Dampfs »gewohnt waren. Sie fanden sie höchstwahrscheinlich, als sie »die Wäsche des Hauses in der Nähe der Schranke aufhängte, »ein Mädchen, das alle Erfordernisse erfüllte. Ein Brauch, für »den ein bestimmter Grad von Geheimnis nötig war bis zu »dem Augenblick, in dem die Entscheidung gefällt wurde, »unumkehrbar. Man sagte ihr nichts, und auch nicht ihrer »Familie; man wählte sie von fern aus. Von dem Augenblick »an gehörte sie sozusagen nicht mehr zu ihrer Familie und »bildete fortan einen Teil des Clans. Ich sehe nicht, was daran »schlimm sein soll, es ist eine Form der Wahl wie irgendeine »andere. Später würde sie dann sogar ihren Namen verlieren, »und nicht nur ihren Familiennamen, denn an ihr interessier- »ten sie nur ihre weiblichen Eigenschaften, in aller Roheit, »ohne Vergangenheit, ohne Besitz, ohne Verwandtschaft und »familiäre Verpflichtungen. Eines Tages kam der Sendbote zu »ihrem Haus und teilte ihnen mit, daß das Mädchen ausge- »wählt worden sei, und ein paar Tage danach kamen dann »auch die Eltern des Bräutigams selbst, um die Entscheidung »zu bestätigen. Es gab Fälle von Weigerung, aber natürlich »wenige. Einige Tage vor der Hochzeit wurde sie zum Haus »gebracht, dem Bräutigam vorgestellt und in die Normen, »Traditionen und Bräuche eingewiesen, die, ich sage es noch »einmal, Jahrhunderte zurückreichten, in die harten Zeiten

»der Eroberungskämpfe und der Vergeltungsschläge zwi-
»schen einigen wenigen Sippen, die alle genauso begierig
»darauf waren, ihre Nachbarn zu beherrschen wie ihre Na-
»men und ihr Blut zu bewahren. Und deshalb konnten sie
»sich nicht miteinander vermischen. Die Hochzeit wurde
»einige Tage später gefeiert, im innersten Kreis, wo nur der
»Vertreter der Kirchenobrigkeit und die nächsten Familien-
»mitglieder anwesend waren, die den einzigen Zunamen auf-
»wiesen, den die Neuvermählte im Tausch gegen Vergessen
»und Auslöschung ihres eigenen erhielt, falls sie denn über-
»haupt einen hatte, aber vorher wurde das Bankett abgehal-
»ten, ein glänzendes Mahl, das etwas öffentlicher war, kann
»man sagen, denn es waren auch Freunde und Bekannte der
»Familie eingeladen, einige Honoratioren des Orts und der
»Vertreter der Kirchenobrigkeit. Das war die kleine Anoma-
»lie, das, was sie von den normalen Hochzeiten unterschied
»und worin mancher den Rest einer atavistischen Zeremonie
»sehen mochte, den dunklen Punkt eines Ritus, von dem nur
»ein Teil sichtbar war, der unschuldige und festliche Teil,
»könnte man sagen, wohingegen das wirkliche Opfer, der
»Schwur oder das Mysterium – du kannst es nennen, wie du
»willst – hinter den Mauern des Hauses durch das Schweige-
»abkommen aller seiner Bewohner eingeschlossen und ver-
»borgen blieb, sie nicht ausgenommen, in der Pracht ihres
»Festgewands, das Generationen von Amats für diesen einen
»Akt getragen hatten, und geschmückt mit dem Medaillon,
»das sie bis zur Hochzeit ihres Erstgeborenen zur einzigen
»Herrin des Hauses machen würde, eingesetzt als die Fort-
»zeugung gewährende Gottheit des Clans... Ja, er war bei der
»Eisenbahn; ihr Vater, ein ehrbarer Vorarbeiter bei der Strek-
»kenverlegung, ein einmaliger Mann. Aber die Hochzeit war
»bereits im geheimen gefeiert worden, als sich alle zu Tisch
»begaben; ich meine, die Vereinigung mit der Familie, die
»Vereinnahmung durch das Amat-Joch, die Vermischung ih-
»res anonymen und fruchtbaren Bluts mit dem Blut, das einen

»Namen trug und von dieser Nacht an durch ihre Adern floß »und das nur mit diesem Namen den Keim zu beleben ver»mochte, der dazu bestimmt war, das Geschlecht fortzu»pflanzen. Verstehst du das?«

„Klar versteh ich das. Warum soll ich das nicht verstehen?" sagte der andere, ohne von seiner Lektüre aufzusehen.

„Der Familienname", insistierte Abdón.

„Der Familienname", sagte der andere. „Glaubst du, daß ich taub bin? Ich habe es genau verstanden: der Familienname."

»Wahrscheinlich war von dem Ritus nicht mehr als etwas »Theater übriggeblieben, ein Stück Schlafzimmertheater, »dargestellt von viertrangigen Schauspielern, die nicht einmal »an ihre Rollen glaubten, mehr konnte nicht geblieben sein. »Eine unschuldige Pantomime des ursprünglichen Ritus, mit »dem der Stamm die Einheit oder Bruderschaft aller seiner »Mitglieder bewahren wollte durch die Fiktion eines Zeu»gungsakts, der, vollzogen vom Vater, aus ihren Kindern ihre »Geschwister machen würde. Das ist ein Brauch, der bei »wilden Tieren und einigen zurückgebliebenen Stämmen zu »finden ist, die sich um einen Häuptling scharen, von dem alle »Macht ausgeht. Eine Geste, sonst nichts, aber was für eine »Geste. Die zweifellos nicht die Tochter eines Bauern, eines »Hirten oder eines Maultiertreibers schamrot werden und »zurückschrecken lassen würde, die von klein an gewohnt ist, »alle möglichen Vereinigungen und Zusammenkünfte – und »zwar nicht nur im Stall – unter einem Dach mitanzusehen. »Eben diese Art Mädchen, die sehr viel weniger furchtsam ist »als die in einer gewissen Umgebung erzogene, der man viele »Dinge verbirgt, die man andere, viel geheimnisvollere lehrt »und deren Bildung sich über dem Wort Sünde schließt, »einem Akt, den sie in der Einbildung erlernen muß. Und »wenn sie von heute auf morgen vom Hof und den Stallungen »ihres Vaters in das Hochzeitsgemach der Amats geführt »wird, das Galagewand anlegt und nach einer kurzen und

»endgültigen Entscheidung inthronisiert wird als Herrin des »Stamms, als Ehefrau und Mutter ihres Gatten und ihrer »Brüder und Kinder und als Königin des Anwesens, bis daß »sie durch denselben Nachfolgevorgang ersetzt wird, der »auch ihre Verwandlung möglich gemacht hatte, wird sie sich »dann ekeln vor diesem Augenzwinkern des Patriarchen, »gefolgt von einem Kuß, gefolgt von einer Umarmung und »was auch sonst noch (denn von dem Stück, das in der Nacht »vor dem Bankett aufgeführt wurde, erfuhr niemand auch »nur das geringste Detail), wodurch diese Verwandlung ihren »Segen erhält? Nein, ich versichere dir, daß ihr das keinen »Ekel verursacht; es geht um den Patriarchen, eine Totemge»stalt, und um die Nachfolgeriten des Clans; um nichts weiter »als das. Um die höchste Macht bei diesen Leuten, die in ihre »Ländereien eingeschlossen sind ohne den geringsten Kon»takt zu denen draußen. Es geht um die Ehe. Um die Ehe von »Himmel und Hölle, der einzig wahren. Nein, das ist es nicht. »Von Körper und Seele. Nein, auch nicht. Die Ehe. Aber was »für die Tochter des Hirten oder des Maultiertreibers ganz »leicht zu verstehen sein mochte (und nicht einmal zu verste»hen, es gab gar nichts zu verstehen, was sie nicht schon »verstanden hätten, denn sie kannten das, weil sie es bei sich »zu Haus gesehen hatten), das war es wohl nicht in demselben »Maß für die Tochter des Vorarbeiters bei der Streckenver»legung der Eisenbahn, eines Manns, der im Dienst der mo»dernen Technik stand, einige wissenschaftliche Kenntnisse »hatte und sich darauf auch einiges einbildete, der ein Vertre»ter des Fortschritts war; und der eine Tochter hatte, die ihre »Bildung zu Haus erworben hatte. Die vier Grundrechenar»ten. Die Ehe, das Gesetz der Mutter. Das Gesetz, das die »Mutter aus der Hand des Vaters empfängt, der sie, bevor er »sie mit seinem Erben verheiratet, zu seiner Konkubine »macht, und so muß sich das Blut und der Familienname »nicht durch die Generationen hindurch fortpflanzen, son»dern es dehnt sich durch die Zeiten aus, wie eine einzige

»Zelle, die Emanation eines einzigen Manns durch eine einzige Bruderschaft hindurch. Aber sag das mal der Tochter »eines Vorarbeiters bei der Streckenverlegung der Eisenbahn, »die mit einer Alhidade umzugehen weiß, die ihrem Vater bei »der täglich anfallenden Arbeit hilft, die die vier Grundrechenarten fest im Griff hat. Nun sag der mal: die Ehe, ein »Akt der Ergebung, diese Überhöhung des Zeugungsverlangens, um von den animalischen Gesetzen abzukommen, »diese Form höherer Entelechie, die aus der Notwendigkeit »hervorgegangen ist, den Stamm als über der Herde oder dem »Rudel stehend zu fassen, die rein androgyne Geschlechterfolge, nachdem einmal der Tod des Häuptlings akzeptiert »war, verstehst du?«

„Vollkommen“, sagte der andere.

»Und wie sollte sie es dann wohl nicht verstehen? Sie? Die »Tochter des Maultiertreibers oder des Holzfällers oder des »Viehzüchters, meine ich. In einem Augenblick, sage ich dir, »im selben Augenblick, in dem der Patriarch sie auf die Stirn »küßt und sie an sich zieht und ihr das Hemd abstreift. Nicht »einmal das. Nicht einmal das ist nötig, damit die Frau versteht. Denn die Frau versteht das alles schon von demselben »Augenblick an, da sie auf die Welt kommt; und es ist nicht »einmal so, daß sie es verstände, sie ist es, und wenn sie so tut, »als müßte sie es verstehen, dann, um es auf ihre Weise »auszunutzen. Der Mann in seiner Naivität glaubt, daß die »Frauen diese Dinge verstehen müßten – und er weiß dabei »gar nicht, daß sie sie schon seit viel längerem verstehen als »er –, und es sind tatsächlich die einzigen Dinge, die sie »verstehen und achten müssen, denn bei allem anderen erlaubt man ihnen, daß sie gar nichts verstehen. Das heißt, man »weiß, andererseits, daß sie rein überhaupt nichts verstehen, »und diejenige, die versichert, daß sie etwas verstände, ganz »gleich was, tut das nur, weil sie nicht versteht, was man von »ihr zu verstehen verlangt; und weil sie das nicht versteht, »muß sie etwas anderes verstehen, was sie, in Wahrheit, gar

»nicht verstehen soll und wofür es auch nicht den geringsten »Grund gibt, daß sie es versteht, denn dafür gibt es die Obrig- »keit, verstehst du?«

„Vollkommen", sagte der andere, der mit einem Mal die Augen übertrieben weit geöffnet hatte. „Ich verstehe dich vollkommen. Und übrigens habe ich das auch immer gesagt."

„Was hast du auch immer gesagt?" fragte Abdón, mit der Hinterabsicht, seine Aufmerksamkeit wachzuhalten, indem er seine Eigenliebe ansprach.

„Das eben", sagte der andere, Ramón mit Namen, „was ich immer gesagt habe. Die Frau: der Raub der Sinne. Was übrigens auch die Presse meint."

„Die Presse?" fragte Abdón plötzlich interessiert und ein wenig verblüfft.

„Genau das", sagte der andere, „die Presse der Sinne".

„Du bringst die Dinge durcheinander; es ist kaum zu glauben, daß du so viele Zeitungen liest. Du meinst doch die Tagespresse."

„Ich bringe überhaupt nichts durcheinander", versetzte der andere; „wenn ich die Tagespresse gemeint hätte, dann hätte ich auch die Tagespresse gesagt. Aber es ist doch ganz klar, was ich gesagt habe, denn ich habe von der Presse der Sinne gesprochen, und die hat nichts mit der Tagespresse zu tun."

„Die Presse der Sinne; das habe ich ja noch nie gehört; was soll denn das für eine Presse sein?"

„Du kennst aber auch überhaupt nichts. Du kennst nichts von dem, was in der Welt vorgeht. Du kennst lediglich ein paar Dorfgeschichten, die niemanden interessieren."

„Sag es ruhig, du hast ja recht", gab Abdón mit melancholischem Einschlag zu. „Und selbst die kenne ich nicht gut. Denn wenn ich sie von Anfang an gekannt hätte, dann hätte ich nicht so oft auf das zurückkommen müssen, was geschehen ist oder geschehen sein muß. Denn in Wahrheit weiß ich nicht, was geschehen ist, ich glaube, niemand weiß das, nicht einmal die Hauptbeteiligten selbst, die nie erfahren haben, was geschehen ist. Und weil man nie genau weiß, was geschehen ist, kann man in Wahrheit nichts für wirklich geschehen ausgeben, und alles, was geschehen ist, muß weiterhin geschehen. Es wäre etwas anderes, wenn man genau wüßte, wie die Dinge geschehen sind, und dann gäbe es auch nicht die geringste Notwendigkeit, daß sie noch einmal geschähen. Wenn sie einmal geschähen, wäre es dann genug. Aber da nichts ganz geschehen ist, oder da zumindest niemand weiß, wie es geschehen ist und ob es ganz geschehen ist, existiert es nicht einmal dieses Mal. Drücke ich mich deutlich aus?"

„Nein, du drückst dich überhaupt nicht deutlich aus, du kannst dich gar nicht ausdrücken. Du weißt gar nicht, was du meinst und sagen willst", fügte der andere hinzu, der jetzt, etwas aufmerksamer, seinen Worten einen selbstzufriedenen Ton gab, „aber ich verstehe es vollkommen".

„Das ist dasselbe", erklärte Abdón. „Es läuft auf dasselbe hinaus, ob ich es schlecht ausdrücke und du es gut verstehst oder ob ich es gut ausdrücke und du es schlecht verstehst. Es läuft sogar auf dasselbe hinaus, wenn ich es gut ausdrücke und du es gleicherweise gut verstehst. Oder schlecht. Es läuft alles auf dasselbe hinaus, denn da man nicht wissen kann, was geschehen ist, läuft es auf dasselbe hinaus, ob ich es gut oder schlecht ausdrücke, auch wenn es mir lieber ist, daß ich es gut ausdrücke und du es dann schlecht verstehst."

„Mir ist es auch lieber, daß du es schlecht ausdrückst und ich es gut verstehe. So kann ich dir die Schuld zuweisen für das, was geschehen ist. Nicht nur für das, was jetzt geschehen ist, sondern auch für das, was vorher geschehen ist."

„Klar", versetzte Abdón, „das geschieht immer. Leute wie du, mit wenig Bildung und einem kindlichen Gemüt, glauben immer, jemand habe die Schuld für das, was geschehen ist. Aber da ich glaube, daß noch gar nichts ganz geschehen ist, sondern daß alles noch zu geschehen aussteht, kann niemand für irgend etwas die Schuld haben."

Abdón lehnte sich auf die Treppenstufen zurück, indem er

Ellbogen und Nacken aufstützte, und sagte, wohl wissend, daß der andere ihm kaum zuhören würde, und als spräche er zu den Wolken:

»Das mußten die beiden sagen, jeder für sich, ein Jahr nach »dem Vorgefallenen. Und sie sollten es bis zum Tag ihres »Todes wiederholen; zumindest er wiederholte es beständig »bis zum Tag seines Todes. Beide mußten sie dasselbe sagen: »daß sie die Schuld hatten. Und je mehr ich ihm sagte, daß das »mit der Schuld das wenigste sei und daß man alles regeln »könne, wenn er es nur regeln wolle, schien es doch, als wäre »das einzige, was ihm wirklich etwas bedeutete, dies: die »Schuld zu haben, eine Schuld, die er um nichts in der Welt »verlieren wollte, selbst um den Preis, daß nichts geregelt »würde. Ich glaube, sie haben das alles nur getan, um die »Schuld für das haben zu können, was sie getan hatten. Aber »ich habe dir ja vorhin schon gesagt, daß ich nicht genau weiß, »was sie getan haben, und deshalb habe ich mir niemals »Gedanken darüber gemacht, wer Schuld hatte und warum. »Ich nehme an, daß der größte Teil der Schuld bei ihr liegt. »Und außerdem steht für mich fest, daß auch sie nicht – oder »doch zumindest er; sie habe ich nicht kennengelernt – genau »wußten, was sie getan hatten, aber sie nahmen an, daß sie »etwas sehr Schwerwiegendes getan hätten, denn so konnten »sie sich eine gleichermaßen schwerwiegende Schuld zuwei»sen. Gut, er wußte allerdings, daß alles zusammengebrochen »war, ich meine seine Ehe und sein Erbe und die Nachkom»menschaft und die Familie und das Besitztum und all das, »aber er wußte nicht genau, warum alles zusammengebro»chen war. Wahrscheinlich, weil alles zusammenbrechen »mußte; aber weißt du, es ist ja nicht einmal genau festzustel»len, ob es wirklich zusammengebrochen ist oder ob er nur »dachte, daß es zusammengebrochen sei, als er zu mir kam, »ein Jahr danach, geschüttelt vom Fieber und wirr phantasie»rend. Was weiß man schon? Nichts bricht gänzlich zusam»men, alles zerfällt nur langsam und nach und nach. Er kam

»zu mir, nachdem er ein Jahr lang durch das ganze Tal gezo-
»gen war, als er nicht mehr wußte, wohin; vorher hatte er bei
»dem Vertrauensmann seines Schwiegervaters Zuflucht ge-
»sucht, der auch bei der Eisenbahn arbeitete, aber der Ort
»war gefährlich, weil sie dort jeden Augenblick erscheinen
»konnte, falls irgendwer sie aufmerksam machte. Er sagte in
»seinem Fieberwahn, daß er sie nicht sehen könne, solange
»die Wunde offen sei, daß sogar das Taschentuch zu bluten
»beginnen würde. Ich weiß nicht, was das für eine Geschichte
»ist mit dem blutigen Taschentuch, am Fußende des Betts. Er
»wußte nicht genau, was geschehen war, aber er wußte, daß
»etwas Schwerwiegendes vorgefallen war, für das er die
»Schuld hatte, natürlich, das er aber auch nicht bereuen
»konnte, denn er mußte die Verfehlung begehen, um mit ihr
»fertig zu werden, und der Versuch, sie durch Reue zu tilgen,
»wäre geradeso gut gewesen, wie sie zu bewahren. Und es
»scheint, nach dem, was mir damals zu Ohren gekommen ist,
»daß auch sie keine Reue wollte und keinerlei Vergebung,
»sondern noch mehr Schuld. Und das Seltsame ist, daß viel-
»leicht gar nichts Schwerwiegendes vorgefallen ist in jener
»schrecklichen Nacht, vor dem Hochzeitsbankett. Als hätte
»es jene Nacht gar nicht gegeben oder als hätte zwar alles, was
»in jener Nacht geschehen war, dem unseligen Lauf der Er-
»eignisse gehorcht, nicht mehr aber beim Erwachen und vor
»allem während eines langen, stürmischen Morgens zwischen
»dem Erwachen und dem Bankett, als er oder sie, einer von
»beiden, das blutige Taschentuch entdeckte und er und sie,
»aber zuerst sie, begriffen, wie groß die Täuschung an ihnen
»war, weil sie das Theater allzu ernst genommen hatten. Oder
»vielleicht nahm auch der Alte, der Patriarch, es allzu ernst,
»ein fast vollständig kraftloser und gedächtnisschwacher
»Mann, der vergaß, daß es sich um Theater handelte oder vor
»den anderen so tat, als hätte er es vergessen, oder der seine
»Schwiegertochter mit einer anderen Art Frau verwechselte
»oder so tat, als verwechselte er sie, und der, anstatt das Stück

»nach der modernen Weise aufzuführen, es nach der alten tat, »ganz nach dem Leben, womöglich für den Augenblick ge- »schützt durch seine Erinnerungsschwäche und angestachelt »durch seinen übermäßigen Wunsch, sich durch eine atavisti- »sche Erinnerung begeistert zu fühlen, die Erinnerung, die er »im Blut hatte und die durch die Belebung seines Bluts alle »seine Antriebe beherrschte. Oder vielleicht verwechselte sie »auch die Dinge, gelähmt durch die Dunkelheit der Nacht »und allzu gehorsam der Verkleidung, dem Hochzeitsge- »wand, das von Geschlecht zu Geschlecht für jede neue Amat »bewahrt wurde, und nahm an, ohne jemanden zu haben, den »sie hätte fragen können, daß ihre Ehe, anders als sie gedacht »hatte, sie mit dem Alten verbände, oder aber sie so tat, als »verwechselte sie das und forcierte so das Theater, und anstatt »sich mit ihrem Verlobten zu verbinden, einem Mann, den sie »nur von jenseits des Zauns gesehen hatte, das darf man nicht »vergessen, bot sie sich dem Alten an, der sich dergestalt »überrascht fand. Oder er war es, der Verlobte, derart empört »durch die Form des Theaters, daß er am nächsten Morgen »beschloß, daß es das gar nicht war, nicht die Darstellung »eines Aktes, sondern der Akt selbst, die wahrhafte Hochzeit »zwischen seinem Vater und seiner Verlobten, die einzige »Weise, den Vorfall aufzulösen. Das mit den Zäunen war sehr »wichtig und von hauptsächlicher Bedeutung. Sie waren die »von jenseits des Zauns; das genügte. Die Herrschaften. Die »uralte und grobschlächtige Aristokratie der Ginsterzone. »Die Wandlung, das habe ich immer gesagt. Und eine Art »Versteigerung auch. Denn das ist eines der wenigen Dinge, »die die Frauen zu tun verstehen, ersteigern, auch wenn sie »hinterher nicht wissen, was sie mit dem ersteigerten Gegen- »stand tun sollen. Ich meine nicht den Ehemann, sondern das »andere. Aber sie wußte das genau, denn sie war besser unter- »richtet als die Tochter eines Maultiertreibers oder eines Bau- »ern, weil nämlich ihr Vater bei der Eisenbahn arbeitete, war »er in der Welt herumgekommen und hatte ihr einige wert-

»volle Grundsätze beigebracht. Ich weiß nicht, wozu sie »wertvoll sind, aber er hatte sie ihr beigebracht, und sie mußte »sie anwenden, und so kam es, daß sie, ein einfaches Mädchen »von der anderen Seite des Zauns, anders war. Wenn man das »sagt, meint man meistens: stolzer und eingebildeter. Gut, »aber das ist das wenigste, der Charakter hat kaum Bedeutung »bei den Geschichten von falschen Leidenschaften. Vielleicht »täuschte sie der Alte, oder es täuschte sie ihr Verlobter, oder »es täuschte sie der Brauch, oder womöglich, wer will das »wissen, täuschte sie sich auch selbst, und am folgenden »Morgen täuschte sie den Alten, und der Alte mußte seinen »Sohn täuschen, und sein Sohn fühlte sich von beiden ge»täuscht, oder im Gegenteil, er täuschte die beiden – wie er in »seinem Fieberwahn sagte –, aber am folgenden Morgen wa»ren sie in der anderen Welt, aber wissend, daß sie, mochten »sie getan haben, was sie getan haben mochten, in der anderen »Welt waren, mit beschwichtigten Sinnen und ohne es noch »recht zu glauben, einige Stunden bevor das Bankett begann. »Einige Jahre danach – was sage ich, es war noch kein Jahr »vergangen – erschien er bei mir; in Wirklichkeit erschien er »bei Manuela, auf Empfehlung des Vertrauensmanns seines »Schwiegervaters, der keinen Ärger in seinem Haus wollte und »es schaffte, sich seiner zu entledigen, selbst als er vom Fieber »verzehrt wurde. Aber er suchte sie gar nicht, wie jener Mann »glaubte, sondern ganz im Gegenteil, weil, wie er meinte, die »ganze Schuld bei ihm liege, wollte er keine Vergebung und »noch weniger Reue. Vielmehr würde er warten – so sagte er zu »Manuela –, die ganze Zeit, die nötig wäre, damit sie begriffe, »daß sie seine Schuld teilen müßte, was genau das war – wie ich »von dem Freund Manuelas gehört habe –, was sie von ihm »wollte und forderte, aber umgekehrt.«

„Umgekehrt?“ fragte der andere mit einem Kopfschütteln.

„Ja, umgekehrt; das habe ich dir schon mehrmals gesagt: umgekehrt“, sagte Abdón mit einem Anflug von Übellaunigkeit.

„Aber wie denn umgekehrt?“

»Eben umgekehrt, ganz einfach umgekehrt«, fuhr Abdón fort. »Denn auch wenn sie vielleicht seine Schuld teilen »wollte, so wollte sie sich doch von ihrer eigenen nicht lösen »oder anerkennen, daß sie die des anderen war. Sie hing sehr »an ihrer Schuld, allzu sehr, glaube ich, sie konnte gar nicht »mehr ohne Schuld leben. So geht es mit den falschen Leiden»schaften, sie werden nie auf die Probe gestellt. Sie verpflich»ten sehr und sterben nie. Und man kann sich nicht von ihnen »lösen. Eine wahre Liebe – wenn es so etwas überhaupt gibt – »kann vergehen, aber von einer falschen kann kein Mensch »sich befreien; nicht einmal von der Liebe zur Menschheit, »die die falscheste von allen ist. Und zu alldem will ich dir »sagen, nach dem, was ich erfahren habe, daß der einzige Ort, »wo jenes Schlafzimmergeheimnis hinterlegt sein kann, die »Braut selbst sein muß, die im Tausch gegen die zweifellos »schmerzliche und schmähliche Prüfung das Vermächtnis der »Tradition erhielt, ihrer Bewahrung und Übermittlung, und »ebenso ihre Rache über die Frau, die eines Tages ihr nachfol»gen würde. Ein intelligentes und hinterlistiges Mittel, kraft »dessen die Frau, die keine wirklich gewichtigen Gründe »hatte, sich der Prüfung zu widersetzen, sie schließlich ak»zeptierte, und das nicht nur wegen der unmittelbaren Vor»teile, sondern auch wegen der Macht, die ihr übertragen »wurde, damit sie die Herrschaft über die Familie ausüben »konnte. Und genau damit hat sie gebrochen und es abge»lehnt, eine Stunde, bevor man zu Tisch ging, das hat sie »enthüllt, mit dem Taschentuch in der Hand – und alle stan»den sie mit einem Schlag von ihren Stühlen auf –, und ausge»schlagen und für immer begraben als eine barbarische Sitte, »die sich für zivilisierte Völker und Familien nicht gehört.«

„Und er?“ fragte der andere nach einem Gähnen.

„Aber habe ich dir denn nicht gesagt, daß er gestorben ist?“

„Nein, das hast du mir nicht gesagt. Was von Bedeutung ist, läßt du immer aus. Du erzählst mir alles mögliche Zeug ohne das geringste Interesse, und dafür vergißt du das ganz Entscheidende."

„Ich habe es dir tausendmal gesagt. Daß er im Haus von Manuela gestorben ist und daß er eine verwaiste Tochter hinterließ, als er starb."

„Dann ist sie also eine Vollwaise? Du hattest mir gesagt, daß ihre Mutter gestorben war, aber von dem Vater hattest du mir überhaupt nichts gesagt."

„Selbstverständlich habe ich dir das gesagt. Sie hat ein sehr schwieriges Leben geführt, aber sie ist ein nettes Mädchen. Mit sehr guten Eigenschaften, sehr ausgeglichen. Und das sage ich nicht, weil sie vielleicht meine Tochter ist (was manche sagen, aber ich glaube es nicht), sondern weil sie wirklich sehr gute Eigenschaften hat. Sie ist die richtige Frau für dich, das sage ich dir."

„Aber dann ist sie ja gar nicht ihre Tochter."

„Wessen?"

„Von der mit dem Skandal, von der mit dieser ganzen Geschichte, die du mir erzählt hast."

„Nein, Mensch, nein", versetzte Abdón ein wenig ungeduldig. „Wie sollte sie denn wohl ihre Tochter sein?"

„Und wie soll ich ihr dann, bitteschön, sagen, daß es ihre Tochter ist?"

„Weil sie es nach dem Gesetz ist. Weil sie als Tochter ihres Ehemanns nur ihre Tochter sein kann und deshalb auch ihre Erbin. Du mußt mir sagen, wenn sie nicht die Richtige für dich ist."

„Selbst angenommen, daß sie die Richtige für mich ist, dann wird sie aber doch Beweise fordern, daß sie die Tochter ihres Ehemanns ist."

„Die Beweise hat Manuela selbst."

„Die Tochter heißt auch Manuela?"

„Das ist ihr Taufname. Im Leben trägt sie einen anderen Namen. Sie hat ein sehr schwieriges Leben gehabt, die Arme."

„Aber sie wird mir sagen, daß sie früher bei ihr hätte vorstellig werden müssen, spätestens nachdem ihr Vater gestorben war."

„Ich glaube", sagte Abdón mit gewichtigem Ton, „daß sie nicht einmal weiß, daß ihr Vater gestorben ist. Ich glaube, daß sie immer noch nicht weiß, daß er vor dreißig Jahren gestorben ist. Ich bin zu ihr gegangen, um es ihr zu sagen, kurz nachdem er gestorben war, weil ich ihm versprochen hatte, mich um seine Tochter zu kümmern und alles in meiner Hand Stehende zu tun, um sie aus dem Tal zu schaffen und ihr eine gebührende Erziehung zu geben, aber sie wollte mich nicht einmal empfangen. Und ich weiß von anderen Leuten, daß sie dasselbe versucht haben, aber mit anderen Absichten, um Geld aus ihr herauszuholen, indem sie anführten, ihr verstorbener Gatte habe Schulden hinterlassen oder ein Vermächtnis oder sogar andere natürliche Kinder, aber alle erhielten sie dieselbe Antwort; oder besser gesagt: keine Antwort. Sie kamen nicht einmal durch die Tür. Das ist lange her, aber ich nehme an, daß es noch immer so ist. Ich glaube, daß sie nichts davon hören will. Daß sie sich weigert, es zu erfahren. Daß sie sich weiterhin weigern will, es zu erfahren. Sie muß zu dieser Art von Frauen gehören, die alles mögliche von den Männern erwarten, nur nicht, daß sie sie allein lassen. Deshalb mußt du sehr vorsichtig verfahren."

OKTOBER

„Er wird bestimmt wiederkommen“, sagte die Frau, „ich versichere dir, daß er bald schon hier hereinkommen wird. Ich habe seine Schritte in der Diele gehört, zaghaft und unentschlossen zunächst, als müßte er sich Zeit lassen, damit die letzten Nebel seiner Zweifel sich auflösen. Er hat am Treppenaufgang angehalten, hast du das gemerkt? Hast du es wahrgenommen? Ist das Knarren bis zu dir gelangt, mit dem das Holz die Unruhe seines Geistes übermittelt? Er hat vor dem Treppenaufgang angehalten, weil er weiß, daß, wenn er einmal die erste Stufe hinaufgestiegen ist, nichts mehr ihn bis hierher aufhält. Er macht das zum erstenmal, und deshalb ist es natürlich, daß die Aufregung ihn hemmt, denn bislang hatte ich den Befehl ausgegeben, ihn an der Tür zur Straße abzufangen, die immer offen bleibt, und ihn bestimmt, aber nicht unhöflich wissen zu lassen, daß er nicht weitergehen könne, so daß er, angesichts der Unmöglichkeit, überhaupt erst einmal in die Diele zu gelangen, seinen Besuch für nicht stattgefunden und deshalb seine Botschaft für nicht empfangen nehmen mußte. Aber jetzt haben die Dinge sich geändert, und er kann bis hierher kommen und seine Botschaft übergeben, worauf er schließlich so lange Zeit gewartet hat und was ihm so oft verweigert worden ist, daß man fast schon annehmen kann, daß er darauf nicht vorbereitet ist. Wie beim ersten Mal. Wie bei dem potentiellen Liebhaber, dessen Zaghaftigkeit mit den Jahren zunimmt, weil er bei jeder weiteren Gelegenheit weniger fähig ist, die Gefühle zu übermitteln, die er hegt. Deshalb ist er so unentschlossen, und deshalb kehrt er immer wieder um auf dem Weg vom Treppenaufgang bis zur Tür, wie du bemerkt haben wirst. Aber heute habe ich alles anders vorbereitet, ich habe sogar Alejandro freigegeben, und unter dem Vorwand, das Wachs zu schonen, habe ich mit Zeitungsseiten den Weg angezeigt, den er nehmen muß, ein Kunstgriff, der mir angemessen erschien, ihm die Richtung unzweideutig anzuzeigen und ihn aufzufordern, wenn er diesen Hinweis zu lesen versteht, alle Zurückhaltung aufzugeben. Du wirst mich fragen, warum ich so lange Zeit auf diesen Augenblick gewartet habe, den ich noch weiter hinausschieben kann, wenn es mir gefällt, oder besser, warum ich, nachdem ich so lange Zeit gewartet habe, ohne irgend etwas dafür zu bekommen, mich jetzt entschließe, ein so langes Warten abzubrechen, das ich sehr wohl auch bei einer der vorherigen Gelegenheiten hätte abkürzen können. Und ich gestatte mir außerdem, deine Bemerkungen und Kommentare zu meinem Entschluß zu erraten und ihnen zuvorzukommen…"

„Alles was du dir hinsichtlich meiner Gedanken zu erraten gestattest, Tante", unterbrach die Nichte, „ist ungebührlich. Meine Gedanken sind geheim, sehr geheim, und ich werde niemals in die Versuchung fallen, sie zu enthüllen. Denn meine Gedanken, Tante, sind das Gewand meiner Leidenschaften, und ich werde sie nur vor dem abstreifen, der bereit ist, meiner Nacktheit zu huldigen."

„Zum Teufel! Willst du wohl endlich ruhig sein? Was glaubst du denn, wo du bist? Was soll nun wieder dieser Versuch, mich aus der Fassung zu bringen mit deinen Gedanken und deiner Nacktheit? Nun gut, ja; du wirst denken – das ist leicht zu erraten –, daß ich diesen Entschluß an der Grenze meiner Kraft gefaßt habe, als mir kaum noch Möglichkeiten blieben, die Ergebnisse zu erzielen, die ich erwartet habe von meinem langen Warten. Daß ein durch solches Warten zermürbter Geist sich endlich entschließt, die strengen Bestimmungen für sein Verhalten aufzuheben und im vorletzten Augenblick zu gestatten, daß der Zufall einen Einsatz in dem Spiel wagt, in dem Vernunft und Fertigkeit keinerlei Gewinn erzielt haben. Daß, nahe an jener Grenze, die Lage, in der ich bis jetzt geduldig und entschieden auszuhalten vermocht habe (und ohne auch nur von der unbedeutendsten der Bestimmungen abzulassen), für mich unerträglich geworden ist und ich, um die Fruchtlosigkeit meines Versuchs zu leugnen, dem Erstbesten, der mit einer Botschaft kommt, Zutritt zu diesem Zimmer gewähren will, ganz gleich, wer der Mensch auch sein mag und so fragwürdiger Art seine Nachricht auch erscheinen kann. Ja, das sehe ich in deinem Gesicht. Aber du irrst dich."

„Ich pflege mich nicht zu irren, Tante", sagte die Nichte.

„Du irrst dich", antwortete die Frau unerschütterlich, „auf die gleiche Weise, wie sich all die geirrt haben, die zuvor hierher gekommen sind mit Ratschlägen und Empfehlungen, immer bedacht – so behaupteten sie – auf das Wohl meiner Gesundheit."

„Deine Gesundheit bedeutet mir keinen Pfifferling, Tante", sagte die Nichte.

„Das weiß ich wohl, und mir bedeutet es auch nichts, daß dir meine Gesundheit nichts bedeutet."

„Ich habe nicht gesagt, daß sie mir nichts bedeutet. Ich habe gesagt, daß sie mir weniger bedeutet als ein Pfifferling."

„Und weniger noch als irgendein anderer Pfifferling bedeutet mir alles, was dich angeht, du tückischer Giftzahn, du Flittchen, du bedeutest mir weniger als die letzte Schlampe am Ort, du meinst wohl, du hättest das große Los gezogen, weil er dir die Dose ordentlich heiß macht, dabei wird er dir bloß eine Wampe wie eine Lostrommel verpassen, du Glückskind, du vermaledeites. Und ich versichere dir, daß mir nichts erträglicher und angenehmer wäre, als in diesem Warten zu verharren, das, nachdem ich es zu einer Gewohnheit gemacht habe, mich mit einer tiefinneren Sanftmut entschädigt hat, die ich vorher nicht kannte, und mit einer Sicherheit in meinen Überzeugungen, die ich nicht gegen die einträglichste und erfreulichste Überraschung tauschen werde. Du irrst dich, sage ich, du irrst dich. Mehr noch, die

Schwierigkeit liegt nicht darin, sich ohne großen Wirbel in den Niedergang führen zu lassen, sondern eine Entscheidung zu treffen in diesem heiklen Augenblick, eine Entscheidung, die sowohl die Aussichten eröffnen kann, auf die ich immer gehofft habe, als auch sie ganz plötzlich und endgültig Lügen strafen. Das ist die wahrhafte Schwierigkeit, die Prüfung, auf die ich mich vorbereitet habe und für die ich all die Kraft meiner Gesundheit angesammelt habe, um sie zu bestehen, falls ich ein Ergebnis zu gewärtigen habe, das im Gegensatz zu meinen Wünschen steht; aber du mußt auch bedenken, daß ich erst dann, wenn ich mich ihr unterziehe, weiß, ob sie ausreicht. Und zweifellos verschaffen dieses Unwissen und diese Furcht einen beträchtlichen – zusätzlichen und verbasterten – Energievorrat, um den Aufschub zu ertragen und zu verlängern, der, wenn er von einem anderen als meinem Willen festgelegt und bestimmt würde, einem höchst verschiedenen Gemütszustand Raum gäbe, einem weniger phlegmatischen und zerbrechlicheren. Ich komme immer zu dem Schluß, daß es wichtig ist, souverän zu sein; und wäre es auch maskiert. Und gerade diese Überlegung hat mich dazu geführt, ein genaues Datum für meine Entscheidung festzulegen, ein für allemal, denn was mit mir geschehen wäre, wenn die Tage durch seinen Willen gezählt gewesen wären, das kann ebensogut auch ihm geschehen, indem ich die Initiative in meiner Hand behalte. Ich meine damit, daß ich nicht mit seinem Widerstand spielen kann, als wäre er meinem gleich; mit seiner Geduld, seiner Ausdauer. Auch wenn ich die ganze Zeit die Angelegenheit von einer möglichst großen und von uns beiden gleich weiten Entfernung betrachtet habe und wenn ich, um das zu erreichen, mich jederzeit an seine Stelle zu setzen versucht habe, um seine Absichten und Beweggründe zu erraten und den Weg aufzuspüren, sie mit meinen in Übereinstimmung zu bringen, so kann ich doch nicht umhin zu gestehen, daß ich mich in allem, was ihn angeht, in einem Gelände von Vermutungen bewegen mußte, denn ein einziger stichhaltiger Beweis hätte genügt, um das Gebilde des Wartens zu zerstören, das ich mir entworfen hatte. Das Warten ist eine Kunst, mein Kind, und nur die Einbildungskraft – niemals die Phantasie – kann die äußerste Gier befriedigen, die manche Gestalten nach anderen haben. Und ich sage dir, daß die Ecken und die Zäune in den Stunden des Wartens eine große Rolle spielen."

„Die Ecken vor allem, Tante", unterbrach die Nichte. „Und vor allem die Ecken zur Linken."

„Ja, du hast recht", gestand die Frau zum erstenmal zu. „Die Ecken linker Hand haben die größte Bedeutung."

„Die Zäune weniger", beeilte sich die Nichte fortzufahren, die sich durch das Zugeständnis der Tante ein wenig angespornt fühlte und glaute, durch diese Unterbrechung einem Gespräch eine andere Richtung zu geben, dessen Ende nicht abzusehen war.

„Die Zäune sind in meinem Leben von überaus großer Bedeutung gewesen. Es war alles eine Frage von Zäunen. Und ist es immer noch. Aber wir wollen das Gespräch nicht in eine andere Richtung bringen, sondern wieder zu unserer Angelegenheit kommen."

„Es ist wohl eher deine, Tante."

„Ich habe unsere gesagt, Dummkopf. Und ich bestehe darauf, daß ich zu keinem Zeitpunkt die Beständigkeit seiner Botschaften zu erreichen versucht habe, indem ich meine Absagen wiederholte, denn ich war immer überzeugt, daß die Versöhnung und Wiederbegegnung von denselben Gründen getragen werden müssen, die auch zur Trennung geführt haben, wenn einmal die Mißverständnisse geklärt sind und die Zwietracht in Eintracht verwandelt ist (wozu sich die Gefühle nur drehen müssen), aber ohne daß ein weiterer hinzugefügt wird, so daß sie in die alten eingebunden bleibt und aus dem Abstand hervorgeht. Nein, die Gründe waren mehr als ausreichend, und es braucht keinen zusätzlichen, ganz gleich, ob ihn die Not oder das Gefühl bereitstellt. Sie genügen bereits. Manchmal habe ich unsere Lage und unser Wesen mit diesem kostbaren Tropfen eines fast schon zur Neige gegangenen Jahrgangs verglichen, der in einer derart verschlossenen Flasche aufbewahrt wird, daß die Abdichtung durch den Korken und die Neutralität des Glases sich darauf beschränken, seine Beschaffenheit zu bewahren, ohne eine seiner Eigenschaften zu verändern und sogar ohne ihn altern zu lassen, und mich selbst sehe ich in dem Augenblick der Verkostung durch den Experten, der, wenn er streng vorgeht und sich ausschließlich an seine Erfahrung und seine besonderen Kenntnisse hält, sein Urteil in keiner Weise verändern oder seine Befriedigung vergrößern muß durch den hinzugekommenen, unwesentlichen und unschmeckbaren Wert eines Alters, das unmöglich mit dem Gaumen zu schätzen ist. Wenn ich also zwar annehmen kann – bei dem, was mich betrifft, versteht sich –, daß ich dafür gesorgt habe, einen Stand der Dinge zu wahren, der keinerlei Winkelzüge zuließ, sondern nur eine nachdrückliche Lösung, so kann ich dagegen nicht behaupten, daß all die Umstände, die zu dem Vorfall geführt haben, unbeschadet bewahrt worden wären. Keiner, ich wiederhole das, hat die Masse der motivierenden Ursachen zunehmen lassen, aber einige sind für immer verlorengegangen. Umstände und Personen, die zweifellos eine – erste oder zweite – Rolle gespielt haben und deren Verschwinden gewiß nicht dazu beigetragen hat, die Spaltung zu verringern. Die Mehrheit derer, die beim Ausgang dieses Dramas anwesend waren, bei dieser Apotheose der immanenten Gerechtigkeit, ist bereits begraben; und die, die noch auf der Erde sind, verdienen nicht einmal, bei dem Schauspiel des Kampfs zwischen zwei Gottheiten anwesend zu sein. Der Wunsch nach Rache bleibt auch hinsichtlich der Toten lebendig, weil er geistiger Art ist, und meine Hände werden sich schließlich erschöpft und schlaff fühlen, als hätte ich sie wahrhaftig erwürgt; und ich bin sicher, daß, wenn er hier eintritt, ihre Gräber ein letztes Schreckensgrunzen aufstoßen werden, seinen Schuldspruch, wenn auch nicht sein Todesurteil. Die Spaltung ist besiegelt. Ich habe Spaltung gesagt, ja, die Spaltung. Die Spaltung, die sich zwischen zwei Menschen aufgetan hat, die berufen waren, miteinander zu leben, und die sich zur gleichen Zeit ereignete wie der Schnitt zwischen zwei Epochen, von denen eine – die gegenwärtige –, da sie sich immer mehr von der vergangenen entfernt, offensichtlich niemals wieder den Gesetzen dieser gehorchen und ihre Werte unterschreiben wird. Aber im Gegensatz zu dieser, die ein für allemal von den offiziellen Porträtisten der Geschichte festgelegt worden ist, hat die gegenwärtige ihr Antlitz und ihre Persönlichkeit noch nicht ausgebildet – trotz den Anstrengungen der Obrigkeit und der zeitgenössischen Künstler, sie zu charakterisieren –, wie der junge Mensch, bei dem sich eine Menge Züge andeuten, von denen die meisten beim Prozeß der Reife verlöschen. Deshalb ist es auch noch zu früh, zu behaupten, daß die gegenwärtige Epoche sich von der vergangenen sehr unterscheide. Wer weiß, worauf es hinauslaufen wird. Es gab einen Augenblick, der sich wie ein Erwachen ankündigte; du hast ihn nicht mehr kennengelernt. Du bist in der neuen Epoche geboren und aufgewachsen, und deshalb bist du vorzeitig gealtert. Es bleibt dir nur noch, eine lange Reihe von Dämmerungen mitanzusehen. Aber in meiner Jugend gab es einen ganz anderen Augenblick mit allen Zeichen des Erwachens: das Kino, die bolschewistische Revolution und die Luftfahrt. Etwas ganz anderes als die Folgeerscheinungen der Französischen Revolution, dieses unerträgliche 19. Jahrhundert, das überzeugt war, alles, außer der Liebe, wäre durch Wissenschaft und Fortschritt zu lösen. Welch ein ungeheurer Irrtum, und gerade das Gegenteil dessen, was tatsächlich geschehen ist. Denn unser Jahrhundert hat schlecht begonnen, und als es einsah, daß seine Übel unheilbar waren, entdeckte es, daß die Wohltaten zu vervielfältigen waren; das Kino, die bolschewistische Revolution und die Luftfahrt."

„Mir bedeutet die Luftfahrt nicht einen Pfifferling, Tante", sagte die Nichte, während sie ihren Rock ein wenig zurückzog, das Bein ergriff und die Rundung ihres Knies betrachtete. „Ich erkenne nur die ewigen Formen an, die phidiasischen, praxitelischen, donatellischen, michelangelesken, velazquezianischen ..."

„Halt den Mund", gebot die Frau mit Nachdruck. „Die Spaltung steht kurz davor, besiegelt zu werden. Es ist niemand mehr übriggeblieben, diesem Augenblick beizuwohnen und Beifall zu zollen, aber vielleicht ist es auch besser so. Ein Akt ohne Publikum, bar aller Theatralik, ganz auf sich selbst beschränkt, wie es die Vereinigung und Trennung zweier Wesen sein muß, der Übergang zwischen zwei Epochen und zwei Zuständen, diese langsame Entwicklung, die das menschliche Auge nur durch ihre millionenfachen Ausprägungen bemerken kann, diese so geradlinige Beugung unserer Empfindungen, die uns, ohne daß die Seele etwas ahnt, immer zu dem Ausgangspunkt vor jedem Wechsel zurückbringt. Seit einiger Zeit höre ich Geräusche von Schritten auf der Treppe, die von dem Mann stammen können, der mir die Botschaft bringt, die ich so sehr erwartet und so oft zu empfangen mich geweigert habe. Ich habe sogar einen Schlag, ein Stolpern gehört und das Geräusch eines fallenden Körpers, der sich sofort wieder aufgerichtet hat. Während ich dir zuhörte, habe ich aufmerksam auf diese Zeichen geachtet, die ich gedeutet habe, wie nur ich das tun kann, und ich bin zu dem Schluß gekommen, daß es sich um den Boten handelt, der ein wenig verwirrt ist angesichts der Situation, die ganz anders ist, als er es erwartete. Geh doch bitte ins Empfangszimmer und sag ihm, er möchte hereinkommen, daß ich bereit bin, ihn zu empfangen. Und paß auf, daß er auf das Papier tritt, daß er keine Spur auf dem Wachs hinterläßt."

SEPTEMBER

Als Abdón kam, saß der andere auf der ersten Treppenstufe des Eingangs, einige veraltete Zeitungen lesend, und begrüßte ihn flüchtig. Er schien nicht besonders guter Stimmung zu sein, gelangweilt nach einer Reihe von träge und einsam verbrachten Stunden. Abdón hatte den ganzen Tag nichts gegessen und ging geradewegs zur Küche, um sich vor dem Abendessen noch einen leichten Imbiß zu machen, ein Glas Wein (den er selten trank), ein Stück Brot und Wurst. Mit vollem Mund schaute er zur Tür heraus. Der andere hatte die Zeitungen zur Seite gelegt und kritzelte mit einem Stock auf der Erde herum.

„Wo hast du denn den ganzen Tag gesteckt?" fragte er.

„Im Ort, ich hatte einige Sachen zu erledigen", sagte Abdón mit vollem Mund, als strömten seine Worte gasförmig aus dem Bissen.

„Sachen?"

„Mmh, mmh", sagte er und fügte hinzu, nachdem er den Mund geleert hatte: „Ich habe schon alles geregelt."

„Und was hast du da geregelt? Ich bin fast verhungert. Es ist von gestern nichts übriggeblieben."

„Alles. Alles ist geregelt. Möchtest du nicht auch ein Glas Wein vor dem Abendessen?"

„Nein. Was ist geregelt?"

Abdón hatte seinen Hunger noch nicht gestillt und ging in die Küche zurück, um sich einen weiteren Bissen zu machen. Von dort aus sagte er laut durch das Fenster:

„Alles. Ich habe jetzt alles geregelt."

Der andere hörte ihm nicht zu oder wollte ihm nicht antworten. Er hatte einen schlechten Tag. Einen von diesen Tagen, wo die Seele von einer schwermütigen Welle so verdunkelt ist wie der Himmel von einer durchgehenden Wolkendecke. Einen dieser Tage mit einer so beherrschenden Übellaunigkeit, daß es notwendig ist, sie zu übermitteln, genauso wie die Wolke Regen erzwingt, um sich zu entleeren.

Abdón sagte:

„Nun gut."

Der andere sagte:

„Gut, was?"

Abdón sagte:

„Ich habe jetzt alles geregelt. Sogar die Kleidung."

„Was für Kleidung? Darf ich vielleicht erfahren, wovon du eigentlich redest?"

„Es ist alles geregelt", schnitt Abdón das Gespräch ab.

Der andere machte eine unwillige Miene und schüttelte die Hand neben seiner Schläfe, um ihm nahezulegen – oder zu befehlen –, er solle ihn in Frieden lassen. Als Abdón aus dem Innern der Hütte zurückkam, hielt er ein Sakko so an den Schultern, als handelte es sich um ein verehrungswürdiges Bild, gleicherweise stolz darauf, es zu tragen, wie überzeugt von seiner Wunderkraft.

„Es ist alles vorbereitet. Ich weiß jetzt, wo sie arbeitet und wann sie frei hat." Er beobachtete den anderen über das Sakko hinweg wie der Matador den Stier. „Und die Kleidung, mit der du dort vorstellig werden wirst. Sie mag es, wenn die Männer gut gekleidet sind; sie ist weltgewandt. Wie findest du es? So etwas wird heute nicht mehr hergestellt. Du mußt wie ein Herr gekleidet sein, wie ein richtiger Herr, um einen guten Eindruck zu machen. Du wirst schon sehen, wie gut es dir steht."

„Ich muß bei niemandem einen guten Eindruck machen, ist das klar? Keinen guten und keinen schlechten; ich mache keinen Eindruck, ist das klar?"

„Ein Anzug für das ganze Leben", erwiderte Abdón unerschütterlich. „Ein ausgezeichnetes Tuch, so etwas wird heute nicht mehr hergestellt. Schau, welche Qualität der Stoff hat."

„Gib her“, sagte der andere.

Abdón tat einen Schritt nach vorn, blieb aber mißtrauisch, geschützt hinter dem Sakko. Der andere stand mit einem Satz auf, entriß ihm mit einem Ruck das Sakko und warf es so weit fort, wie er konnte, was nicht sehr weit war.

„Du Schwachkopf, ich habe nicht die geringste Absicht, Eindruck zu machen, und schon gar nicht damit.“

Abdón hob die Hände zum Himmel und rief:

„Wohin soll das nun wieder führen?“

Der andere nahm einen Stein und warf ihn in Richtung auf das Sakko, ohne es zu treffen.

Abdón rief erneut, und diesmal noch andächtiger:

„Das Geld bedeutet mir gar nichts, das muß sowieso ausgegeben werden. Aber die Richtung, die die Dinge nehmen, die bedeutet mir allerdings etwas. Wo verbirgst du dich, Einsamkeit? Gedenke unseres Volkes, das groß ist und eine einzige Bestimmung hat.“

Die Sonne war im Untergehen angeschwollen, und wie ein Luftballon wechselte sie die Farbe in dem Maß, wie sie größer wurde; nichts an ihrem veränderlichen Aussehen zeigte sie als das Zentrum eines Systems an; man hätte meinen können, daß das Wäldchen aus Eschen und Pappeln, diese mit Blättern gedämpfter Farbtöne, jene fast ganz ohne sie, sehr viel früher als sie da war, Zeuge abenteuerlicher Sterne und flüchtiger Konstellationen, die vorbeiziehen, skeptischer Zuschauer bei unermeßlichen und wüsten Himmelskatastrophen, die um die Erde herum geschahen, wie der Krieg um die Schweiz.

„Nichts kehrt wieder; es scheint zwar, daß etwas wiederkehrt“, bemerkte Abdón, den Blick auf das Sakko gerichtet, „aber in Wahrheit kehrt gar nichts wieder. Deshalb ist es besser, umzukehren. Alles immer gegen den Strom, das gebieten Klugheit und Vorsicht. Denn jeder Augenblick ist doppelt, vergiß das nicht, und man muß auf der Lauer liegen, denn wenn nicht, glaubst du, auf der einen Seite zu sein, und bist aber auf der anderen. Deshalb gibt es immer neue Verhältnisse. Schmerzliche Verhältnisse, das ist klar, so muß es sein."

„Halt den Mund. Halt doch endlich den Mund", sagte der andere, „und mach mal etwas zu essen."

„Ich halte so lange den Mund nicht, wie du nicht das Sakko anprobiert hast", versetzte Abdón.

„Dann hol es mir", befahl der andere.

Abdón ging und holte das Sakko, das er ihm dann reichte, nachdem er den Staub und einige Blätter abgeklopft hatte. Der andere warf es wiederum mit aller Kraft, und das Sakko blieb fast an derselben Stelle liegen wie vorher.

Abdón mußte erneut rufen.

„Verfluchtes Land, ehebrecherische Frau wie alle. Die Verhältnisse verkehren alles. Die Bewegung ist schwer, sehr schwer. Und da jede Bewegung doppelt ist, ist sie doppelt schwer. Deshalb muß man auf der Lauer liegen. Das Wasser ist ganz erbärmlich."

„Halt den Mund", befahl der andere.

„Probier das Sakko an", erwiderte Abdón.

„Ich habe keine Lust", sagte der andere. „Ich denke nicht daran, es anzuziehen. Ich denke nicht daran, irgendwo vorstellig zu werden. Geh und mach das Essen, es ist höchste Zeit. Ist das überhaupt jetzt eine Zeit, mit mir Diskussionen anzuzetteln? Was sind denn das für Freiheiten? Wer hat dir überhaupt erlaubt, mit mir zu diskutieren? Was glaubst du eigentlich, mit wem du sprichst? Ich bin schließlich nicht irgend jemand, vergiß das nicht. Und du mach, daß du in die Küche kommst, los."

„Zuerst probierst du das Sakko an. Dann gehe ich und mache das Essen, aber vorher mußt du erst das Sakko anprobieren."

„Gib es her", befahl der andere. „Aber du irrst dich schwer, wenn du glaubst, daß ich damit irgendwo vorstellig werde."

Abdón ging wieder, holte das Sakko und reichte es ihm. Der andere nahm es zwischen die Fingerspitzen, als wäre es

Abfall für den Müll, und drehte es ein paarmal hin und her, wobei er es mit offenkundiger Verachtung ansah.

„Das ist das lächerlichste Kleidungsstück, das ich jemals in meinem Leben gesehen habe. Woher hast du das denn?"

„Hervorragender Stoff", antwortete Abdón, „so etwas wird heute gar nicht mehr hergestellt. Und ein sehr schöner und eleganter Schnitt, das steht dir ein Leben lang. Komm, probier es an."

„Das ist doch Mist", erwiderte der Fremde und warf das Sakko wieder an denselben Platz. „Was weißt denn du von gutem Stoff? Wie kommst du darauf, daß ich einen solchen Mist anprobiere? Was glaubst du eigentlich, wer ich bin? Für wen hältst du mich?"

„Dann gibt es eben kein Abendessen", sagte Abdón.

Der Fremde stürzte sich auf ihn. Beide Männer kämpften, ohne ihre Kräfte einzusetzen, ohne Überzeugung und ohne Lust; obwohl zu Boden gegangen und trotz seiner Behinderung gelang es Abdón, zu entwischen und der Reichweite des anderen zu entgehen. Der Fremde war kräftiger und jünger, aber auch schwerfälliger. Die Dämmerung hatte den Berg in ihren Mantel eingehüllt, aber ein Elsternpaar, das auf den halbnackten Zweigen einer Esche saß, bewahrte, bewegungslos und klaglos, das letzte weißglühende Leuchten eines zeitlosen Tags, als müßten sie unversehrt in dem Bernstein der anfänglichen Schatten eingeschlossen bleiben, durch und durch unbeweglich nach der schweigenden Katastrophe.

„Es gibt kein Abendessen", wiederholte Abdón hinter einem Strauch hervor.

„Und ob es welches gibt", sagte der andere, während er sich den Staub von den Knien klopfte.

„Es gibt keins", sagte Abdón.

„Nun komm, mach schon", befahl der Fremde. „Ich möchte dir das nicht zweimal sagen müssen."

Abdón nahm zum drittenmal das Sakko und klopfte den Staub, die Erdkrumen und die Grashalme aus, die sich daran festgesetzt hatten; das Futter schien mit zahlreichen kleinen Ähren durchschossen, die Abdón, gleichgültig gegenüber der Haltung des anderen, eine nach der anderen herauszog. Als er damit fertig war, hielt er das Sakko hoch, wie eine Trophäe, und fragte:

„Probierst du es an oder nicht?"

„Komm, gib her", sagte der andere.

Abdón reichte ihm das Sakko mit ausgestrecktem Arm und blieb vorsichtig außerhalb seiner Reichweite. Der andere nahm das Sakko wieder und betrachtete es etwas aufmerksamer, zog sogar zwei Ähren heraus, die noch im Futter steckten. Schließlich zog er es über. Es war ein wenig kurz, aber es paßte ihm sonst recht gut.

„Wie steht es mir?" fragte der Fremde.

„Ausgezeichnet", sagte Abdón, doppelt zufrieden. „Und nicht einmal nach Maß gearbeitet. Jetzt siehst du wirklich aus wie ein Herr. Ein Herr in den besten Jahren."

Den Fremden überkam ganz plötzlich ein Wutanfall, und er packte die Revers des Sakkos und wollte es mit Schwung ausziehen, aber er schien sich zu besinnen und hielt sich zurück. Etwas ruhiger, benutzte er die Anwandlung, um sich das Sakko zurechtzurücken, bewegte Hals und Schultern und zog an den Revers und dem unteren Saum. Abdón näherte sich ihm, als handelte es sich um eine gezähmte Bestie nach einer strengen Züchtigung, klopfte ihm auf die Schulter, zog am Saum und knöpfte den mittleren Knopf zu. Dann ging er einmal um den Fremden herum, der die Brust herausstreckte, das Kinn hob und den Blick in die Ferne richtete, auf einen imaginären Spiegel, in dem er sich, dank dessen Abwesenheit, mit einigem Gefallen betrachtete. Die Dämmerung hatte mit unsichtbarer Hand, die ein verborgenes Kommando betätigt hatte, die Schattenmengen vermehrt, und der imaginäre Spiegel bestätigte den ersten Eindruck in einem geheimnisvolleren und eleganteren Halbdunkel.

„Und nicht einmal nach Maß gearbeitet", urteilte Abdón,

doppelt zufrieden. „Du wirst einen ausgezeichneten Eindruck machen. Denn sie achtet sehr auf solche Dinge."

„Sitzt es nicht ein bißchen zu eng?" fragte der andere, ohne den Blick von dem imaginären Spiegel abzuwenden und indem er die Brust noch etwas mehr wölbte und die Arme ausbreitete.

„Es ist genau, wie es sein muß", urteilte Abdón erneut, während er noch einmal, diesmal in entgegengesetzter Richtung, um den Fremden herumging, mit fachmännischer Miene. „Und nicht einmal nach Maß gearbeitet", wiederholte er. „Es wird ihr gefallen, das sage ich dir. Es ist ihr im Leben schlecht ergangen, aber sie hat ihren Weg gemacht, und sie ist weltgewandt. Und sie vermag einen richtigen Herrn zu erkennen."

Der andere streckte erneut die Arme aus, waagerecht und parallel zueinander, und schloß die Fäuste.

„Die Ärmel, findest du nicht, daß sie ein bißchen kurz sind?"

„Die Ärmel müssen immer ein bißchen kurz sein. Das ist elegant so. Das trägt man jetzt so. Nur Vagabunden tragen lange Ärmel."

„Aber so sehr? Findest du nicht, daß sie allzu kurz sind?"

„Im übrigen mißt man die Ärmellänge gar nicht so. Die Ärmel werden mit gebeugtem Arm gemessen", sagte Abdón, während er ihm den rechten Arm zu einem rechten Winkel beugte und der Ärmelaufschlag weiter zurückrutschte und das schmale, blasse und gefleckte Handgelenk des Fremden bloßlegte.

Der andere nahm Abdóns Lektion mit wenig Gefallen auf, aber er akzeptierte sie schließlich und beugte beide Arme, so daß er eine Art Gymnastikhaltung eingenommen hatte, die er nicht aufgab, als er einige Schritte tat, wie ein japanischer Schauspieler.

„Warum senkst du die Arme nicht?"

„Weil ich nicht will."

„Laß die Arme sinken", sagte Abdón, „du bringst das Stück noch ganz aus der Form."

„Ich will die Arme sinken lassen und will es nicht", sagte der andere, ohne von seiner Haltung abzulassen. „Ich denke nicht daran, irgend etwas zu bereuen. Und auch nicht, irgendwo mit diesem Zeug vorstellig zu werden. Ich habe mit dieser Frau nichts zu tun. Sie soll das regeln, wie sie kann, aber nicht auf mich zählen."

„Es ist ein ausgezeichnetes Mädchen, sehr weltgewandt. Es ist ihr ziemlich schlecht ergangen, sie hat alles mögliche machen müssen. Aber jetzt hat sie eine gute Arbeit, denn in der Welt der Kunst erkennt man ihre Verdienste an. Sie wird dir bestimmt gefallen. Und du wirst ihr gefallen, mit dieser Haltung. Du erinnerst mich an ihren ersten Verehrer; da hast du gleich gewonnen. Ein Mann, in den sie sehr verliebt war. Aber laß endlich deine Arme sinken, verfluchter Kerl, damit ich sehen kann, wie es dir steht."

„Ich denke nicht daran, die Arme sinken zu lassen, und auch wenn ich sie sinken lasse, bereue ich nicht. Diese Frau bedeutet mir gar nichts. Wenn sie mich heiraten will, gut, aber ich denke nicht daran, sie zu heiraten. Damit das klar ist. Und ich denke nicht daran, zu bereuen."

„Glaub das nicht; Reue ist hin und wieder gar nicht schlecht. Immer wenn ich zurückkehre, versuche ich, reumütig zurückzukehren. Das ist vollständiger. Und so bleibt außerdem die Verfehlung hinter einem, weit entfernt, und man kann zu ihr zurückkehren. Wenn du nämlich nicht bereust und mit der Verfehlung zurückkehrst, kannst du auch nicht zu ihr zurückkehren, begreifst du das nicht? Es ist wie eine Rückfahrkarte; die Verfehlung bürgt für die Rückfahrt. Es ist wirklich nicht zu fassen, daß du etwas derart Leichtes und Interessantes nicht verstehst. Man muß die Versuchung aufrechterhalten, die Verfehlung zu begehen, und dazu ist die Reue das allerbeste. Das Leben wird dann interessanter. Doppelbödig. Aber warum senkst du nicht endlich deine

Arme? Siehst du nicht, daß du das Stück ganz aus der Form bringst?"

„Ich laß sie ja schon sinken, schau, Abdón, mein Freund. Ein bißchen Buße hin und wieder ist auch nicht schlecht, solange es nicht zu anstrengend wird. Es ist schon einige Zeit her, daß ich mir gesagt habe: Kehre zurück. Aber kehre reumütig zurück. Das ist schon lange her, aber ich erinnere mich noch gut. Vielleicht ist es das einzige, woran ich mich erinnere, denn das erste, was ich mir im Leben gesagt habe, war: Kehre zurück, mach alles mögliche, um zurückzukehren, aber kehre nicht reumütig zurück."

„Niemand kehrt zurück", verkündete Abdón. „Die Bewegung täuscht. Es scheint, als würdest du zurückkehren, aber in Wirklichkeit kehrst du gar nicht zurück. Die Reue auch, sie ist ebenfalls eine Täuschung. Aber eine noch etwas erbärmlichere Täuschung. Deshalb möchte ich, daß du bei ihr mit einem guten Anzug vorstellig wirst, gekleidet wie ein Herr, denn sie hat ein Gespür für so etwas, sie ist sehr weltgewandt. Jetzt ist sie eine wichtige Gestalt in der Welt der Kunst, du wirst schon sehen. Und dann ist da auch noch das ganze Erbe ihrer Stiefmutter oder was sie ist. Du wirst schon sehen, wie von jetzt an alles anders wird. Ein stattlicher Herr und eine große Dame, eine Dame von Welt."

„Kehre zurück, sagte ich mir, gleich als ich den Bauch meiner Mutter verlassen hatte. Ich schaute mich um und sagte: Kehre zurück. Aber das Schreckliche ist, dann nicht zurückzukehren, und deshalb ist das Leben vergleichsweise einfach, weil man nicht zurückkehrt. Ist dir klar, daß, sobald du zurückkehrst, alles sich verkompliziert?"

„Und die Ideen vernebeln sich. Denn das Gedächtnis erinnert die Dinge umgekehrt, das ist von Bedeutung, und es ist nicht ratsam, sie wieder richtig herum zu sehen."

„Das ist es nicht. In Wahrheit gibt es nur einen Weg, und es findet sich nur ganz selten einmal eine Möglichkeit zurückzukehren. Höchst selten einmal. Aber das ist auch gleich. Ich bin müde, Abdón, ich bin müde. Und du ermüdest mich ebenfalls."

„Laß endlich die Arme sinken, ruh dich ein wenig aus."

„Kümmer dich nicht um mich. Kümmer dich lieber um deine Kinder und um die Kinder deiner Kinder. Sagt man das nicht so? Ich denke nicht daran, diese Frau aufzusuchen. Und außerdem, wie soll ich dieses Sakko denn zu dieser Hose anziehen? Begreifst du nicht, daß das nicht geht?"

„Habe ich dir nicht gesagt, daß ich alles geregelt habe?"

„Die Hose auch?"

„Die Hose auch, ich sage dir, daß ich alles geregelt habe."

„Wer weiß, was du darunter verstehst. Und die Schuhe? Du denkst doch wohl nicht, daß ich mit diesen Stiefeln zu ihr gehe?" fragte der Fremde.

„Schuhe? Ein Paar Schuhe? Daran habe ich wahrhaftig nicht gedacht", gestand Abdón.

OKTOBER

„Ich höre Schritte", hatte die Frau gesagt und dann noch hinzugefügt, indem sie sich an ihre Nichte wandte: „Öffne die Tür und schau die Treppe hinunter, ob er schon angekommen ist."

Aber die Nichte bewegte sich nicht von ihrem Platz, versunken in die Betrachtung ihrer Hände, die auf ihren Knien lagen; diese zitterten leicht, was nur ein sehr nahe stehender Beobachter bemerkt hätte.

Tatsächlich war er vor einiger Zeit angekommen, obschon die Frau das wohl nicht bemerkt hatte und die Nichte so tat, als hätte sie es nicht bemerkt. Die beiden Männer hatten gegen Mittag die aufgegebene Mine verlassen und waren am Spätnachmittag im Ort angekommen, um die Stunde, wenn dieser, dank dem Einfallswinkel der Sonnenstrahlen, sich zurechtzumachen schien, um auszugehen, Schatten unter den Hängedächern und Vorbauten, staubgepuderte Fassaden, Rouge auf Dächern und Giebeln. Von der Bushaltestelle kamen sie zum Platz, wo sie in einem Lokal an der Theke einen Kaffe tranken und Abdón noch einmal seine Anweisungen wiederholte, denn den ganzen Weg hatten sie schweigend zurückgelegt. Noch einmal zog er ihm das Sakko zurecht, klopfte ihm auf Schulter und Rücken, und nachdem er ihn genau angesehen hatte, gab er sich zufrieden. Der andere schien nicht ganz so zufrieden, aber auch nicht unbedingt mißvergnügt.

Der Club war nicht weit von dem Platz entfernt, obwohl er am Ortsrand lag, an derselben Straße, über die sie gekommen waren. Aber Abdón verlor den Weg und mußte nach der Richtung fragen, die ein Anwohner ihm lustlos zeigte.

Das Haus war genauso einfach wie die übrigen, zweistökkig, aber von den anderen durch einen mit leeren Flaschenkisten vollgestopften Hof getrennt, und man konnte es kaum erkennen, weil das an der Brandmauer angebrachte Neonlicht noch ausgeschaltet und der in Kursivbuchstaben über die Tür gemalte Schriftzug durch Wind und Wetter fast ausgelöscht war. Es hieß nur: Yuma. Die Tür war angelehnt, und Abdón zog einen schweren, granatroten Vorhang beiseite, der den Weg auf ein leeres Lokal freigab – die Stühle standen noch auf den Tischen –, wo im Hintergrund ein Kellner oder sonst ein Angestellter, der eine blaßblaue Schürze um die Taille gebunden hatte, den Fußboden wischte. „Es ist niemand da", sagte er, „es ist noch nicht geöffnet". Abdón ließ den Vorhang hinter sich fallen, um mit dem Burschen zu sprechen, während der andere in dem kleinen Vorraum blieb und die Photographien betrachtete, unter denen die Namen der jeweiligen Künstler standen. Eine spanische Tanztruppe, bestehend aus einer Gruppe von drei Mädchen im Schleppenkleid um einen Tänzer im Anzug mit kurzer Jacke, alle mit erhobenen Armen, und Frauen in der Pose von Bühnensternchen, halbnackt oder eingehüllt in eine Pelzboa, mit kleinen bronzefarbenen Sternen an gewissen Stellen des Körpers. Er war so vertieft, daß er nicht hörte, was Abdón mit dem Burschen besprach.

„Sie ist noch nicht da", sagte Abdón, als er wieder hinter dem Vorhang hervorkam. „Wir müssen nach dem Abendessen zurückkommen. Laß uns das Paket übergeben und dann ins Gasthaus gehen."

Aber der andere hörte ihm nicht zu, versunken in die Betrachtung der Photos. Einige wenige waren farbig und die übrigen schwarzweiß, mit dem Namen der Künstlerin auf einem schmalen, schreibmaschinenbeschriebenen Papierstreifen: Yolanda, Nora, María del Mar, Rosana und, am äußersten Ende der leuchtenden Konstellation weiblichen Flitters, der deplazierte männliche Name eines Sterns erster Größe: Sobrarbe. Abdón stellte sich auf die Zehenspitzen, um besser sehen zu können, zeigte nach flüchtiger Suche auf ein Photo und sagte:

„Diese ist es."

Der andere drehte den Kopf. Es war eine dunkle Schönheit, ziemlich drall, mit angewinkelten Beinen auf Kissen sitzend, mit weich über die erhöhte Schulter fallendem fülligem Haar, zwei üppigen Brüsten und einem vielleicht allzu geschwätzigen Bauchnabel, der mit drei sechsstrahligen Sternen wie ein Kapitän prunkte.

„Die gefällt mir aber nicht am besten; ich mag die lieber", sagte der Fremde und zeigte auf eine Blonde, mit hinterwäldlerischer Miene einer *fausse naïve*.

„Komm", sagte Abdón, „du wächst sonst noch an da."

An der Tür übergab er ihm das Paket und zog das Papier aus der Tasche, auf dem die Anschrift notiert war. Als sie wieder auf dem Platz waren, fragte er nach der Richtung.

Das Haus war das letzte auf der Straße nach Cafarnú, bevor sie die Brücke überquerte. Es war zweifellos eines der besseren Häuser des Orts; zwei Stockwerke waren mit Quadersteinen und Backsteinen verblendet, mit einem Balkon in der Mitte, der von zwei in feinkörnigen Sandstein gehauenen Wappen flankiert wurde, und ein dritter Stock zeigte einige Dachluken. Das Haus stand schräg zum Straßenrand; eine aufgemauerte und verputzte Einfriedung schloß das Besitztum auf ganzer Länge ein – dahinter sah man buschige Ulmenhecken mit noch ein paar trockenen Blättern –, und das Haus war sowohl vorn als auch an der Seite von einem kastilischen Gärtchen umgeben, mit viereckigen Myrten- und Ligusterpflanzungen, in deren Mitte einige schlanke Zedern und eine Magnolie wuchsen. Gegenüber der Eingangstür öffnete sich ein Tor – dessen einer Flügel offenstand – auf einen Weg aus mit Mörtel verbundenen Kieselsteinen, eingefaßt von zwei granitenen Steinbänken auf zwei kegelförmigen Trägern aus geschmiedetem Eisen, von denen einer mit einer Kette umwickelt war. Von dem Torbogen aus beleuchteten zwei

Laternen den Eingang oder besser: trübten ihn ein, denn entweder waren sie zu hoch angebracht oder die Kraft ihrer Glühbirnen war zu schwach, um den Halbschatten aufzuhellen.

Bevor die beiden Männer bis zur Höhe des Tors gekommen waren, wurde es plötzlich hinter einem der Seitenfenster des zweiten Stocks hell, eine Hand schob eine Gardine beiseite, und Abdón – der vorweg ging – blieb stehen. Der andere, der das Paket in der Hand trug, blieb auch stehen, um nicht an seine Seite zu gelangen, und Abdón mußte nach hinten schauen, um zu sehen, ob er ihm folgte. Abdón zog die Augenbrauen hoch, ohne ein Wort zu sagen, und der andere zog als Antwort den Kopf zwischen die Schultern. Vom Platz bis zum Haus waren sie niemandem begegnet, die Straße war verlassen, und erst als unversehens das Fenster hell wurde, bemerkte Abdón, daß sich auf der anderen Seite der Brücke ein mit Holz beladener Wagen dem Ort näherte. Er beschloß, auf den Wagen zu warten, ehe er ins Haus trat – ohne zu wissen, aus welchem Grund, und nur, um einen letzten Augenblick Zeit vergehen zu lassen –, und lehnte sich an die Einfriedung, was auch der andere tat, aber indem er Abstand wahrte, um nicht sprechen zu müssen. Der Wagen fuhr vorbei – man hätte meinen können, daß er mehr durch die Pendelbewegung des Maultierkopfs gezogen würde als durch die schwerelosen Schritte seiner Hufe, wie die klingenden Anschläge eines esoterischen Mechanismus –, ein Bauer saß auf seiner linken Deichsel, den mit einer Baskenmütze bedeckten Kopf auf die Brust gesenkt und durch und durch so unbeweglich und schwermütig in sich versunken wie die Bronzefigur eines Grabmals, und ein kleiner Pudel war mit einer Leine an den Wagen gebunden und gezwungen, gegen seinen Willen Schritt zu halten.

Ein grüner Flügel der Tür zur Straße war auch angelehnt, eine Tür mit einem kürzlich mit Sidol gereinigten Türklopfer, der sich im Lack des Eichenholzes widerspiegelte, und ehe er sie aufstieß, um ihn durchzulassen, schaute Abdón seinen Gefährten wieder an und hob wieder die Augenbrauen, und sein Gefährte zog wieder den Kopf zwischen die Schultern. Die Diele war weiträumig und kalt; sie war ausgelegt mit großen Granitfliesen und kürzlich gewischt worden, wie man noch an der Feuchtigkeit in einigen Fugen sehen konnte. An einem Ende stand eine elegante und alte Tartane mit gelbem Gestell und schwarzem Verdeck, aber nicht als ein Schmuckgegenstand, sondern weil sein Besitzer (oder seine Besitzerin) zweifellos, als sie außer Gebrauch gekommen war, sich nicht hatte entschließen können, sich von ihr zu trennen; dahinter hingen an der Wand zwei Geschirre, verziert mit etwas ausgefransten Posamenten. Von der Mitte der Diele ging die Treppe aus, eingefaßt von einem doppelten Säulengeländer aus Zierguß, mit Handläufen aus ebenfalls lackiertem Holz, beide von vielflächigen Kugeln aus violettem Glas abgeschlossen, die im Licht einer großen Lampe in der Mitte den Raum in so vielen Bildern wie Flächen wiedergaben, wie ein Pop-Art-Gemälde. Auf halber Höhe teilte sich die Treppe, und beide Stiegen waren aus dicken Rotfichtenbohlen gezimmert; sie waren kürzlich gewachst worden, und man hatte jeweils in der Mitte einen Teppich aus veralteten Illustrierten- und Zeitungsseiten gelegt, um Spuren von Fußtritten in dem noch frischen Wachs zu vermeiden. Als Abdón zu dem Treppenaufgang kam, blieb er noch einmal stehen und wandte den Blick zurück, um zu sehen, ob sein Gefährte ihm folgte. Erneut hob er die Augenbrauen, und erneut antwortete dieser ihm, indem er den Kopf zwischen die Schultern zog. Beide Stiegen liefen auf der Höhe des zweiten Stocks wieder zusammen, auf einem weiten Absatz, der teilweise von einem großen Läufer bedeckt war und auf eine hell und dunkel lackierte Tür führte, deren Bretter in beiden Flügeln so geschnitten waren, daß die Maserung zwei symmetrische Voluten bildete, und von dem einer ein rundes Guckloch aus Bronze aufwies, mit einem halben Dutzend Zacken. Neben dem Rahmen war eine elektrische Klingel angebracht, mit einem Gehäuse aus Bronze, das ebenfalls kürzlich poliert worden war, und aus einem Loch in der Decke hing die Schnur einer Glocke, deren Ende an einen in die Wand eingemauerten Ring geknotet war.

„Komm, geh hinauf", sagte Abdón, „ich warte draußen auf dich."

Der andere atmete tief ein, und noch einmal wandte er sich zurück, um seinen Gefährten zu beobachten, der durch die halb geöffnete Tür fast verborgen wurde.

Nachdem er eine ziemliche Weile in der Kühle des andauernden Oktobernachmittags gewartet hatte, beschloß Abdón, erneut einzutreten. Sein Gefährte befand sich, auf allen vieren, auf dem ersten Absatz, vertieft in die Lektüre einer Zeitungsseite.

„Was machst du denn hier? Warum gehst du nicht hinauf? Siehst du nicht, daß es immer später wird?"

Der andere antwortete nicht, vertieft in die Lektüre der veralteten Zeitungsseite.

„Komm, möchtest du jetzt bitte hinaufgehen und klingeln?"

Der andere hob nicht einmal den Blick von seiner Lektüre. Unerschütterlich und versunken beugte er sich zurück und setzte sich auf seine Absätze, um bequemer lesen zu können.

Abdón beschloß, an seiner Stelle zu gehen, ein bißchen geblendet. Er lief das erste Stück in schnellen Schritten hinauf, aber auf der letzten Stufe rutschte er aus, verlor das Gleichgewicht und fiel. Im Fallen drehte er sich und schlug mit Schultern und Nacken an die Wand, sackte mit dem Kopf nach unten, streckte die Füße hoch – von denen einer mißgestaltet war – und stürzte rücklings die Treppe hinunter, wobei er einige veraltete Zeitungsseiten mit sich riß und erst am Treppenaufgang anhielt, sitzend, den Kopf zwischen zwei Geländersäulen eingekeilt und mit geöffneten Beinen, den Blick von einem plötzlichen, starrgestellten Einwärtsschielen verzogen und den Mund in einem nicht beendeten und verzagten

Lächeln halb geöffnet, wie das der Puppe des Bauchredners am Ende der Vorstellung.

Der andere beachtete ihn kaum, vertieft in seine Lektüre, die er ohne Eile fortsetzte, Stufe um Stufe die Treppe hinauf, bis tief in den Abend hinein. Es war etwa Zeit zum Abendessen, als er den obersten Absatz erreichte und auf allen vieren bis zu dem Läufer kam. Als er zu Ende gelesen hatte, richtete er sich auf, und auch er rutschte aus, aber er verlor nicht das Gleichgewicht, und dann erinnerte er sich an das Paket mit Kräutertee, das er, in Zeitungspapier eingewickelt, auf einer der ersten Treppenstufen liegengelassen hatte. Dann öffnete sich auch die obere Tür, und die Nichte erschien.

„Komm“, sagte die Nichte, „ich möchte dich meiner Tante vorstellen. Ich möchte, daß du ihr sagst, was ich dir bedeute; was ich für dich bin und was für Pläne wir haben.“

Hinter der Nichte erschien die Frau. Beide traten auf den Absatz hinaus, auf den Läufer.

„Komm“, sagte die Frau. „Tritt ein. Du kannst mir die Botschaft übergeben. Ich habe dich schon den ganzen Nachmittag lang erwartet.“

Er machte kehrt und lief eilig die Treppe hinab, wobei er sich am Geländer festhielt und mit Bedacht auf die kürzlich gewachsten Stufen trat, in der Sorge, nicht auf die veralteten Zeitungsseiten zu treten, um nicht auszurutschen.

